एक दर्द ऐसा भी

प्रेमचन्द करमपुरी

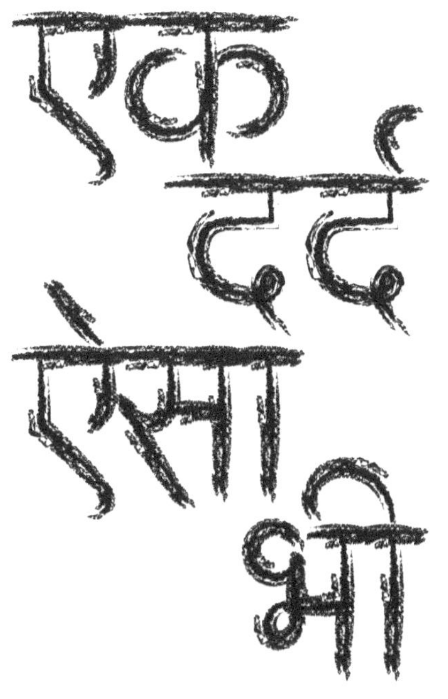

एक हद ऐसी भी

प्रेमचन्द करमपुरी

अंजुमन प्रकाशन

अंजुमन प्रकाशन

942, मुट्ठीगंज, प्रयागराज-3 उत्तर प्रदेश, भारत
www.anjumanpublication.com
contact@anjumanpublication.com

द्वितीय संस्करण अंजुमन प्रकाशन द्वारा 2022 में प्रकाशित
सर्वाधिकार सुरक्षित © प्रेमचन्द करमपुरी 2022
आवरण व टाइप सेटिंगः अंजुमन प्रकाशन
भारत में मुद्रित व जिल्दबंद
ISBN : 978-93-91531-23-2

मूल्य भारत में : ₹ 220.00

यह उपन्याय
मनीष कुमार गौतम (पुत्र)
श्रद्धांजलि के रूप में सादर समर्पित है।

दो शब्द

यह उपन्यास एक ऐसी महिला पर लिखा गया है जो अपने पूरे जीवन में लोगों को, अपनों को, समाज को खुशियाँ देती आयी है। वह महिला सदा स्वयं के चरित्र को नारी जाति की मर्यादा में रखते हुए सफर करती रही, मगर समाज उसे एक चरित्रहीन और समाज में कलंक का नाम दिया। यह नाम एक औरत को किसने दिया... क्या पुरुष ने? नहीं यह आरोप औरत को औरत ने दिया क्या। एक औरत की औरत ही दुश्मन है? क्या औरत का दुश्मन पुरुष है। एक औरत एक दूसरी औरत पर आरोप लगाते हुए क्यों नहीं विचार करती कि आखिर वह भी औरत है।

''एक दर्द ऐसा'' भी नामक शीर्षक से आप चौंकिए नहीं... अगर आप अपने पुत्र को बार-बार नालायक कहेंगे तो वह क्या करेगा। बस वह कहेगा हाँ हाँ मैं नालायक हूँ किसी व्यक्ति पर किसी चोरी का आरोप लगाकर कहोंगे अरे यह चोर है तो यही कहेगा हाँ हाँ मैं चोर हूँ, उसी तरह एक औरत पर आरोप झूठा लागाओगे तो क्या करेगी... गुस्से में चिढमें ऩाराज होकर क्या कहेगी, यही कि हाँ हाँ मैं चरित्रहीन हूँ। मगर ''एक दर्द एसा भी'' इसी शीर्षक से प्रकाशित उपन्यास में पात्र चाँदनी का क्या कसूर था! बस उसका सुन्दर होना कसूर था, गरीब घर में पैदा होना... अपने माता-पिता की बेबसी एवं ऩरीबी के कारण एक अधेड़ उम्र के आदमी से शादी कर ली जो पहले से शराबी और बीमारी से त्रस्त था। बस उसने अपनी हर परिस्थिति को स्वीकार करके सफर किया बस उसे इनाम में इस त्याग का मिला एक महिला द्वारा किया गया नामकरण और उस पीड़ा को सहकर वह कहती है को सहकर वह चींखकर कहती है अपनी पीड़ा यह उपन्यास आपके सामने प्रस्तुत करते हुए यह विश्वास के साथ कह रहा हूँ मैंने बेटी को, माँ को, बहन को दोस्त एक औरत को किसी रूप में देखकर उनकी पीड़ा प्रस्तुत करे या प्रयास किया है शायद आपको यह उपन्यास अच्छा लगा होगा।

प्रेमचन्द करमपुरी

30 न्याय नगर, झूँसी, इलाहाबाद।
मो0नं0 9450225935

एक दर्द ऐसा भी

आज काफी भीड़ लगी थी। हाँ क्यों न हो... महिलाओं पर आज एक गोष्ठी है जहाँ गाँव की औरतें इकट्ठा थीं, अपनी-अपनी बातें, अपने-अपने विचार, अपनी-अपनी भड़ास निकालने के लिए तैयार थी। पुरुष रूपी वर्चस्व समाज में यह अवसर कभी-कभी आता है। जब महिलाएँ मंच से अपनी बातें कहने को तैयार हैं और उन्हें मौका दिया गया। आज इस अवसर पर महिला के साथ कुछ पुरुष भी दिखायी दे रहे थे जैसे गेहूँ के साथ कुछ चना मिलाकर रोटी बनायी जाती है। उसी प्रकार पुरुषों की संख्या थी। छाया के लिए चाँदनी टंगी थी तथा तमाम कुर्सी-मेज एवं मंच बना हुआ था।

सभा को सम्बोधित करते हुए संचालक साथ में उपस्थित मीडिया के पत्रकार अपनी माइक लिए हुए महिलाओं के सामने आ गये।

सभी महिलाएँ एक साथ अपनी अवाज में बोलने के लिये अपनी उपस्थिति दर्ज कराते हुए हुकार लगाते हुई अन्दाज में हामी भरी।

तभी एक सफेद रंग की कार सामने आकर खड़ी हुई उसमें से एक नवयुवती धीरे-धीरे अपने पैर को पहले कार से बाहर निकाली, फिर अपना जिस्म बाहर कर के ठीक कर के पास खड़ी होती हुई अपने हाथ से चश्मा ठीक करती हुई आगे बढ़ने लगी। श्रृंगार में बेशकीमती आभूषण अपनी उपस्थिति दर्शा रहा था। वैसे ऊपर से नीचे तक पूरा शरीर अच्छे आभूषण से सजा था तथा साड़ी धानी रंग की थी। शॉल हल्की गुलाबी थी श्रृंगार देखकर हर औरत को मंत्रमुग्ध कर देता था पुरुष तो वैसे ही सुन्दरता देखकर अपना होश गँवा देता है।

मंच की ओर बढ़ती हुई इस युवती को देख अनायास सबकी नज़रें उस ओर हो गयीं। संचालक, माइक से बार-बार मुख्य अतिथि की चर्चा करते हुए अपनी आवाज गुंजायमान कर रहा था।

तभी औरतों का एक समूह जो पचास वर्ष की उम्र होंगी उसमें फुसफुसाहट होने लगी... धीरे-धीरे बोली लो यह भी आ गयी, इसको कैसे पता चला, इसको किसने बुलाया। ये बात करती हुए इस बात का ध्यान रखी कि अवाज मंच तक न पहुँच जाय।

मुख्य-अतिथि के कुर्सी पर कार से निकली महिला जाकर मंच पर जा बैठी कपड़े-गहने चाल एवं वेशभूषा के साथ साथ कुदरती सुन्दरता देख ऐसा नहीं लगता कि यह साधारण परिवार से नीचे की तालुकात रखती है बल्कि उपर की लगती थी। मगर महिलाओं को इष्र्या होने लगी क्यों न ईष्या हो स्वाभाविक है। उनको अपने आगे किसी और औरत की सुन्दर लगना देखना नहीं चाहती न देखना न पसन्द करना खैर महिलाओं का यह अपना गुण है।

मंच पर बैठी हुस्न की मालिका का स्वागत करते हुए उक्त अतिथिगण भी उनको बिठाते समय आइए-आइए मैडम खड़ी हो गयी थीं।

तब तक मंच के सामने बैठी कुछ बुजुर्ग महिला उठ खड़ी हुई और बोलने लगी हम लोगों को इनका चेहरा नहीं देखना है अपनी बातें जोर-जोर से कहती हुई उठकर चलने लगी।

भीड़ से कुछ लोगों को उठते देख संचालक महोदय बोले- आप जहाँ हैं रुके अपनी अपनी जगह बैठ जायँ मुख्य अतिथि नारी संस्था की सवर्ग की सम्मानित महिला हैं। तथा इनके स्वागत में मंचासीन महिलाओं से आगाह किया जा रहा है कि यह कार्यक्रम महिलाओं के विषय में आयोजित किया गया है महिलाएँ अपनी बातें चूला चौका के अन्दर दबाकर समाप्त कर देती और घरेलू महिलाओं या पुरुष अदृश्य अत्याचार करता है। घरेलू हिंसा का शिकार होती है। दहेज उत्पीड़न भ्रूण हत्या, तमाम तरह की समस्याओं पर आपके माध्यम से जिक्र किया जायेगा। मुख्य अतिथि को छोड़कर सभी महिलाएँ जो मंच पर हैं जो सुनने वाली है। इसी गाँव एवं आस-पास की हैं। किसी न किसी के सामने कुछ न कुछ समस्या रही होगी इसी को शेयर करना है। आप की आवाज टी0वी0 के माध्यम से समाचार-पत्र के माध्यम से, गाँव से दूर-दूर तक देश प्रदेश, तक जायेगी शायद इस विचार से पुरुष-वर्ग में परिवर्तन हो जाय तथा महिलाओं में जागृति

हो। कुछ न कुछ महिलाओं का भला होगा।

तब तक कुछ महिलाओं ने कहा यह कहाँ की बाहरी है यह तो यही की है। बड़ी मुख्य अतिथि बनकर आयी है दबी जुबान से बोल पड़ी।

हाँ तो माताओं, बहनो आप शान्त रहें आप जानती हैं, अगर आप शान्त रहकर अपनी महिला साथी की बात नहीं सुनेंगी तो गोष्ठी का मकसद हल नहीं हो पायेगा और वक्ता बोल नहीं पायेंगी उम्र के अनुसार रिश्ते में लगने वाली माँ-बहनों को मेरा अभिनन्दन है। मेरी मुख्य अतिथि इनका चर्चित नाम चाँदनी है इनका कार्य सेवा एवं नारी उत्थान एवं दुखित पीड़ित महिला की मदद करना और यह जब जान गयी कि इस गाँव में महिलाओं की एक गोष्ठी होनी है तो इनके सामने प्रस्ताव रखा गया तो यहाँ आने के लिए सहर्ष तैयार हो गयीं यही नहीं मंच के आयोजन का खर्चा भी उठाने को तैयार हो गयीं मैं इनका आभारी हूँ तथा गाँव वालों की तरफ से इनका सम्मान एवं स्वागत है। जो महिलाएँ अपनी बात रखने को तैयार हों आकर अपना नाम लिखायें और मंच पर बैठ जायँ अब कार्यक्रम को आगे बढ़ाया जाता है।

महिलाओं के नामों की सूची आ गयी और मंचासीन हो गयी। अपनी अपनी बात रखने के लिए उददत और उतावली थीं।

हाँ तो प्रथम नाम अरूणपमा का है, यह अपना विचार सास-बहू के बीच बढ़ते नोंक-झोंक पर रखेंगी।

तेज तालियों की आवाज आयी तथा सामने अरूणपमा उम्र करीब 50 वर्ष की रही होगी... उठी और अपनी बात कहने के लिए माइक को सँभालते हुए पहले खाँसी फिर बोली।

मैं अरूणपमा बोल रही हूँ पहली बार बोलने का अवसर मिला सभी सखियों से मैं अनुरोध करती हूँ अगर बोलने में कुछ अटपटा लगे तो माफी दे देना मैं घरेलू चौका बर्तन करने वाली औरत हूँ। मैं आठ तक पढ़ी हूँ, मगर आज की इण्टर तक पढ़ी लड़कियों से ज्यादा जानकार हूँ। हर लड़की पहले बेटी, बहन फिर पत्नी फिर माँ फिर बहू एवं सास बनती है, मैं सास-बहू के विषय में बोलते हुए यह बताना चाहती हूँ कि जब वह बहू थी तब उसकी सास थी जब उसे सास बनने का अवसर आया तो 25 वर्ष का समय बीत गया और बीस वर्ष का लम्बा समय काफी होता है तब तक परिस्थितियों समय काल सब बदल जाता है। बस बदलतीं नहीं तो हम औरतों के रिश्ते... पहले बहू थी अब सास के रिश्ते से

पहचानी गयी। यह नहीं भूलना चाहिए कि मेरी सास मेरी पति की माँ होती है। जिस पति से मेरा सम्मान मेरा सुख मेरा वजूद होता है... और जब माँ को दुःख पहुँचता है तो बेटे को कितनी तकलीफ होती है। यानी सास को दुख पहुँचाना अपने पति को दुख पहुँचाने के बराबर होता है। हर बेटा अपनी माँ से जुड़ा होता है। यहीं पर यह भी कहना चाहती हूँ कि औलाद की खुशी में माता-पिता का सुख छिपा होता है और उसकी औलाद को किसी के घर की दुलहन या बहू बनकर दुःख पहुँचाती है तो उस माता-पिता को कितनी पीड़ा होती है। सासू माँ यह भूल जाती है कि उनकी बहू उनके बेटा की पत्नी तथा किसी की औलाद है... जैसे खुद की उनकी औलाद है। जब उनकी औलाद को कष्ट होगा तो उनको कष्ट होगा, उसी प्रकार बहू को कष्ट होता है तो उसके माता-पिता को कष्ट होगा। मगर पति जब शादी करके बहू को लाता तो अपनी पत्नी और माँ के बीच में फँसकर रह जाता है। कभी-कभी इतना परेशान रहता है कि उसे आरोपित होना पड़ता है। माँ कहती है बहू की सुनता है। पत्नी कहती है माँ की सुनता है, किसकी सुने किसकी न सुने। फिर इसी तनाव में कभी-कभी बेटा यानी पति को आत्महत्या करते देखा गया है। फिर किसका बिगड़ता है... खुद का। किसी ने पति खोया तो किसी ने बेटा। फिर घर का सुख-चैन सब खत्म हो जाता है। आखिर वह किसे छोड़े? न माँ को न पत्नी को आप ही जरा सोचे जब आपकी बेटी जब अपने पति के साथ आपके सामने उपस्थित होती है तो बड़े शौक से बड़े खुशी से यह कहती है। मेरी बेटी दमाद के साथ आयी है। जगह जगह चर्चा करती है। और जब आपका बेटा अपनी पत्नी के साथ ससुराल जाने की बात रखता है तो आप क्यों नाक-मुँह फुलाती हैं। आखिर दोहरा रूप क्यों आखिर एक ओर खुशी एक ओर गम। कभी-कभी तो बेटी सुबह 8 बजे तक सो कर उठती है तो आप कहती है कि बेटी उठो सुबह हो गयी अगर किसी कारण से बहू सात बजे तक सोती रह गयी तो आप कहती है। क्यों सो रही हो तुम्हारे बाप ने सिखाया नहीं क्या। कभी कभी तो हँसी आती है। जब बेटी को रोटी बनाना नहीं आता तब माँ कहती है बेटी दूसरे घर जाओगी रोटी बनाना सीख ले जब कभी बहू से गलती हो जाये तो कहते है। क्यों तुम्हारे बाप ने सिखाया नहीं कभी कोई सास अपनी बहू से यह नहीं कहती बेटी किसी कारण से रोटी बनाना नहीं जानती है तो मैं सिखाती हूँ आखिर क्यों तेरे बाप ने यह नहीं सिखाया तेरा बाप ने यह नहीं दिया समान समझ पुत्र को बेचती है। और सोचती है कि बहू आपका सम्मान करे। कभी आप के पिता-भाई को कुछ सुनाकर देखें कैसे आँखें लाल करती है और कहती है। मेरे बाप पर मत जाना मेरे भाई की चर्चा मत करना मगर क्या मैं।

अपने बहू से ऐसा करते हुए कभी ऐसी सावधानी बरतती है कि उसके माता पिता को गाली न दे।

हाँ तो सफर का यह रिश्ता कि पत्नी को छोड़े या माँ को दोनों को समेटकर चलना है। मगर कैसे। पिता को माँ यानी अपनी सास को अपने पिता का छोड़कर आप सबके साथ लेकर रहे। फिर लम्बी साँस लेकर आगे के सफर के पड़ाव में सास बनाना, बहू बनना है यह प्रक्रिया चलती है चलती रहेगी और जैसी करनी वैसी भरनी है। आप जब अपनी माँ से इतना लगाव रखते हैं तो क्या आप का पति माँ से लगाव नहीं रखता। कीमत तो किसी को तब पता नहीं चलता है जब वह रिश्तों को खो देता है। बस में यही कहूँगी रिश्ता और पौधा दोनों ऐसा रिश्ता न निभाया जाय तो टूट जाता है और पौधा न सींचा जाय तो पौधा सूख जाता है। आप दोनों रिश्तो को बराबर हाथ रखते हुए आगे बढ़ें। सास और बहू के बीच मात्र अहम का प्रश्न उठता है। अगर सास-बहु से कहे कि उठो सवेरा हो गया है। तो बहू खुश हो जायेगी और बहू कहे मम्मी चाय पी ले तो रिश्ते में मिठास और प्यार हो जायेगा। यह आपकी व्यक्तिगत जिम्मेदारी है कि जिस पति के कारण हमें खुशी व सम्मान मिलता है उसकी खुशियों का ध्यान रखते हुए उसकी इज्जत का ध्यान बरकरार रखे बस यही कहना है... धन्यवाद।

तेज तालियों की गड़गड़ाहट के साथ अरूणपमा के वक्तव्य का स्वागत किया गया। पूरा माहौल शान्त एवं प्रसन्नचित था। भाषण एवं विचार अच्छा लगा।

हाँ तो अब नम्बर आता है सरला केशरवानी का, आप आज पति-पत्नी के बीच पढ़ते हुये तनाव पर अपनी बात रखेगी।

हैलो मैं सरला केशरवानी बोल रही हूँ सभी आगुन्तक को उम्र अनुसार पदो अनुसार ससम्मान। पति पत्नी के बीच कैसा सम्बन्ध होना चाहिये तथा इस पर मैं प्रकाश डालती हूँ। पति पत्नी के बीच एक रिश्ता एसा है जब लड़की पति की पत्नी बनकर आती है तो पति को एक अच्छा जीवन साथी पाकर पत्नी खुश रहती है। और पत्नी को अच्छा जीवन साथी पाकर पति खुश रहता है। वैसे कहावत कहे या विचार पत्नी को कई रूपों में पति के सामने पेश होना चाहिये यह मेरा व्यक्तिगत विचार है। अच्छी कुकी, अच्छी माँ अच्छा सलाहकार अच्छी वैश्या। शायद मेरे शब्दों को आप लोग न समझे यानी अच्छी भोजन बनाने वाली कहते है। पति के दिल में घुसने के लिये पति के पेट से रास्ता जाता है जैसे स्वादिष्ट

भोजन पति ही नहीं आप स्वयं तथा घर के सभी लोग चाहते है। फिर खाना खिलाते समय पत्नी को माँ का रोल जैसे माँ अपने बेटे को कहती है। बेटा सेहत ठीक नहीं है और खाओ यानी खाने के समय माँ का रोल फिर किसी समस्या के साथ मित्र या सलाहकार का रोल यानी किसी समस्या में यदि पति परेशान हो तो सलाह देकर मित्र बन जाना फिर समय के अन्तिम काल यानी रात को एक वैश्या की तरह रोल अदा करना चाहिये।

पति पत्नी के बीच विश्वास का रिश्ता आत्म समर्पण का रिश्ता होना चाहिये जिसे त्याग और प्यार कहा जाता है। अक्सर भ्रम में रहने के कारण पूरा जीवन नर्क बन जाता है। हाँ माँ अपने लड़के का नाम कन्हैया रखना चाहती है। मगर अपने पति को कृष्ण के रूप में कोई पत्नी नहीं देखना चाहती। क्योंकि उसके अन्दर कई प्रकार का अन्तर्द्वन्द मान यह कहता है। मेरा आदमी मेरा घर से बाहर जाता है। क्या करता है किसके साथ बात करता है। इसका सीधा अर्थ नौकरी व्यवसाय काम काम के बीच तो बाहर जाना पड़ेगा। फिर यह सच है कि शादी कई प्रकार की होती है। पहले बात चीत कर देखकर कुछ प्रेम विवाह, कुछ अपने मर्जी से कुछ सामाजिक परिस्थिति से। यानी मैं यह कहना चाहती हूँ कि अगर शादी हो गयी और उसको तोड़ा नहीं जा सकता। तो निभाने का तरीका ढूढना चाहिये शादी बार बार नहीं होती। अगर होती है तो उचित नहीं है। विपरीत परिस्थिति के अलावा हर पति पत्नी में एक बात अवश्य सोचनी चाहिये दोनों को एक दूसरे की पसन्द चीज जाने और उसका पालन करे। जैसे पति का प्रिय भोजन क्या है पति की सबसे प्रिय रिश्ते कौन है। पति किस रंग का कपड़ा पहनता है। पति की हॉबी क्या है। पति से विचार विमर्श कब करना चाहिये। उसी प्रकार पति को पत्नी के विषय में जानना चाहिये। पत्नी को आभूषण कौन सा प्रिय किस रंग की साड़ी चाहिये कौन सा प्रिय रिश्ता कौन सी बात पर नाराज या गुस्सा होती है। ध्यान होना चाहिये। शायद इन बातों को दोनों ध्यान रखकर चले तो पति पत्नी के बीच तनाव कम हो सकता है। इसी के साथ मेरी बाते समाप्त होती है धन्यवाद।

तालियों की आवाज उठी और समाप्त हो गयी।

अब अगली वक्ता श्रीमती सुशीला देवी का है। वे दहेज उत्पीड़न पर अपनी बात रखेगी मंच पर संचालक का वक्तव्य आया

हाँ मैं सुशीला बोल रही हूँ मैं समाज शास्त्र में पी०एच०डी० कर रही हूँ

मेरा सबसे पहले बड़ो को प्रणाम छोटो को आर्शीवाद।

इस गोष्ठी की सूचना समाचार पत्र के माध्यम से मिली मैं बाहर थी सोची मेरे गाँव में महिला गोष्ठी मैं न पहुँचू इसलिये मैं अपने गाँव में अपनी महिलाओं के विषय में आयोजित गोष्ठी में आ गयी महिला के विषय में दहेज पर बोलने का अवसर मिला। सर्वप्रथम अध्यक्षा चाँदनी को मेरा नमस्कार खुशी हुई कि सर्व श्रेष्ठ समाज सेविका महोदया इस गाँव में पधारी और सबसे ज्यादा खुशी हुई इन्होंने कार्यक्रम आयोजन में अपना खर्च लगाया सभी पत्रकार बंधु को भी मेरा धन्यवाद जो इस कार्यक्रम को पेपर के माध्यम से जन-जन तक पहुँचाने का कार्य किया।

हाँ तो मुझे दहेज पर या शादी विवाह पर बोलने को कहा गया है। वैसे तो मैं लड़की हूँ, मगर मैं ऐसे विषय में पी०एच०डी० कर रही हूँ जो समाज से सम्बन्धित है। दहेज क्या है इस पर गौर करे पहले इसका नाम गिफ्ट या उपहार होता था जैसे आपके यहाँ से कोई कही से मेहमान बनकर आता था तो उसके सम्मान में कुछ देकर उसका सम्मान बढ़ाया जाता था और वही उपहार अब धीरे -धीरे मांगपत्र में बदल गया और वह दहेज हो गया यानी जब लड़की अपने मायके से पति के घर जाती थी तो माता-पिता उपहार-स्वरूप देते थे तथा लड़का लड़की का पति बनकर दरवाजें पर आता था तो उसके सामने रुपया घड़ी मोटर साइकिल एवं अन्य सामान दिया जाता था। मगर धीरे-धीरे उपहार को दहेज का नाम रख दिया गया और उस पर स्वेच्छा से न होकर माँग माँगी जाने लगी। जिस प्रकार से अर्थशास्त्र का अध्ययन घर चलाने के लिए जानने की आवश्यकता है। भूगोल खेती, जमीन खनन उपजाऊ भूमि की स्थिति बताता है। इतिहास जो बीत गया उसको सुनाता है, उसी प्रकार समाजशास्त्र समाज में परिवार में कैसे रहा जाय किस रिश्ते में रहा जाय कैसे चलाया जाय पर चर्चा करता है। परिवार का अर्थ है पति-पत्नी एवं उसके बच्चे, संयुक्त परिवार का अर्थ है माता-पिता भाई, बहन एवं उसके बच्चे तथा संयुक्त परिवार में दादा-दादी, चाचा-चाची एवं उनमें परिवार एवं बच्चे कई भाइयों का परिवार होता है। परिवार में माता-पिता की व्यक्तिगत जिम्मेदारी होती है। वह अपने बच्चों की उचित पालन पोषण शिक्षा, शादी करना। अब प्रश्न है कि जब लड़का पैदा होता है तो ढेर सारी खुशियाँ मिठाइयाँ, ढेर सारा उत्सव के रूप में एवं सम्पत्ति के रखवाला के रूप में माना जाता है। जब लड़की होती है तो गम का माहौल बनता है ऐसा माना जाता है जहाँ तक ध्यान है लड़की अपनी पिता से एवं लड़का अपनी माँ से जुड़ता है।

इसीलिए हर माँ, माँ होते हुए भी लड़की को कम लड़का की पैदाइशी ज्यादा पंसद करती है। मानो जन्म से घर से ही माँ का विचार बदल गया कि उसने एक लड़की का जन्म दिया। फिर विचार बदला तो पढ़ाई और भेदभाव लड़का-लड़की में शुरू हो गया। लड़की की पढ़ाई में अगर विरोध होता है तो सबसे पहले माँ का होता है। कहाँ पढ़ना है। स्कूल कहाँ है शादी हो जायेगी बोझ खत्म हो जायेगा। चली जायेगी दूसरे के घर लड़का रहेगा तो मेरा खयाल रखेगा तमाम बातें करती है माँ।

अगर पढ़ाई पूरी की तो शादी के लिए पिता यानी अपनी पति पर दबाव बनाती है। लड़का क्या करता है। नौकरी या व्यवसाय या खेती सुन्दर है या खराब सब बातें माँ करती है। मगर एक बात भी अपनी लड़की से नहीं पूछती कि तुम्हारी क्या इच्छा है। लड़का पसन्द है कि नहीं। मगर जब लड़के की शादी की बात आती है तो फिर माँ ही कहती है कितना दहेज दे रहे हैं लड़की कैसी है। अगर शादी करने बहू घर में आ गयी तो बेटी को बाप सिखाया नहीं ससुराल में कैसे रहना चाहिए रोटी बनाना जानती नहीं इतनी देर तक क्यों सोती रहती है। एसा कभी नहीं लगता यह बात लड़का का पिता कहता हो। किसी जाति-धर्म का हो अगर प्रेम-विवाह की बात आती है तो हमें अब विश्वास हो गया कि सब परेशानी की जड़ औरतों की औरत ही और हम दोष पुरुष पर देते है। पहले अपने घर में देखें कि जब लड़का की शादी करे तब दहेज की बात न करे फिर लड़की की शादी में दहेज से परहेज करे। धीरे धीरे समाज में बदलाव आयेगा इसी के साथ मैं अपनी बात खत्म करती हूँ धन्यवाद।

तालियों की गड़गड़ाहट के बाद अब सरला सिंह यानी अन्तिम वक्ता के रूप में बोलेंगी। इनका विषय है घर के अन्दर की हिंसा।

मैं सरला सिंह बोल रहीं हूँ, ज्याद पढ़ी तो नही हूँ मगर इतना भी कम नहीं हूँ कि इस बात पर बोल न सकूँ। घर के अन्दर की हिंसा की बात करना है। सर्वप्रथम लड़की, पुत्री, बहन फिर पत्नी और बहू फिर सास बनती है। जब तक सास नहीं बनती वह प्रताड़ित रहती है और सास के द्वारा कभी ननद के द्वारा कभी जेठानी के द्वारा यानी हर रिश्ते में औरत ही औरत की हिंसा के प्रताड़ना का केन्द्र-बिन्दु रहती है। एक औरत को हर उन रिश्तों से गुजरना पड़ता है जो रिश्ता समय-समय पर अपने आप पाया है। किसी औरत की जैसा रिश्ता वैसी ड्यूटी करनी पड़ती है। बहन के रूप में मर्यादा और सम्मान की रक्षा करनी पड़ती है, पत्नी के रूप में पति के साथ ससुर के साथ सास के साथ देवर के साथ ननद को

रिश्ते निभाना पड़ता है। मगर क्या सास का ननद का या घर के अन्य सदस्य की जिम्मेदारी नहीं बनती बहू के साथ अच्छा व्यवहार करने को। पहले बेटी फिर बहन फिर पत्नी और बहू का रोल करना पड़ता है। किसी रोल में कमी करेगी तो वहाँ पर स्वयं औरतों को परेशानी उठानी पड़ेगी, पुरुष को नहीं परेशानी उठानी पड़ती है। जब तक सास रहती है तो बहू रूप में पत्नी के रूप में इस बात का खयाल नहीं करती है कि आप जिस घर में पैदा हुई हैं। तो आप की माँ आप का पिता आपका भाई बार-बार यही कहता है कि पराये घर की बेटी है... यहीं से मानसिक- प्रताड़ना प्रारम्भ हो जाती है। कब शादी करके झंझट से मुक्ति मिल जाय हाथ... बेटी का पीला कर दे गंगा नहा लें यानी कभी-कभी आप अपनी बेटी मानना इसे सामाजिक व्यवस्था कहे या परिस्थितियाँ कहें मगर आप अपने पति के घर आती है तो हर कोई अपनी पत्नी अपनी भाभी और बहू यानी सब अपने-अपने कहकर पुकारता है। मगर आप इस अपने के बदले क्या देती है। क्या कभी सोचती है जो मेरी-मेरी करता है उसके साथ आप तेरी-तेरी करती है। जो आपको पराये-पराये कहता है, उसे आप मेरी-मेरी कहती है। फिर क्या जहाँ सम्मान करना चाहिए अपमान जहाँ व्यवहार करना चाहिए वहाँ सम्मान करती है। फिर यही कलह यही प्रताड़ना यही हिंसा का रूप लेता है जिसके कारण पति-पत्नी के बीच में तनाव सास-बहू के बीच में कलह देवर भाभी के बीच में दुराव ननद भाभी के बीच मनमुटाव का रूप लेता है। फिर घर में हिंसा के शक्ल बनने लगती है। लड़की की माँ जहाँ पर अपनी बेटी को परायी समझकर दूर करने का प्रयास करती है, बाहर भेजने में शिक्षा ग्रहण करने में। यह न पहनो यह न करो यह तुम्हारे लिए ठीक नहीं है। बेटी का कोई जाति नहीं धर्म नहीं होता। जिस पुरुष से उसका सम्बन्ध हो जाता है उसी जाति एवं धर्म की हो जाती है। क्या कभी लड़की स्त्री से शादी करके स्त्री की जाति कुल बेटा धर्म का हुआ है। आप देखेंगे नहीं क्या यह मानसिक प्रताड़ना नहीं है। तुम बेटी हो बेटा नहीं हो तमाम तरह के शब्द को मन की पीड़ा देते हैं। शादी करके दूर कर दूँ यही भावना पनपना क्या किसी हिंसा से कम है। मैं यह नहीं कहती कि लड़की की शादी करके भूल जाओ उसको समय समय पर सहारा दो ताकत दो इतना भी न करो कि उसके व्यक्तिगत जीवन में कलह जन्म ले तथा परिवार में जीवन में पति-पत्नी घर में विपरीत भावना का जन्म ले कलह फिर हिंसा का रूप ले ले। यह नहीं कहती हूँ कि सब घरों में हिंसा होती है। अगर इसका ध्यान रखे जहाँ तक शादी के बाद लड़के की या माँ ही तो कहती है दहेज कम दिया मेरे लड़के को लूट ली, गरीब घर में शादी करा दी पहले तो ढेर सारा धन मिल रहा था। लड़कियाँ चाहे

बेटी रहे चाहे बहू उनको महत्त्व दें शायद घरेलू हिंसा कम हो जायेगी... मैं यहीं अपना भाषण खत्म करती हूँ। धन्यवाद।

सरला सिंह की बात पर लोगों को आश्चर्य हुआ... तालियाँ बजीं और जेहन में भी घुसी।

अब संचालक महोदय ने अपने मुख्य-अतिथि के रूप में मंचासीन समाज सेविका से अनुरोध किया कि वे भी नारी पर बोलें। समय अपनी अन्तिम बेला की ओर बढ़ रहा है और समय समाप्त होने वाला है। समय समाप्त होने के बाद कोई महिला इनसे मिलकर बात करना चाहे तो कर सकती है, इनका मार्गदर्शन लेना चाहे तो ले सकती है तथा सभी महिलाओं से अनुरोध है तथा आगन्तुकों से भी अनुरोध है कि सभा समाप्त होने के बाद सूक्ष्म जलपान की व्यवस्था उसे भी स्वीकार करेंगे।

सभी बूढ़ी औरतों को जिनकी उम्र करीब 50 वर्ष की होगी, उसी में से चाँदनी को जानती थी वह कहने लगी यह कुलछनी क्या बोलेगी इसका तो चरित्र ही गिरा है, भला इसका मार्गदर्शन कौन लेगा, इसे तो गाँव के लोगों ने वेश्या समझ घर से बाहर निकाल दिया इसे तो दुबारा गाँव में आना ही नहीं चाहिये जो कम उम्र की थी जानती नहीं थी वह चाँदनी की खूब तारीफ कर रही थी। सभी औरतें अपने आप में बड़बड़ा रही थीं किसी की इस भीड़ में कोई बात सुन नहीं रहा था।

हाँ मैं चाँदनी हूँ इस गाँव के सभी बुर्जुग को मेरा नमस्कार एवं छोटों को मेरा आशीर्वाद। मैं भाग्यशाली समझती हूँ इस गाँव में मुझे मुख्य-अतिथि के रूप में आमंत्रण एवं स्वागत का अवसर दिया गया।

हाँ मैं भी एक खेती करती हूँ... बड़ी खेती मैं पीड़ाओं को दूर करने की खेती करती हूँ। मैं भोजन में गम खाती और पानी में आँसू पीती हूँ... मेरे जिन्दगी का काफी समय बीत गया सब जान रही हूँ। मैं उस गाँव का पौधा हूँ जहाँ मुझे खराब समझकर उखाड़कर दूसरे गाँव में लगा दिया गया। उस गाँव में पानी खाद के अभाव में उखाड़कर फेंक दिया गया कहीं और पौधे मेरे कारण न खराब हो सकें। मगर मैं भी एसा बेशर्म पौधा हूँ जो अपने बल पर लगी, बढ़ी और आज एक पेड़ बनकर सामने खड़ी हूँ। मेरा पौधा इतना मजबूत हो गया कि कई लोगों को छाया देता है। खैर में कई श्रोताओं की बातें सुनी अच्छा लगा मंच पर भाषण देना और उसे लागू करना अलग-अलग है। इन श्रोताओं से अनुरोध है वक्ताओं

के विचारों को जो सुने हैं। उसे पालन कराने की कोशिश करें। यह सच है बाते सुनकर पालन करने से महिलाओं की पीड़ाएँ खत्म नहीं हो सकतीं मगर कम ज़रूरी होंगी ऐसा विश्वास है... इसी के साथ मैं अपनी बात खत्म करती हूँ, अगर कोई मिलना चाहे तो मिल सकता है, मेरे पास उन्हें देने का समय करीब एक घण्टा और है धन्यवाद नमस्कार।

संचालक महोदय ने मीटिंग समाप्त करने की घोषणा करते हुए जलपान का न्योता दे डाला।

सुशीला देवी जो समाजशास्त्र से पी0एच0डी0 कर रही हैं। सोची इतनी बड़ी सामाजिक कार्य करती है, समाज सेविका है, इनसे मिल लूँ इनको इस क्षेत्र में प्रेरणा कहाँ से मिली इनका जीवन के उपर झाँककर देखे और मिलने के लिए वक्त माँग लिया।

* * *

हैलो मैडम नमस्कार!

हाँ सरला कहो कैसे हो क्या कर रही हो।

मैं ठीक हूँ पी0एच0डी0 समाज सेवा से कर रही हूँ

तो समाज में किस बात की खोज कर रही हो?

यही कि औरत को किन-किन परिस्थितियों से गुजरना पड़ता है, क्या-क्या पीड़ा अपनो से मिलती है।

तो किसकी बेटी हो?

क्या आप जानती हैं किसी को !

हँसतें हुए मैं क्या नहीं जानती इस गाँव में, सब जानती हूँ इस गाँव का कोना-कोना मुझें याद है, भला इस गाँव के विषय में मुझसे बेहतर कौन जानता है।

तो आप कहाँ से आयी हैं। आप का परिवार और मायका कहाँ है?

छोड़ो बेटी तुम पढ़ो, यह सब जानकर क्या करोगी

अरे इतनी बड़ी समाजसेविका इतना पैसा खर्च आखिर पैसा कौन देता है, कहाँ से आता है। उत्सुकता वश बोल पड़ी।

जब सरला जिद करने लगी तो चाँदनी अपनी बात बताती हुई अपने अतीत में चली गयी। अपने खयालों में डूबी तो डूबती गयी... कई दशक पीछे चली गयी।

* * *

माँ! माँ!

हाँ बेटी चाँदनी क्या है।

मैं शहर में पढ़ना चाहती हूँ।

बेटी तुम शहर नहीं जा सकती।

क्यों क्या हो गया।

देखों बेटी, भगवान ने तुम्हें सुन्दरता तो दी है, उम्र भी तुम्हारी करीब 16 वर्ष की हो गयी, मगर गरीबी मेरे भाग्य में है, शहर में पढ़ने के लिए दोनों बाधक हैं। सुन्दरता मेरे भगवान ने दी है, गरीबी खुद पैदाइशी है जो मेरे बस का नहीं था तो कुछ नहीं कर सकती जो तेरे पिता के बस का था वह हो नहीं सका।

क्यों चाँदनी की माँ बेटी को क्या बता रही हो?

यही कि शहर में पढ़ने से मना कर दिया

क्या चाँदनी की माँ क्या बकवास कर रही हो

कुछ नहीं, चाँदनी शहर पढ़ने जाने की जिद कर रही है।

गलत जिद कर रही है, मैं रात-दिन यह सोचने में लगा हूँ अच्छा या खराब किसी प्रकार का रिश्ता मिल जाय तो शादी कर दूँ और यह दूसरे प्लान में खड़ी है।

चाँदनी गुस्सा कर खेत की ओर चली गयी। गन्ना के खेत के पास पुलिया पर बैठ गयी। यह सच था चाँदनी करीब 16 वर्ष पार कर गयी थी और सुन्दरता कुदरती उपहार था। मनमोहक सुन्दरता देख कोई पुरुष बिना चाँदनी को देखे नहीं रह पाता था। गाँव के कुछ मनचले लड़के चाँदनी की एक झलक देखने के फिराक में रहते थे, मगर चाँदनी कभी सिर ऊँचा करके नहीं चलती थी... मानो वह किसी को देखने की इच्छा नहीं करती। आँखें नम थीं चाँदनी अपनी सुन्दरता पर न गरूर करती न सोचती कौन कैसे मुझें देखता है। वह अपने आप को

सोचती कभी कोई ऐसा काम नही करेगी जिससे माता-पिता की नजरे लोगों के सामने झुक जायँ। गरीब थी, मगर इज्जतदार थी। स्वाभिमानी थी, स्वार्थी नहीं थी... हमेशा अपनी मर्यादा में रहती थी। पुलिया पर बैठी सोच रही थी क्या भाग्य पायी हूँ। गरीबी के कारण पढ़ नहीं सकती। मुंह नीचे किये सोचते-सोचते अचानक उसका सिर उठा। सामने देखा एक साँप फन ऊपर किये चाँदनी को देख रहा था सोच रहा था... चन्दन का पेड़ है लिपट जाऊँ। अचानक साँप को अपने सामने देख चीख पड़ी और भागने के लिए बचने के लिए उठी और गिर पड़ी कि सामने से आते हुए व्यक्ति के ऊपर जा पड़ी। दोनो गिर पड़े। अनजान आदमी नीचे और चाँदनी ऊपर एक-दूसरे का चेहरा देख रहे थे- अचानक हुए हादसे को सोच नहीं पा रही थी क्या हो गया कैसे हो गया। तब फिर होश आया तो चाँदनी उठी और ओढ़नी को सँभालते हुए आवाज करते हुए चोट लग गयी। फिर दोनों खड़े-खड़े एक-दूसरे को निहारते रहे। दोनों अनजान थे आखिर चित चेहरा नाम पता अनजान और दोनों उठे और दो दिशाओं में चाँदनी अपने घर की ओर और अनजान अपने राहों की ओर चल दिया... किसी ने कुछ नहीं बोला। चाँदनी साँप का दृश्य अनजान आदमी पर गिरना बार-बार उसको मन-मस्तिष्क के ऊपर सोचने के लिए दबाव बना रहा था।

बार-बार यह अपने मन से पूछ रहा था यह अनजान लड़का कभी दिखायी नहीं दिया गाँव का या बाहर का। कभी तो दिखायी नहीं दिया। शाम को घर पहुँची चाँदनी जब खाना खाकर सो रही थी तो उसको नींद कोसों दूर थी।

क्या बेटी नींद नहीं आ रही है !

नहीं माँ।

हाँ बेटी नीद कैसे आयेगी, आखिर तुम्हारा पढ़ने का मन था। एक बात कहूँ बेटी, जिस उम्र में हो वह उम्र भी बहुत खराब है... इस उम्र में अधिकतर लड़का-लड़की भटक जाते है। क्यों न भगवान नें तुम्हे सुन्दर बनाया पूरे गाँव में बस यही चर्चा है। चाँदनी जैसी सुन्दर लड़की कोई नहीं है। नन्दनी की बिटिया चाँदनी सुन्दर के साथ साथ शरीफ भी है, मुझें डर लगता है बेटी तुम्हारी सुन्दरता के कारण कोई ऊँच-नीच न हो जाय जब तुम अकेली खेत की ओर जाती हो तो डर-सा लगा रहता है कोई अनहोनी घटना न घट जाय।

क्या माँ तुम भी क्या बक रहीं हो, कभी मेरे विषय में ऐसी-वैसी बाते सुनी तुमने क्या मैं ककरी हूँ जो चाहे तोड़कर रख ले मैं लड़की हूँ कमजोर नहीं, जब

तक मैं न चाहूँ किसी लड़के की मजाल नहीं मुझे छू सके।

बेटी तुम अच्छी हो, मजबूत हो मगर मैं इस जमाने को क्या कहूँ, लोगों के मुँह को क्या कहूँ किसी के मुँह पर ताला तो नहीं लगा सकती। तुम तो जानती हो बेटी गरीब आदमी की क्या कोई इज्जत होती है... एक रिश्ता तुम्हारे पापा ढूँढने गये थे... लड़का ठीक था, मगर लड़के के बाप को सुन्दरता कम दहेज ज्यादा प्रिय था... मगर दहेज के लिए मेरे पास क्या है, मात्र कुछ बीघा जमीन, अगर वह भी बेच दिया तो खायेंगे क्या। उसी खेत से पेट चलता है। अवश्य लड़की के हाथ तो पीले करने हैं। शहर तुम जा नहीं सकती, पैसा भी लगेगा, परेशानी भी बढ़ेगी। मैं जानती हूँ बेटी इस उम्र में ढेर सारी इच्छाएँ होती हैं मगर बेटी मैं पूरा नहीं कर सकती... लम्बी साँस खींचकर बोली। आँखों में आँसू छलक आये।

बस माँ बस... माँ एक बात पूछूँ!

हाँ बेटी पूछो

माँ क्या शादी करना जरूरी है?

अचानक बहते आँसू को पोछते हुए रुख बदलती देख हँसी आ गयी क्यों नहीं बेटी ने ऐसा प्रश्न ही किया।

हँसते हुए। यह बेटी कैसा सवाल... सामाजिक परम्परा है, शादी करना जरूरी नहीं होता तो बेटी यह गाँव यह शहर जो देख रही हो। शादी के परिणाम है मनुष्य की लम्बी उम्र चलने के लिए उम्मीदें खत्म नहीं करना चाहिए... साथी अवश्य होना चाहिए। और शादी नहीं होती तो शायद समाज का अस्तित्व ही समाप्त हो जाता है। तेरे पापा ने शादी की, उसका परिणाम तुम हो, शादी नहीं करते तो तुम कहाँ से आती। बेटी को कैसे समझायें मानव-प्रवृत्ति है, प्रकृति-प्रवृत्ति है, जनसंख्या आने का बढ़ने का तरीका शादी है।

क्या कभी जानवर शादी करते, मम्मी?

सच कहा, शादी नहीं करते मगर उनकी जनशक्ति घट गयी क्या नहीं न कल एक बैल था एक गाय थी, मगर आज कितना गुना हो गयी। दो गाय दो बेल कहाँ से प्रजनन प्रक्रिया से मगर सच तो यह है बेटी जीवो में मानव-जीव श्रेष्ठ है और सभी जीवन अपनी आयु पूरी नहीं कर सकते... प्रजनन प्रक्रिया की वैधता ही शादी है।

क्यों माँ?

यही कि एक जीव दूसरे जीव का भोजन है... मुर्गी बिल्ली का, बिल्ली कुत्ते का, कीड़े-मकोड़े पक्षी का, पक्षी आदमी का, यानी मछली को तो आदमी मार के खाता है। जानवर भी तो समाज की संरचना एवं सम्मान के लिए शादी का रूप दिया जाता है क्योंकि मानव बुद्धिमान जीवों में आता है।

माँ मैं तो चाहती हूँ ऐसा न हो मैं शादी न करूँ।

ठीक सोचा बेटी, इससे अच्छा बेटी सोच ही क्या सकती है... गरीबी कम थी मजाक करने एवं बेइज्जत करने के लिए जो दूसरी बात बेटी की ओर से सोच ली गयी।

माँ की बात सुन चाँदनी चुप रही गयी... आखिर इसका उत्तर जो पा गयी सोचते-सोचते कब नींद आ गयी पता ही नहीं चला।

* * *

धीरे-धीरे कई महीने बीत गये। एक बार गाँव के पास एक मेला लगा था।

बेटी चलो दशहरा घूम आयें।

क्यों माँ ऐसा क्या मेला- ठेला में अनायास ही परेशानी होती है, भीड़ लगी रहती है, एक-दूसरे से धक्का-मुक्की छेड़खानी न जाने क्या-क्या होता है।

बेटी हम गरीबों के मन बहलाने का यही एक सहारा है, मेला घूम कर अपने मन को शान्त कर लेते है मन बदल जाता है। साल में एक बार तो बाहर मेला के बहाने घूमने का मौका मिलता है, मेला भी घूम लेगें ऐसे कहीं कोई भी नहीं जा सकता।

ठीक है ऊपरी मन से चाँदनी मेला में पहुँच गयी कि मेला में एक साँड़ सींग वाला लोगों को दौड़ाये जा रहा था कि अचानक सामने साँड़ को देख चाँदनी सोची नहीं सकी अब क्या करे किधर भागे। तब तक एक नवजवान चाँदनी के ऊपर झपटा मारा और साँड़ के सामने से बगल गिरा दिया। साँड़ तेज दौड़ता हुआ आगे बढ़ गया। भीड़ में लड़की बच गयी लड़की बच गयी कहकर पास पहुँचे तो देखा लड़की और लड़का दोनों खड़े थे। लोगो ने मेला में लड़का की तारिफ किया। अगर साँड़ से लड़की न बचाया होता तो पता नहीं क्या हो जाता लड़की का।

बेटी चोट तो नहीं लगी अचानक अप्रत्याशित घटना देख माँ सन्न रह गयी।

जिस बेटी को कोई छू नहीं सकता परिस्थिति ने ऐसा बदला कि अनजान लड़के ने गोद में उठाकर पटक दिया। मगर क्या करती कैसे विरोध करती पूरा मेला लड़के की तारीफ में था।

अचानक चाँदनी नज़र उठाकर देखा तो बचाने वाले लड़का की नजर मिली और यह तो वही लड़का है जो सांप से बचाने के लिए मैं उस पर गिरी और संयोगवश आज वह मुझ पर गिरा था... उस दिन मैं उसके उपर गिरी थी बस अन्तर था मैं उस दिन सांप से बचने के लिए कूदी थी आज साड़ से मुझें बचाने के लिये मुझ पर कूदा था। दोनों की नजर मिली हलकी-सी मुस्कान हुई।

चलो बेटी अब मेला हो गया घर चलते हैं।

चाँदनी अपने घर की ओर चल रही थी। कुछ दूर जाने के बाद पलटकर देखी तो लड़का उसकी ओर देख रहा था। फिर आये बढ़ गया। चलने से पहले माँ अपना गुस्सा निकालते हुए लड़के से कही थी क्यों तुमने मेरी बेटी को छुआ कि अचानक भीड़ से आवाज आयी थी क्यों भाई नेकी और डाँट... क्या करता अगर न बचाता तो साँड मार देता। विरोध सुन माँ चुप रही और चल दी थी।

लड़का अपनी गलती स्वीकार करते हुए कहा यह अचानक हुआ मेरी सोच ही नहीं थी।

काहे की गलती जी जाओ तुम जाओ भला हो इस जमाने का, मदद करो और डाँट सुनो।

मगर चाँदनी को तो ठीक लगा क्यों न दूसरी मुलाकात थी लड़का भी सुन्दर था, मगर नाम-पता नहीं बस चेहरा याद था।

बेटी कहीं चोट तो नहीं लगी घर पहुँचते हुये माँ ने दूबारा पूछा लिया बढ़बड़ाते हुए गयी थी मेला देखने, मेला के बजाय ठेला हो गया।

नहीं माँ यह हादसा था।

तुम लड़के को जानती हो, कौन है कहाँ का है क्या नाम है?

पता नहीं माँ मैं नहीं जानती। क्या कहती कि ऐसा हादसा पहली बार नहीं दूसरी बार हुआ है... गन्नें के खेत के पास। मगर चाँदनी नहीं बोली छिपा ले गयी। सच है, जब उम्र आती है तो नवयुवक था युवती स्वभाव से एसी घटना छुपाने लगते हैं। इस उम्र वाले लड़के-लड़की का स्वाभाविक बदलाव है।

खाना खाकर घर में सोते हुए चाँदनी को नींद नहीं आ रही थी। बार-बार वही चेहरा उसकी मुस्कराहट क्यों न पहली बार थोड़े हुआ है। यह दूसरी बार का हादसा है। मात्र संयोग कहा जाय पता नहीं चला कौन है कहाँ का है क्यों बार-बार मेरे जीवन में आ रहा है। चेहरा उसका सामने चलचित्र की तरह आता-जाता था।

बेटी क्या सोच रही है, हादसा समझ भूल जाओ।

माँ ऐसे ही थोड़ी बहुत आखिर क्या कहती

खैर हादसा है भूल जाओ

ठीक है माँ क्या भूल जाऊँ यह एक बार थोड़े बार-बार

क्या बड़बड़ा रही हो बेटी?

कुछ नहीं माँ बस ऐसे ही

धीरे धीरे महीने बीत गये मगर उस अनजान आदमी का चेहरा चाँदनी के मन-मस्तिष्क पर बार-बार आता-जाता था।

अचानक एक दिन चाँदनी के पेट में दर्द उठा। घर की देसी दवा से ठीक नहीं हुआ देखो चाँदनी के पिता गाँव के बगल में डाक्टर बैठते हैं। चाँदनी का पेट दर्द ठीक नहीं हो रहा है जरा इसे दिखा लाओ

मगर वह तो फीस भी लेते हैं

तो क्या बेटी दर्द से परेशान रहेगी

अच्छा चलता हूँ दर्द है तो दवा तो लेनी पड़ेगी

डाक्टर साहब कुछ पल के लिए आराम करने चले गये, उनका लड़का पर्चा बनाने लगा

बाबू मेरी लड़की के पेट में दर्द है पर्ची बना दो

मरीज लाये हैं?

हाँ मरीज का क्या नाम पूछते हुए मरीज की ओर नजरे दौड़ायी तो अचानक सामने लड़की को देखकर चौंक पड़ा

बाबू चाँदनी नाम है मेरी बेटी का

चाँदनी नाम सुनते ही एक पल ठहरा, फिर चाँदनी को देखते ही उसके सामने एक चलचित्र की तरह साँप वाली घटना एवं साँड वाली घटना नजर आने लगी।

अचानक चाँदनी जिसको कभी-कभी तलाशती थी वह उसके सामने था, जिनके साँप के बचने पर गिरा दिया, साँड से बचाया।

एक-दूसरे को एकाएक नजर में देखते हुए कुछ पल ठहर गये... समय भी ठहर गया और एक-दूसरे ने अपने सामने देख हलकी-सी अपनापन बिखेरा। सही है, जब अपनापन का खयाल आता है तो मुस्कुराहट से स्वीकारोक्ति मिलती है।

बेटा पर्ची बना दिया? डाक्टर साहब आते ही बेटा से पूछ लिया

हाँ पापा कुल तीन मरीज है चाँदनी, मोहनी और रमेश है यह सब यही है।

अच्छा अब तुम जाओ अपना पढ़ो-लिखो, कल तुम्हें शहर जाना है अगला कोर्स करने के लिए।

क्या नाम है, चाँदनी!

जी डाक्टर साहब।

क्या हुआ है?

डाक्टर साहब पेट में दर्द है। क्या बताती यह दर्द तो कम था सामने बड़ा दर्द पैदा हुआ आपका बेटा है जो बार-बार मेरे रास्ते में आकर दर्द बढ़ा दिया। सोचने लगी।

बेटी चाँदनी कहा खो गयी मैं तुमसे ही पूछ रहा था। क्या खायी थी, अच्छा दवा खाओ दो खुराक में ठीक हो जायेगा।

चाँदनी के पिता ने डॉक्टर से फीस की बात की तो डाक्टर साहब ने कहा जाओ इतनी दवा का क्या पैसा बेटी है, इतना तो मेरा हक बनता है पड़ोसी गाँव के हो

चाँदनी पिता के साथ अपने घर के लिए मुड़ी, मगर एक झलक पाने के लिए बार-बार उस डाक्टर के पुत्र को देखना चाहती थी। निगाहें अचानक उसे ढूँढने लगीं। कुछ देर और रुकना चाहा तब तक

सामने से वही शक्ल दिखायी दी।

बेटा अविनाश जरा इधर तो आना माँ की आवाज घर के अन्दर से आयी

आया माँ कहकर घर के अन्दर चला गया।

चलो बेटी अब क्या घर चलते हैं।

जी बाबू जी।

आज चाँदनी पेट के दर्द की दवा तो पा गयी, मगर जो उसके सपने में उसके आँखों में उठता दर्द था उसकी दवा भी पा गयी आखिर अविनाश जी है। शहर में पढ़ते हैं जो मेरे रास्ते में बार-बार आते हैं। चाँदनी क्यों न सोचे उम्र करीब 18 वर्ष के करीब थी। यह उम्र की बीमारी तो हर नवयुवक को होती है। मैं भी गरीब न होती तो शहर में पढ़ती... सोचते सोचते कब घर पहुँच गयी पता ही न चला।

धीरे धीरे महीनों साल गुजर गये कि अचानक आज चाँदनी उसी गन्ने के खेत के पास जो पहले गन्ना था फिर इस साल भी गन्ना है। के पास पुलिया पर बैठी थी। साँय के 5 बजने वाले थे... सूर्य अपनी थकान मिटाने के लिए अपने आशियाना की ओर बढ़ रहा था गर्मी का दिन था। गन्ना चूस रही थी पुलिया से गाँव तक जाने का रास्ता था तथा शहर तक यानी वहीं एक रास्ता था जो दूर तक लोगों को मार्ग दिखाता है।

कि एक व्यक्ति शहर से गाँव की ओर आता दिखायी दिया। अचानक व्यक्ति की शक्ल देख पहले तो चाँदनी हिचकिचायी मगर नज़दीक आते हुए चेहरे की शक्ल पहचान-सी लगने लगा कि अचानक पुलिया के पास पहुँचते ही चाँदनी को लगा यह तो अविनाश है पुलिया से नीचे उतरकर।

हे बाबू पढ़ाई करते हो?

देखों चाँदनी रास्ते से हटो मुझे घर जाना है बाद में बता दूँगा।

अच्छा जी घर जाना है, मैं कौन रोकती हूँ मुस्कराते हुए सामने आ गयी तो मुँह छिपाते हुए क्या पढ़ाई करते हो?

हाँ पढ़ाई कर रहा हूँ फाइनल है बी0टेक0 कर रहा हूँ।

यह बी0टेक क्या होता है मैं समझी नहीं

मैं इन्जीनिरिंग की पढ़ाई कर रहा हूँ

ओ जी यानी इन्जीनियर बनोगे

हाँ जब इन्जीनियर की पढ़ाई कर रहा हूँ तो इंजीनियर ही बनूँगा न

क्या कलक्टर नहीं बनोगे ?

वह भी यानी कुछ भी बन सकता हूँ

जाओं मैं तुम्हे आशीर्वाद देती हूँ इन्जीनियर नहीं कलक्टर बनोगे।

जो बनना है बनूँगा बाद में पहले रास्ता तो छोड़ो

तुम रास्ते की बात करते हो, मैं लड़की हूँ मैं तुम्हे छोड़ नहीं सकती शरारती नजर से ही चाँदनी बोल पड़ी

मेरा नाम अविनाश है, मैं जो चाहता करता हूँ, मैं चला धक्का देते हुए आगे निकल गया।

छोड़ों यार मेरे अगल-बगल आने के लिए तरसते हैं, तुम मुझें धक्का दे रहे हो खैर तुम्हे छोड़ूँगी नहीं, कलक्टर बन जाओ तब भी हँसती हुई अपने घर पहुँच गयी।

अचानक चाँदनी के मुख से निकली आवाज तुम कलक्टर बनोगे इन्जीनियर नहीं, अविनाश को बेचैन कर दिया। क्या एसा हो सकता है, क्या मैं कलक्टर बन सकता हूँ सोचते घर पहुँच गया।

यह मुलाकात का सिलसिला चला तो चलता ही गया... फिर जान-पहचान फिर दोस्ती फिर प्रेम में कब बदल गयी पता ही नहीं चला।

* * *

चाँदनी की माँ

हाँ चाँदनी के पिता जी

मैंने बहुत रिश्ता ढूँढ़ा मगर कोई बिना पैसे के, बिना दहेज के तैयार ही नहीं होता आखिर क्या करता... कहाँ जाऊँ क्या लड़की की सुन्दरता का कोई मायने नहीं है। मगर क्या करता पढ़ी लिखी भी नहीं, ढेर सारा धन नहीं है। पैसा भी नहीं क्या बेटी की सुन्दरता को लेकर अब मैं क्या करूँ।

देखो चाँदनी के पापा अब उम्र देखोंगे तो लड़का मिलेगा नहीं लड़की की शादी की जिम्मेदारी है अपने घर तो रख नहीं सकते, कही लड़की के पाँव फिसल गये तो गरीबी तो है ही, साथ में इज्जत भी चली जायेगी, एसा करो लड़की से उम्र में बड़ा जो भी हो अगर धनी हो, गरीब हो, दुवाह भी हो तो हम लड़की को विदा कर देंगे एक साड़ी एवं कपड़ा में, मगर शादी तो अब करनी है।

कैसी बात करती हो। तुम, मेरी लड़की दुवाह के साथ शादी नहीं नहीं ऐसा मैं नहीं कर सकता।

नहीं नहीं से काम तो चलेगा नहीं, आखिर मैं क्या कर सकती हूँ। आँखों में आँसू भर गये।

देखों चाँदनी की माँ दुवाह है, उम्र में बड़ा है, धनी भी है वह पैसा लगा लेगा नहीं बल्कि पैसा देगा चलेगा।

हमें लेना नहीं है, बस दहेज न माँगे एक धोती पर विदा कर दूँ यही मना लेना

हाँ एक है, उसकी पत्नी मरे कई साल हो गया, उससे शादी करा सकता हूँ मगर जिन्दगी भर मेरी बेटी हम दोनों को गाली देती रहेगी... क्या खुश रहेगी वहाँ क्या इज्जत करेगी अपने माता-पिता की।

हँसते हुए गरीबों की इज्जत कहाँ होती है चाँदनी के पापा, गरीब तो वैसे ही आत्मा से धन से समाज से मरे हुए निर्जीव प्राणी हैं, जो ही चाहता है बेढ़गें बुलाता है, कुछ माँगो तो न जाने क्या-क्या कड़वी बात करता है।

गरीबी तो मजाक बनाकर ही इंसान को छोड़ती है। यह जिन्दगी का एक एसा दर्द है जो दिखायी तो नहीं देता, मगर वह चैन से जीने भी तो नहीं देता... हर बार, हर पल इंसान को बेइज्जत होना पड़ता है। जाड़े में कपड़े के लिए मुहताज, बरसात में आशियाना के लिए मुहताज... मगर बेटी को गरीबी में जीना तो नहीं पड़ेगा। हम लोग बेटी को विदा कर देंगे फिर क्या पता कैसी जिन्दगी जी सके कौन पूरी जिन्दगी हम दोनों जीने वाले है।

तो लड़के की उम्र 45 वर्ष की है, तरह-तरह की बीमारी उसे घेर ली है, शराबी ऊपर से है।

तो कौन मैं ठीक हूँ शादी कर दो कम-से-कम समाज यह नहीं कहे कि लड़की की शादी नहीं किया जो जमीन है बेचकर शादी कर दो, फिर कहीं हम

दोनों चले जायेंगे, मजदूरी करके जी लेंगे। पता नहीं चलेगा बेटी के माता-पिता कहाँ गये। पापा न माँ फिर गाली दे अपने को कौन सुनता है, कौन देखता है।।

कुछ दिन बाद चाँदनी की शादी के लिए मेहमान आने वाले थे

बेटी चाँदनी तैयार हो जाओ, लड़का वाले तुम्हें देखने आने वाले हैं।

क्या पापा मैं कोई सामान हूँ जो लड़के वाले देखने वाले आ रहे है, क्या मैं उनको पसन्द हो गयी तो शादी हो जायेगी। मन में कही मुझे पसन्द नहीं हुई तो क्या शादी नहीं होगी... मगर क्या मेरे पिता मेरी मर्जी को सुनेंगे... शादी बुजुर्ग, बीमार पति मिला तो मैं क्या शादी करूँगी... क्या अविनाश मुझसे शादी करेगा।

बेटी क्या बुदबुदा रही है।

चाँदनी क्या कहती कि वह किसी लड़के से प्यार करती है... क्या कहती कि वह उससे शादी करेगी। मगर ऐसा नहीं कह सकती... क्या कहे कैसे कहे एक तो गरीब की बेटी है, इज्जत की बात है माता-पिता की। क्या अविनाश के पिता मान जायेंगे... नहीं नहीं कोई नहीं मानेगा। आखिर मैं भी तो एक गरीब हूँ सुन्दरता कौन देखता है। केवल देखने लायक हूँ रखने लायक नहीं, धर्म एक दर्शनीय होता है। आवासीय नहीं क्योंकि धर्मस्थल आस्था का प्रतीक है, सुरक्षा एवं सुविधा का प्रतीक नहीं होता। क्या करती चुपचाप अपनी मन की पीड़ा अपने मन का भाव लेकर ऊपरी मन से बोली ठीक है जैसी आपकी मर्जी।

लड़का वाला आया। एक अजीब दृश्य जो बाप की उम्र का व्यक्ति था वह पति बनने चला था, जो अस्पताल जाने का समय था वह सुहागरात मनाने की लिये उत्सुक था क्यों नहीं जी उसके पास मकान-जमीन था, बैंक बैलेंस था... यही आज की योग्यता क्या यही आज की जिंदगी है।

क्यों जी लड़की पसन्द है? चाँदनी की माँ की आवाज आयी।

हाँ जी लड़की पसन्द ही नहीं बहुत पसन्द।

चाँदनी क्या कहती लड़के के आधी उम्र की खूबसूरत लड़की किसको पसन्द नहीं होगी बुदबुदाती हुई।

लड़के वाले चले गये। माँ एवं पिता चाँदनी के आपस में सन्तोष प्रकट किये कौन पूछता है लड़की की इच्छा जानने की। क्या करती चाँदनी अगर आत्महत्या करती है। तो यही आरोप लगेगा लड़की बदचलन थी अगर भाग गयी

तो कहेंगे लड़की बाप-माँ के मुँह पर कालिख पोत दी अगर शादी से ना कर दी तो लड़की अब मनबढ़ हो गयी आखिर क्या करती क्या कहती कैसे अपनी पीड़ा सहती जब लड़की से दुगनी उम्र के लड़के से बीमार से शादी करना था तो क्या जरूरत थी माँ-बाप को इतना दिन पालने-पोसने की पैदा होते ही गला दबा देते तो पहले ही मर जाती आज तो मरना न होता आँखों में आँसू लेकर घर के अन्दर चली गयी।

गाँव में गली में चर्चा होने लगी कि चाँदनी की जिस लड़के से ब्याह हो रहा है। वह बूढ़ा है, बीमार है, शादीशुदा था, पत्नी मर चुकी थी। बेचारी इतनी सुन्दर होकर भी सुन्दरता का कोई मोल न रहा। आखिर गरीब घर की बेटी है, गरीब घरों की यही दुर्दशा होती है... चाँदनी तो जिन्दा ही मर गयी।

धीरे-धीरे यह बात अविनाश तक पहुँच गयी। क्या कहता अभी तो वह पढ़ रहा है। समाज में पिता से परिवार से क्या लड़ सकता है, क्या वह चाँदनी को पाने के लिए विरोध कर सकता है। पढ़ाई कर लेता तो कुछ बनकर विरोध कर सकता, आज वह दूसरे के भरोसे खुद है। प्यार में इस तरह तड़पता देख बैचेन हो गया। रात किसी तरह कट गयी। मगर क्या करता, चुप-चाप वह शान्त हो गया। अपनी बेबसी पर अपनी परिस्थिति पर... मगर क्या करता किससे कहता चाँदनी से मिलकर विरोध करने को कहता मगर कैसे किस प्रकार कौन शादी अभी करेगा क्या मैं नहीं नहीं यही बातें सोचता रहा।

आज शादी का दिन था, सोचा एक झलक पालूँ फिर शायद चाँदनी को देखने का मिलने का बात करने का मौका मिले या न मिले। सोचते-सोचते उसी राह पर चल दिया जहाँ प्रेम का बीज जम निकला था। गन्ना का खेत और वही पुलिया।

क्यों जी यह पुलिया कितनी अजीब है, मात्र सुनती है कहती नहीं, आज मुझे शांती से रहने को कह रही थी हँसते हुए बड़ा अजीब जीवन है कहता है निर्जीव की तरह शान्त रहो कैसे शान्त रहती।

अचानक अवाज सुनकर अविनाश चौंक गया। देखा चाँदनी अकेली पुलिया पर बैठकर हँस रही है। बड़बड़ा रही है मानो पुलिया से ही अपनी पीड़ा कह रही है।

अरे अविनाश क्यों मुँह गड़ाये सिर नीचे करके चल रहे हो क्यों उदास हो क्या मुझसे शादी करोगे।

हाँ चाँदनी मैं तुमसे शादी करूँगा।

मगर मैं तुमसे शादी नही कर सकती, मैं उनसे शादी करूँगी जो मुझसे प्यार करता है... मेरी शादी तय हो गयी खूबसूरत लड़का नौजवान क्या हुआ मेरी जैसी गरीब हट्टा-कट्टा। कहते-कहते आँखों में आँसू आ गये।

क्यों तुम्हारे पिता ऐसा कर रहे हैं क्या तुम्हारे में शक्ति नहीं है। जो विरोध कर सको नहीं चाँदनी नहीं आँखों में आँसू इतना बेबसी में न डालो आखिर तुम्हारा जीवन ऐसा नहीं है। जो इस उम्र में आँखों में आँसू लेकर चलने का अभी तो पूरा जीवन है।

क्या करती तुम्हीं बताओ मुझे क्या करना चाहिए मेरे पिता को, माता को क्या करना चाहिए।

हिम्मत से काम लो।

हँसते हुए किस हिम्मत की बात करते हो हाँ हाँ हिम्मत से तो काम लेना पड़ेगा। हाँ जिस रिश्ते को इज्जत दिया जाता है सम्मान दिया जाता है। वही मेरी हिम्मत तोड़ दिये माता-पिता की शौक होती है। बेटी की शादी करना वह अपने बच्चे की आँखों में एक पल आँसू देखकर बेचैन हो जाते हैं। मगर वह मुझे अच्छी शिक्षा उन्हें संस्कार देने के बजाय वे बेबस अपनी बेटी को एक बूढ़े के साथ बीमार के साथ दे रहे है। क्या था मेरा गुनाह यही न मैं सुन्दर थी यहीं न मैं तुमसे प्यार करती थी क्या गरीब होना मेरा गुनाह है। क्या करूँ न जाने क्या-क्या क्या बकती हुई अभिनाश के कंधे पर सिर रखकर आँसू बहा रही थी।

देखों चाँदनी मैं भी कितना बेबस हूँ तुम्हें भगा भी नहीं सकता न शादी कर सकता।

नहीं अविनाश तुम जाओ तुम भी बेबस मै भी बेबश, माता-पिता भी बेबस अब मै सोचूँगी मुझे क्या करना है।

नहीं चाँदनी ऐसा न करना अगर तुम कुछ कर ली तो मैं तो जीते जी मर जाऊँगा।

हँसते हुए भ्रम न पालो मैं आत्महत्या नहीं करूँगी, मैं इतना कमजोर नहीं हूँ ठीक है। आँसू पोछते हुए अब तुम जाओ बरात घर पर आ चुकी है। मेरे घर वाले यानी माता-पिता ढूँढ रहे होंगे।

तो मेरा क्या होगा।

तुम्हारा यह वक्त बतायेगा अब वक्त मुझे बताना शुरू कर दिया... समय पर तुम्हें बतायेगा तुम्हारा मकसद तुम्हारा भविष्य हाथ में है, बस इसे ध्यान रखो।

चाँदनी जितना तुम सुन्दर हो उससे सुन्दर तेरे विचार है आज के जमाने में ऐसा कहा होता है। जरा-सी लड़का-लड़की मुस्करा क्या दे तुरन्त माता-पिता की इज्जत खुशियाँ अरमान पर अपनी छाप छोड़ते हुए वादा कर देते है। तुम्हारे विचार मुझे ताकत दी, मैं समय के साथ चलूँगा।

देखो अविनाश समय सबसे ताकतवर बलवान होता है महाभारत में सभी वीर थे, मगर द्रोपदी का चीरहरण उनके पतियों के सामने किया गया और बेबस पाँचों पाण्डव देखते रहे, बारह माह का गुप्त बनवास भी झेला। ताकत उनकी कहाँ गयी। आस्था का ग्रन्थ रामायण है, जिसमे भगवान की शादी में बड़े-बड़े विद्वान आये लगन भी सोचकर धरे क्या हुआ चौदह वर्ष का बनवास राजा दशरथ की पुत्र शोक में मृत्यु।

देखो चाँदनी न मैं भगवान की बात करता हूँ न... मैं दूसरे की मैं तो तेरी पीड़ा को सोच-सोचकर परेशान हो गया, क्या तेरी जिन्दगी में आँसू ही है।

मेरे आंसू की चिन्ता मत करो अपने आंसू पोछ लो मेरे आंसू तो समय के साथ सूख जायेंगे। जब आंसू ही नहीं रहेंगे तो निकलेंगे क्या। वक्त बड़े से बड़ा घाव भर देता है। आंसू तो रोक सकती इसे बहने दो शायद मेरी ताकत बनकर आगे का रास्ता साफ करे।

चलो तुम अपना धर्म निभाओं मैं अपना धर्म निभाये बाय बाय कहकर नमस्कार चाँदनी अपने घर की ओर चली गयी। जो आजआग के दरिया में कूदने को तैयार है।

अविनास चाँदनी को तड़फते हुये छोड़कर चला गया। क्या नसीहत और हकीकत में अन्तर नहीं है। बोलना और सहना क्या समान है। सोचते सोचते चाँदनी घर पहुँच गयी।

आखिर चाँदनी की बरात विदा हो गयी। चाँदनी के पिता ने अपनी सम्पत्ति बेचकर बरात की आवाभगत की तथा चाँदनी को दुलहन बनाकर उसके घर भेज दिया। चाँदनी ऐसे जा रही थी जैसे कोई मालिक बकरा को पालता-खिलाता-बढ़ाता है, फिर एक वक्त पर कसाई के हाथ बेंच देता है। कसाई क्या करता...

आखिर उसे तो गोश्त से मतलब है, बकरे की इच्छा क्या मायने रखती है। चाँदनी किससे कहती अपनी पीड़ा। एक माता-पिता थे... उसने तो खुद सौदा कर दी एक था दोस्त, दूसरे वह भी बेरोजगार क्या करती अपने आँसुओं को समझाते पोंछते हुए अपने ससुराल चली गयी जहाँ उसका पति बीमार शरीर से कमजोर अपने से दोगुनी उम्र का भद्दा का चेहरा दाँत निकला हुआ, शराबी। आँसुओं में भीगती जा रही थी।

* * *

आज ऐसा दिन था जहाँ लड़की अपना सब कुछ अपने पति पर लुटाकर अपने पति को ढेर सारी खुशियाँ देकर अपने सपनों को पूरा करती है। आज चाँदनी की सुहागरात है। कितना अरमान होता है एक लड़की का, कितनी इच्छाएँ होती हैं। मगर क्या चाँदनी इस दिन को भूल पायेगी, क्या इस जीवन को काट पायेगी या एक लाश बनकर ऐसे जैसे डाक्टर ऑपरेशन करने से पहले मरीज को बेहोशी का इन्जेक्शन देता है, फिर जब चाहे जहाँ से चीरफाड़ करे मरीज को पता नहीं चलता, वही हालत चाँदनी की थी सुहागरात के दिन। गम का इन्जेक्शन ले रखी थी डाक्टर यानी अपने बीमार पति के सामने सुहागरात की बीमारी का इलाज कराने पहुँची थी। न घूँघट न अरमान न प्यार न उपहार बस इलाज एक ऐसा इलाज जो कभी भी ठीक नहीं हो सकता। चाँदनी दुलहन बनी सुहागरात के दिन बैठी स्टेचर पर यानी सपने कक्ष में अपने पति के इंतजार में आँखें बिछायी थी... क्या यही होता है। एक गरीब माता-पिता की डिय़ूटी क्या यही होती है। एक लड़की का अपने माता पिता के मर्यादा का खयाल रखना क्या यही होता है। माता-पिता के परवरिश का परिणाम क्या यही होता है। एक चाहने वाले प्रेमी का अपने प्रेमिका के साथ व्यवहार क्या मैं अविनाश से शादी नहीं कर सकती थी, क्या मुझे इस पति के साथ आना चाहिए जो मेरे माता-पिता ने थोपा है। क्या धन-दौलत सुविधा से मेरी शादी मेरी खुशियाँ देने वाला पति यही है। न जाने क्या-क्या चाँदनी के मन में तंरगें उठ रहीं थी कई विचार आ जा रहे थे कि अचानक धड़ाम की आवाज हुई जिसको उसकी सोच भंग किया। सोची कुछ गिरा होगा। देखी तो उसके सामने उसका धनी बीमार कमजोर, शराबी पति था जो उसके पिता की उम्र का था। बाल काला कराया था क्यों न... नयी-नयी शादी हुई थी शरीर की बनावट कह रही थी समयकाल से बाहर हो गया। शराब की बोतल हाथ में थी।

क्या अजीब दिन था जिस पति के बाँहों में होना चाहिए उसी पति को बाँहों

में भरने का प्रयास कर रही थी। गिरा पति को बेहोश पति को शराबी पति को उठाने के लिए बाँहों में तो भर रही थी जिसको खुद का होश नहीं था दूसरे को क्या खुशिया देगा। उठाकर किसी तरह बिस्तर पर लिटा दिया। एक हाथ से अपने पीड़ा से निकली आँसुओं कों पोछ रही थी दूसरे हाथ से सहारा दे रही थी। फिर सोची क्या फायदा ऐसे आँसू बहाने से। जब यह आँसू मन का बोझ कम ही नही कर सकता तो क्यों इसे बहने दे... दर्द तो दर्द ही है रहेगा साथ में।

रात के तीन बज चुके थे। धीर-धीरे पति महराज यानी पति परमेश्वर को होश आने लगा था। बड़बड़ा रहे थे कि मैं कहा हूँ।

आप वहीं हैं जहाँ आपको होना चाहिए अचानक चाँदनी की आवाज निकल गयी।

सुबह के चार बजते-बजते शराब का नशा उतर गया... क्यों न शराब ही क्या जो बिन मौसम के साथ न छोड़ दे। फिर मुख से कुछ शब्द निकले।

देखो चाँदनी मैं बहुत पैसेवाला हूँ, तुम्हें यहाँ किसी प्रकार की कोई कमी नहीं होने देंगे। हाँ मेरी उम्र केवल 45 वर्ष की है। डॉक्टर ने कहा है कि मैं औरत योग्य नहीं हूँ, मगर मैं क्या करता इतनी सम्पत्ति कोई लेने वाला नहीं कोई अपना नहीं है सिवा माँ के। घरवाले ने नहीं माना तुम्हारी जिन्दगी खराब कर दी, इतनी खूबसूरत और जवान क्या पता था तुम्हें ही फँसा देगें। अगर तुम्हारी शादी किसी मजदूर से भी कर देते तब भी तुम्हारी जिन्दगी अच्छी कट जाती कहते-कहते सो गये।

चाँदनी अपना पति जो सुहागरात के इतनी अच्छी बात कर रहा है उसे मेरी पीड़ा का एहसास है। मगर अब कुछ नहीं बचा... न सोचने का न करने का, अब एक बहू बन चुकी थी किसी की पत्नी बन चुकी थी। अब लाडली बेटी नहीं रह गयी। कोई गुस्सा कोई अफसोस नहीं था। पति की बात सुनकर उसके अन्दर इंसानियत भी हमदर्दी थी सच कहा था मगर वह भी कहीं न कहीं समय के साथ बँधा होगा। चाँदनी की अभी उम्र ही क्या थी यही 20 वर्ष की रही होगी, भला इतनी उम्र में कितनी बड़ी सोच कर सकती अकेले कितनी साहस कर सकती। कितनी बेबस सोचते-सोचते कब उसे नींद का गयी उसे पता नहीं चला।

अचानक पति के मूँह से आवाज सुनकर उसकी नींद खुली।

जितना दिन मेरे साथ रहना चाहो रहो, जब तक मेरे साथ रहोगी, खाना

कपड़ा मिलेगा और कुछ नहीं मुझें तुम्हें देने के लिए। सिवा इसके मेरे पास कुछ नहीं है।

चुपचाप सुनती रही। आखिर सुबह हो गयी। सुहागरात की पहली सुबह। इसी तरह न जाने कितनी सुबह हुई, मगर अपने पति से न कोई प्रश्न न उससे कोई उत्तर। बेजान पत्थर की तरह न वह लड़की रही न औरत बन सकी। धीरे-धीरे वक्त गुजरता गया। कभी एक कभी दो शराबी के दोस्त शराबी पति के यहाँ आना जाना शुरू कर दिया।

धीरे-धीरे आदमी का आना-जाना देखकर चाँदनी पर आरोप लगने लगा आखिर माँ की तरह सास भी थी वह भी तो औरत थी भला वह कैसे चुप रहती।

क्यों रे कलमुही, तुम्हारा पति यानी मेरा बेटा बीमार है, थोड़ी उम्र में ज्यादा बड़ा है तो क्या तुम उसके दोस्तों के साथ रंगरेलियाँ मनाने लगी।

सासू माँ क्या कहती हैं। मगर ज्यादा बोल नहीं सकी इससे पहले चोट कम थी जो अब लगी... खैर जो कहे अब तो बेजान तन पर असर ही नहीं पड़ता। क्या सफाई देती जैसे उसके जेहन पर असर ही नहीं था। चुपचाप ऐसा व्यवहार करती जैसे गूँगी बहरी है... न सुनायी दिया न बोल सकती।

चलो अच्छा है, इससे तो अच्छा तुम्हारे माता-पिता के यहाँ तुम्हें छोड़ आती हूँ ऐसे कुछ बोलेगी नहीं

क्या बोलती चाँदनी उसे क्या कुछ खोने का डर था या पायी थी जो खोने का डर है।

उसी समय एक लड़का आया, बताया चाँदनी के माता-पिता कहीं जा रहे थे वहीं एक्सीडेन्ट हो गया। उसकी मृत्यु हो गयी लाश घर पर पड़ी है। चाँदनी का बस इंतजार है।

फिर क्या इससे अच्छा कौन बहाना था पति के घर से चाँदनी मायके पहुँच गयी। जिस माता-पिता ने उसे जिन्दा लाश में तब्दील कर दिया था, वही वास्तव में लाश में पड़े हैं। चाँदनी माता-पिता की लाश देखकर रोना चाही मगर रोती भला कैसे आँसू सूख गये थे।

पास-पड़ोसिन देखो ससुराल जाते ही कितना निष्ठुर हो गयी कि एक बूँद आँसू तक नहीं निकले। माता-पिता की लाश देखकर क्या कहती आज चाँदनी को रोशनी दिखाई नहीं दे रही थी। क्यों नहीं पूरा राहु चाँदनी को घेर लिया।

धीरे-धीरे वक्त बीतता गया। पिता का अन्तिम क्रियाकर्म हुए सप्ताह बीत गये। खेती जमीन सब खत्म हो गयी थी हमदर्दी सब खत्म, गाँव में किसके सहारे रहे। ससुराल में पति के सिवाय धन मायके में धन के सिवाय सम्मान। आखिर पेट भरने के लिए रोटी तो चाहिए।

वक्त कहाँ किस परिस्थिति में व्यक्ति को छोड़ता है पता नहीं चलता। शाम का वक्त था। चाँदनी उसी पुलिया पर जाकर बैठी आने-जाने वालें राहगीरों को देख रही थी। अपने प्यार अपने दोस्त को उसकी निगाहें तलाश रही थीं। मगर आज वह दोस्त नहीं था। आज परेशान नहीं है। उसकी आँखों में कोई सपना नहीं है। आज उसके पास बताने के लिए उद्देश्य नहीं है... न मर सकती है न जी सकती है। तभी उसके पास एक आदमी आकर बैठ गया। चाँदनी को पता ही नहीं चला आहट पाकर बुझे मन से बोली कौन हो भाई क्या लेने आये हो, क्या है मेरे पास

मैं हूँ अविनाश।

एेसा लगा कि किसी सूखते पेड़ में पानी डाल दिया हो। दो-चार बूँदे पाकर जीने की उम्मीद सी बन गयी हो।

हाँ हाँ तुम कब आये

मैं शहर से आ रहा था अचानक तुम्हें देखा गुमसुम बैठी थी बगल में बैठ गया

अच्छा तो तुमने मुझे देख लिया, अपनी कहो कैसे हो पढ़ाई कैसी चल रही है कि खत्म हो गयी?

क्या कहूँ चाँदनी जब से तुम गयी हो तुम्हारे बिना अच्छा हीं नहीं लगता, तेरे खयाल में डूबा रहता हूँ तेरी पीड़ा सोचकर काँप सा जाता हूँ।

छोड़ो मेरा खयाल करना अपना भविष्य बचाओ मैं तो अच्छी भली हूँ मेरे माता-पिता भी मुझें छोड़कर चले गये। धनी परिवार है सब ठीक ही है, तुम्हारी पढ़ाई पूरी हो गयी की नहीं?

हाँ हाँ मेरी पढ़ाई पूरी हो गयी।

तो तुम क्या बनना चाहते हो, इंजीनियर या कलक्टर?

मैं तो एक अफसर यानी कलक्टर बनना चाहता हूँ।

ठीक कहा हर लड़के का एक सपना होता है बड़ी से बड़ी नौकरी पाने का, इसके बाद शादी करेंगे यही न!

नहीं चाँदनी मैं तुमसे शादी करूँगा।

हँसते हुए (ऊपरी मन से) मेरी शादी तो हो गयी, मेरी ससुराल बहुत धनी है, ढेर सारा रूपया पैसा आभूषण है मेरे पास क्या नहीं है। कहते कहते आँखों में आँसू (कितना अजीब बात है बहुत दिनों के बाद आंसू सच कहा है। जब अपना कोई आँसू पोछने वाला मिल जाता है तो आँसू तो निकल ही आते हैं)

नहीं चाँदनी काश शायद तेरी पीड़ा मेरे अलावा कोई जान पाता

क्यों अगर धन नहीं होता तो मैं इस घर में जाती... अगर तुम नौकरी करते तो

मैं मानता हूँ कि धन है मगर धन बहुत कुछ नहीं होता।

देखो मुझे नसीहत मत दो अविनाश, मैं जहाँ भी हूँ जैसे भी हूँ मेरा वजूद है, तुम अपनी पढ़ाई में मन लगाओ अपना उद्देश्य पूरा करों, हाँ शादी करना मगर मेरी जैसे लाश से नहीं किसी अच्छी लड़की से किसी औरत से।

क्या कहा तुम लाश हो, मेरी चाँदनी हो मैं तुम्हें घुट घुट कर मरने नहीं दूँगा, भले तुम्हारी शादी हो गयी, मगर जैसे ही मौका आयेगा मैं तुम्हें वहाँ नहीं रहने दूँगा।

''क्या तुम मेरा इतना खयाल करते हो।'' जैसे चाँदनी को साँसें मिल गयी हों, किसी ने जीने की उम्मीद दे दी हो। चाँदनी के आँखों से आँसुओं का सैलाब वह निकला। क्यों न... कई महीनों से दर्द का सैलाब से भरा था अचानक अपनापन में जोर-जोर से रोने लगी।

नहीं चाँदनी... अविनाश चाँदनी का चेहरा अपने हाथों में लेकर, बस बहुत हो गया।

क्या बहुत हो गया, तुमने मुझे रुला दिया मेरे शरीर में जान डाल दी... कई महीने से बेजान-सी लाश थी, रोने का मन था मगर किसके सामने रोती।

कुछ पल बाद होश सँभालते हुए मैं शादीशुदा हूँ तुम अपने आपको अपने मकसद में लगाकर उद्देश्य पूरा करो, अगर तुम्हें मुकाम मिल गया और अचानक मुझे कफन की जरूरत पड़े तो सूचना पाकर जरूर आना मेरी इच्छा है तेरे गोद में

मेरा अन्तिम काल बीते अब तुम जाओ।

नहीं चाँदनी एेसा नहीं बोलते

मैंने कहा तुम अब जाओ तो जाओ।

बेबश अविनाश उठा और अपने आप को संयमित शांत करते हुए घर की ओर चला गया।

चाँदनी भी अब अपने आपको हलका महसूस करते हुये अपने घर चल दी। काफी दिनों के बाद अपने आपमें हलका महसूस कर रही थी... क्यों न, जी भर के रो जो लिया था।

कुछ दिनों के बाद फिर अपनी ससुराल आ गयी। आखिर अकेली कब तक मायके में रहती।

फिर वही रात... शराबी पति... शराबियों का जमघट... सास की ताड़ना।

धीरे-धीरे कई महीने बीत गये। एक-एक दिन काटना भारी था। अचानक एक दिन कोहराम मच गया। गाँव के लोगों की भीड़ चाँदनी क्या देखती दुःखी मन पहले से क्या कम था मगर उसके पति के मूँह से खून देखकर डॉक्टर द्वारा दवा करते देखा।

डॉक्टर ने मरीज को देखते ही बोल पड़ा इनका फेफड़ा और किडनी दोनों खराब हो गयी हैं, इनकी पत्नी कौन है।

‘‘मैं हूँ जी।’’ चाँदनी के मुँह से आवाज आई (सोचने लगी कौन-सी पत्नी न पति रहा न इनकी पत्नी सामाजिक रिश्ते में तो कहना पड़ता है)

देखिए इनका जीवन अब कुछ दिन का शेष है, दवा से कोई फायदा नहीं होगा

क्या कहती चाँदनी कौन-सी जिन्दगी मैं ही कहाँ जिन्दा हूँ, तन को जिन्दा कहते है।

‘‘क्या सोच रही हो!’’ डॉक्टर की आवाज आयी।

क... कुछ नहीं

आखिर धीरे-धीरे वह दिन आ गया। अब चाँदनी के कहलाने वाले पति की साँसें बन्द हो गयी। फिर क्या एक नाम का घर था रुकने का साथ रहा वह भी

गया। आरोप पहले था, पति की मौत ने जलती आग में घी डाल दिया।

क्यों नहीं... पति-पत्नी का चरित्र उसका पति उसका सुहाग तथा छाया होता है और वह चला गया। फिर क्या था चाँदनी की खूबसूरती की चर्चा पूरे गाँव में थी। चरित्रहीनता का आरोप उसके शराबी पति ने दे रखा था लोग कहते अब घर में माता-पिता रहे नहीं रही लड़की धनी घर में ब्याही थी ढेर सारी सम्पत्ति छोड़ गये हैं... कोई वारिश है नहीं रिश्ते के नाम पर एक सास और दूर के पट्टीदार हैं, पति के मरने पर कब चाहेगी कि चाँदनी सम्पत्ति की मालकिन बनकर राज करे आखिर गाँव वालों एवं पट्टीदार ने चाँदनी के सास के कानों में खूब विष घोला। चाँदनी चुपचाप गुमसुम लॉन में खम्बे के सहारे सिर टिकाकर बैठी थी।

क्यों रे कलमुँही बदलचलन पति के जिन्दा रहते मन नहीं भरा, अब करो मौज खूब अयासी करो, एक बेटा था बीमार था शराबी था, जिन्दा तो था... तुमने आते ही खा गयीं अब क्या मुझे खाने के लिए बैठी है, जा कहीं जा तू भी डूबकर मर जा।

चुपचाप चाँदनी बैठी थी। लगता था कुछ सुन नहीं रही हो... क्या सुनती इससे कड़वी-कड़वी बातें सुनकर कान थक गये थे, फिर इसका आरोप कौन-सा नया था।

देखो बोल नहीं रही है। सास आयी तुरन्त हाथ पकड़ा और बरामदे से घसीट कर बाहर कर दिया उसका झोला-कपड़ा बाहर फेंकते हुए कही जा अब तुम्हारी भी इस घर में जरूरत नहीं है। बदचलन वेश्या औरतों की यहाँ कोई जगह नहीं है वेश्या का घर नहीं बनानी है।

चाँदनी उठी और उसका पग अनायास गिरते-पड़ते गये। अपनी अटैची और साड़ी एक हाथ में दूसरा हाथ रह-रह कर अपने आँसुओं के आँचल से पोंछती चली जा रही थी। तमाशबीन लोग खड़े उसकी ओर देख रहे थे कोई हमदर्दी करने के लिए एक शब्द नहीं निकाल सकता। बार बार चाँदनी चरित्रहीन वेश्या है। घर से निकलो पति को खा गयी मुझे खा जायेगी। चलते-चलते न जाने कब पास के रेलवे स्टेशन पर आ गयी स्टेशन खाली था कोई ट्रेन आने वाली नहीं थी एक यात्री बेंच पर था आकर बैठ गयी। उसे पता नहीं अब कहाँ जाना है किधर से ट्रेन कौन आयेगी किधर जायेगी। कहाँ जाय न मायका है न पति न कोई रिश्तेदार न ठिकाना। सोचते-सोचते अचानक एक सामने से ट्रेन की आवाज सुनायी दी कि उसी समय एक चाय वाला आया और चाँदनी को चाय दी

चाय पीते ही अचानक बेहोश हो गयी। क्या हुआ खुद होश नहीं है।

* * *

उठो बेटी मुँह धो लो सुबह हो गयी

अचानक बेटी की आवाज और स्थान स्टेशन नहीं कोई घर ध्यान भंग हुआ होश सँभलते ही। मैं कहाँ हूँ, आप कौन है कैसे यहाँ पहुँची।

बेटी घबराओं नहीं यहाँ तुम्हारे अपने लोग नहीं हैं। अपनों से कष्ट होता है हम सब गैर है तो फिर भी यहाँ किसी प्रकार की कोई परेशानी नहीं होगी।

कौन है आप लोग आखिर में कैसे यहाँ पहुँची

बेटी, इसे समाज कोठा कहता है, मगर यह कोठा बाहर से बड़े गन्दे नाम से जाना जाता है। मगर हम अन्दर से उस बहलायी-फुसलायी /बहकी-भटकी तथा बेसहारा लड़कियों की मदद करती हूँ, जहाँ तुम्हें बदचलन वेश्या कहकर घर से निकाला जाता है, वहीं हम सब सहारा देने वाली हूँ।

मैं मैं तो एसी लड़की नहीं हूँ। मैं यहां नहीं रहूँगी। उठते हुए

मैं जानती हूँ तुम एसी लड़की नहीं हो, मगर कहाँ जाओगी मान लेती हैं तुम यहां नहीं रहोगी बोलो कहाँ जाओगी किसके पास जाओगी कौन सहारा देगा... क्या उस घर में जाओगी जहाँ से भगा दी गयी या जिस माता-पिता के घर जाओगी जहाँ तुम्हें सहारा नहीं मिला या कहाँ बताओ। तुम्हारी सुन्दरता के लूटने वोले समाजिक भेड़िये रास्ते-रास्ते पर खड़े हैं। वह तो इन्तजार कर रहे हैं कब अकले निकलो नोच खायें। यह पुरुष समाज है बेटी, औरत को केवल भोग की सामग्री मानता है। जहाँ एक ओर माँ को पूजता है वहीं पत्नी को अपनी पैर की जूती समझता है, अजब है समाज अजब है रिश्ता।

हाँ हाँ सही कहा आपने मैं... मैं कहॉ जाउंगी कौन है मेरा किसके पास जाऊँगी। माता-पिता रहे नहीं पति मर चुका है। चरित्रहीनता का आरोप लगाकर घर से निकाल दिया गया मुझे क्या हम जैसी औरत को जिसने बस यही गुनाह किया न सिर्फ माता-पिता की इज्जत का खयाल किया संस्कारहीन न कोई कहे कोई स्वाभिमानी खुदगर्ज न कहे क्या इसकी इतनी बड़ी कीमत चुकानी पड़ेगी कभी अपने प्यार की परवाह नहीं किया उसके बदले इतना बड़ा ईनाम अब कोठे पर बैठना पड़ेगा।

क्यों बेटी अब बड़बड़ाने से कोई फायदा नहीं होगा, यही तुम्हारा पड़ाव है यही रास्ता यही ठौर है।

अब चाँदनी होश में आ चुकी थी, आखिर क्या करती इसके अलावा कोई चारा भी तो नहीं था यही उसका ठिकाना यही उसकी मंजिल। देखती हूँ यह जिन्दगी क्या गुल खिलाती है। आँखों के आँसू तो सूख चुके थे क्या रोती किसके सामने रोती पता नहीं एक प्यार था एक दोस्त था कई साल से उसका पता नहीं है। कहाँ है क्या नौकरी पाया कि नहीं क्या उसको मेरी याद नहीं आयी पर सम्भ्रान्त घर का अविनाश व्यक्ति है। ठीक है जहाँ रहे खुश रहे अपने मंजिल तक पहुँचे कलेक्टर बने। न जाने क्या-क्या बोले जा रही थी। क्या खयाल करूँ अगर उनकी बात मान लेती थोड़ा-बहुत धक्का खा लेती कम से कम आर्थिक परेशानी होती, मगर खुशी तो रहती मैं शादीशुदा रहकर भी मैं अविवाहित-सी जी रही हूँ। मगर बाहर वाले तो विधवा ही कहेंगे न।

* * *

धीरे-धीरे इस कोठे की रौनक बढ़ने लगी। चाँदनी की सुन्दरता, नाचने का तरीका, बोल भाषा ने ख्याति प्राप्त कर ली। अचानक दो ग्राहक आ गये।

चाँदनी अपने आने वाले ग्राहक के मुँह पर गमछा बँधा देखा सोची यह स्थान ही एसा है। छिप-छिपाकर आते हैं लोग अपनी पहचान छिपाने के लिये आते है लोग छिपकर ही कही कोई जान न पाये कहाँ का है कहाँ से आ रहा है।

हाँ तो चाँदनी तुम्हारी चर्चा पूरे क्षेत्र में है तुम क्या लोगी एक रात का?

कुछ नहीं।

तुम पुराने ग्राहक इनके साथ आये हो कभी ये जो साथ में है। कभी कोठे पर गये हैं। मालकिन ने टोकते हुए बोली

नहीं एसा है तुम्हें देखने आया था साथ में चाँदनी को देखने मालकिन देखों बेचारा पहली बार आया है कोठा तो जानता नहीं है।

क्यों रे कलमुंहे जब तुम इसे जानते थे तो क्यों एसे लड़के के साथ लाये। तुम तो बिगड़े थे इस नये लड़कों को क्यों बिगाड़ रहे हो। जो कभी कोठा जानता नहीं कभी पान तक न खाया हो उसे कोठा पर लाकर खड़ा कर दिया।

क्या करता मौसी मेरा दोस्त था सोचा इसे भी कोठा दिखा दूँ।

तुम्हें शर्म तो आयी नहीं, ये देखने-दिखाने का स्थान है।

अन्जान आदमी, नर्तकी की बात सुन आश्चर्य में पड़ गया। इतनी नसीहत और कोठे पर यह तो बाहर से गन्दी गली थी और अन्दर संस्कार का भण्डार।

चाँदनी चुपचाप देख रही थी, बोली इस भले आदमी को कुछ न कहें, बहकावे में आ गया था। दोनों ग्राहक उठे और चले गये आखिर क्या करते जहाँ शौक पूरी करनी थी वहाँ नसीहत मिलने लगी।

अजीब बात है, सफर में क्या-क्या पड़ाव आता है। ऐसा आदमी जो कभी कोठे पर नही आया संगत में पड़कर भटक जाता है। चाँदनी सोचते सोचते अपने बिस्तर पर गयी और पता नहीं कब कैसे नींद लग गयी पता नहीं चला।

धीर-धीरे पाँच साल गुजर गया पता नहीं चला।

* * *

बेटा अविनाश!

जी पिता जी

बेटा तुम्हारी पढ़ाई पूरी हो गयी तुम्हें नौकरी भी मिल गयी, सुना है तुम कलेक्टर भी हो गया है, अब शादी तो कर लो बहुत लोग पूछते हैं। बेटा की शादी कब करोंगे बड़े-बड़े लड़की के पिता आते हैं। आखिर किसको किसको नहीं करूँ... जिसको बताऊँ कि बेटा कहेगा तो शादी हो जायेगी। शादी तो करनी ही है। न जाने क्यो ढेर सारा दहेज और गाड़ी की बात करते रहते हैं क्या क्या लालच हमें दिखाते है। आखिर मैं लड़के का बाप हूँ थोड़ा बहुत तो जमाने का असर मुझ पर भी आ ही गया है, मैं भी थोड़ा लालच करने लगा हूँ। इज्जत का सम्मान का और थोड़ा पैसा का... मैं तो इन्सान हूँ इसलिए मैं भी स्वार्थी लगने लगा।

अविनाश पिता की बात सुनकर क्या कहता कैसे कहता कि मैं कलक्टर हो गया हूँ मगर पहले आप का पुत्र हूँ आप का सम्मान है कैसे कहता जिस पैसे की लालच करते है उसी के कारण मेरा प्यार मेरी जिन्दगी मुझे नहीं मिली। पता नहीं किस हालत में होगी खैर छोड़ो।

बेटा क्यों क्या बड़बड़ा रहे हो, अगर कोई लड़की पसन्द है तो बताओ बेटा मैं उसमें का पिता नही हूँ जो तेरी खुशियों को रौदकर अपना अधिकार सौंपूँ

कही तुम्हारे जिन्दगी मे कोई लड़की हो तो बता देना।

क्या बताता पिता को बस यू ही कहा दिया नहीं पिता जी जहाँ शादी करेंगे वहीं ठीक है। कैसे कहता जब वह है ही नहीं उसकी तो शादी हो गयी फिर क्या करता।

बेटा कहाँ खो गये कुछ बोल रहे थे

हाँ पिता जी मैं यही बोल रहा था जैसी आप की मर्जी दो दिन का अवकाश लिया था खत्म होने को है मैं चला जाऊँगा।

ठीक है तुम्हारी मंशा जान लिया मुझें बड़ी खुशी हुई इस जमाने में भी लड़के हैं जो चाहे जितना बड़ा पद पा जायँ माता-पिता का सम्मान करते हैं, उनकी मर्यादा रखते हैं। ऐसी इच्छा थी कि मेरा बेटा मुझे इज्जत दे सम्मान दे, मुझें आज बहुत अच्छा लगा मुझें न दहेज चाहिए न धन, बस बेटे की खुशी मिले उसके मन मुताबिक रिश्ता मिल जाय बस यही मेरा इच्छा होगी, यही मेरा उद्देश्य होगा।

धीरे धीरे वक्त आ गया, अविनाश की शादी का दिन भी पड़ गया। शादी बड़े शान-सौकत से क्यों न एक आई0ए0एस0 की शादी है, सरकारी उच्च पद के व्यक्ति की शादी है। नाच गाना के लिए शहर से नर्तकी को निमंत्रण भी करना है जिससे बराती घराती का मन बहल सके। जैसा ऊँची शादी में होता आया है। फिर यहां क्यों न होगा यह कार्यक्रम वो दिन आ गया जिस घड़ी का इन्तजार था हर व्यक्ति का जो नौजवान होता है। क्यों न शादी बार बार थोड़े होती है। आज क्या महफिल सजी है। आखिर कलेक्टर साहब की शादी बराती नर्तकी नाच देखने के लिए नर्तकी के आने का इंतजार कर रहे थे। अविनाश भी क्या करता उसकी अपनी पीड़ा थी मगर थोड़ी सी क्यों न आखिर जिस लड़की से प्यार करता था उसकी तो पहले शादी हो गयी पता नहीं कहाँ होगी। फिर अगर शादी नहीं होती तो एक बार प्रयास करता, पिता से अनुरोध करता। खैर अब जिस लड़की से शादी हो रही है उसी में अपनी चाँदनी नजर आयेगी सोच रहा था। बरात-भवन में दुलहा को बैठने का इन्तजाम था। बराती थोड़ा बगल में दुलहा अकेले था। उससे दूर पर काफी अपने लोग थे बीच में जगह थी जहाँ नर्तकी अपना कला दिखाने वाली है। वह अभी पर्दें के पीछे सज-धज रही थी।

तब तक घुँघरू की अवाज तबले की आवाज एक साथ बज गयी बराती खुशियाँ मनाने लगे। नर्तकी घूम-घूमकर नाच रही थी। अपना चेहरा घूँघट की

आड़ में थी जरा घूँघट उठाओं जरा घूँघट उठाओं। शोर आने लगा बराती की ओर से।

अविनाश भी इन्सान ही था। वह भी उत्सुक था नर्तकी का चेहरा देखने को मगर दुलहें की मर्यादा होती है। बराती की तरह उतावलापन तो नहीं दिखा सकता, बोल नहीं सकते मगर नर्तकी का घूँघट देखने के लिए बेताब था। करीब 10 से 15 मिनट तक बेसब्री से इन्तजार के बाद अचानक नर्तकी दुलहें के पास जाकर उसके सामने बैठ गयी। अविनाश खुश थे क्यों न दुलहा थे उनके सामने नर्तकी बैठ गयी। दुलहा भी उत्सुक था नर्तकी का चेहरा देखने के लिये नर्तकी बैठते ही अपने घूँघट से सामने का चेहरा देख चौंक गयी अरे यह क्या कैसे किसके सामने अचानक उठी कि दुलहा ने भाववश उसका हाथ पकड़ लिया। यह हाल देखकर बराती ठहाके लगाने लगे बात कलक्टर साहब की थी।

आज इसका हाथ छोड़ना नहीं देखते हैं कब तक घूँघट नहीं उठाती। बराती से आवाज आयी।

मगर नर्तकी क्या वह बैठ ही नहीं रही थी अपना घूँघट और बढ़ा दिया कैसे उठाती क्यों उठाती चुपचाप खड़ी हो गयी मगर उसे नाचना था तो पुनः वह आकर नाचने लगी बार बार नाचती हुई रुकने का नाम ही नहीं ले रही थी।

बराती परेशान थे, दुलहा परेशान था। कैसी नर्तकी है न पैसा माँगा न कुछ कहा न घूँघट उठाया और फिर नाचने लगी। नाच देख तबला अपने आप में तेज तेज बजने लगा और तबले की धुन और तेज कर दी फिर क्या नाचते-नाचते नर्तकी का घूँघट अपने आप उठना चाहा और चक्कर खाकर गिर गयी। नर्तकी के गिरते ही सभी सकते में आ गये आखिर क्यों कैसे पहले समझा नाच रही थी दुलहा के पास गयी कुछ बोला नहीं और उठी तो एसी नाची की उसके पैर का घूँघरू तक टूट गया और वह बेहोश हो गयी ऐसा क्यों कैसे हो गया।

नर्तकी जैसे ही गिरी उसका घूँघट अचानक खुल गया। बराती उठे और देखा फिर चुपचाप बैठ गये। अचानक घूँघट के हटते ही चाँदनी चाँदनी यह क्या कैसे अविनाश चाँदनी को देख चौंक पड़ा। नर्तकी का मुखिया तत्काल उसके मुँह के ऊपर छींटें मारे फिर चाँदनी को होश आया देखा चाँदनी के सामने अविनाश खड़ा है। हाँ वह अविनाश जो उसका प्यार था आज दुलहा बना था हाँ हाँ वही जो कलक्टर बना है।

अचानक चाँदनी को देख अविनाश चौंक पड़ा मुझें तो कलक्टर बनने की

बात कही और पूरी हो गयी एक नर्तकी उसका पति उसका घर मैं क्या देख रहा हूँ अचानक चक्कर-सा आने लगा था। जाकर पुनः बैठ गया। दुलहा के साथ खड़े लोग सहारा देने लगे।

कब कार्यक्रम समाप्त हुआ बरात विदा हुई अविनाश को पता ही नहीं था। वह बस एक ध्यान में था चाँदनी चाँदनी एक नर्तकी एसा कैसे हो गया क्यों हो गया क्या पता नहीं चला परेशान हो गया।

आज सुहागरात का दिन था जैसा होता है शादीशुदा के जीवन में सुन्दर और पहला अवसर आता है।

अपनी बीवी के साथ सुहागरात पर था उसे बार-बार चाँदनी का नर्तकी के रूप में मजबूरी के रूप में चेहरा बार-बार आ रहा था। क्या कहता कैसे कहता आखिर उसकी बीवी जो सामने थी जिसे अभी ब्याह कर लाया था।

हैलो जी कहां खोये जा रहे हैं!

हाँ बतायें

आप क्या सोच रहे हैं, आज हर औरत की तरह मेरे लिए भी खुशी का दिन है, जिस खुशी के लिये इन्तजार करती है। लड़की अच्छा पति घर बार गाड़ी, बँगला, उच्च पद आखिर मेरा सपना पूरा हुआ।

क्या कहता अविनाश। एक औरत वह भी है। चाँदनी उसका सपना नहीं था उसकी इच्छा नहीं थी मगर क्या करता समय के काल के साथ अपनी पत्नी की बाँहों में समा गया।

* * *

चाँदनी चाँदनी आज उस प्यार को जिसे प्यार करती है। दुःख था उससे बिछुड़ने का मगर खुशी थी उसका प्यार कलक्टर हो गया उसकी शादी थी मगर मेरी क्या जिन्दगी थी क्या वह भी काली रात गाँव में बुजुर्ग पति के साथ बीमार पति के साथ बदसूरत पति के साथ ब्याह कर आयी थी क्या एक औरत का यही सपना होता है। जीते जी मर जाना क्या सब कुर्बानी एक बेटी बनकर एक पत्नी बनकर एक माँ बनकर औरत के हिस्से में आती है। मैं शादीशुदा होकर पत्नी न बन सकी। सोचते हुए बार-बार ख्याल आता रहा कि क्या पति था वह भी शराबी जिसके दोस्तों का शाम को ही आना शुरू हो जाता था और पति से हँसी-मजाक करते-करते मुझ पर भी छींटा कशी शुरू हो जाता था। आखिर मैं क्या करती मैं

अपने पति की पत्नी तो घर की बहूँ कैसे मना करती कैसे शराब पीने से उन्हें रोकती शराब के बाद जब नशा का सुरूर चढ़ता तो सुन्दर चाँदनी भी नजर आने लगती। मुझे बुरा लगता मगर क्या करती यह पीड़ा सहते-सहते हफ्ता, महीना बित गया। साल गुजरा नहीं कि खुद शराबी पति ही गुजर गये न मैं पत्नी बन सकी न बहू कभी-कभी सास बनी माँ मुझ पर आरोप लगाना शुरू कर दी थी। माँ सासू माँ क्या बकती हूँ क्या क्या आरोप लगाती रही मैं बेबस बेजान मूर्ति की तरह सुनता रहा क्या करता बीमार कमजोर पति के कारण सब बर्दाश्त करती। मैं इतना जानती थी कि मेरे गरीब माता-पिता मेरी सिधाई का और अपने गरीबी दोनों का फायदा उठाये मेरा क्या दोष सासू बार बार यही कहती थी तुम लड़की अपने माता-पिता पर बोझ थी और दहेज से बचने के लिए मेरे लड़के से शादी कर दी, जानती थी मेरे साथ धोखा हुआ मगर बहू के रूप में सासू की प्रताड़ना बार-बार यही कहती क्या चक्लाघर खोलूगी। यही शब्द मेरे कानों में गरम सलाखें बन कर घुसती थी। अचानक अपने लिए चकलाघर शब्द सुनकर मैं चाँदनी सन्न रह गयी। पति के साथ एक रात पत्नी के रूप में बिता न सकी पड़ोसी पर आरोप लगाने लगे आखिर क्या करती कहाँ जाती किससे कहती कौन सुनता मेरी बात किसके सामने अपनी सफाई पेश करती। चुप-चाप आँखों में आँसू लेकर सह जाती और दर्द में तड़पती रहती। मन बेचैन रहता। एक दिन अचानक पति के देहान्त और सासू की प्रताड़ना ने मेरी सब जीने की तमन्ना और और इच्छा समाप्त कर दी मैंने सब इच्छाएँ खुशियां तो अपने गाँव के गन्ने के खेत की पुलिया पर बंधक रख दी, मेरे घर में आने जाने वालों का पति के मरने के बाद आरोप और बढ़ा ली, मेरे घर में आने-जाने वालों का पति के मरने के बाद और बढ़ोत्तरी हो गयी। सोचते सोचते अपने आप खयालों में डूब गयी। उसी समय चाँदनी की सास यानी उसके पति की माँ यह पीड़ा और बढ़ा दी और पूछी चाँदनी

हाँ माजी!

क्या तुम यही रहोगी इसी घर में अब रहने की जरूरत नहीं थी।

माँ मेरी क्या गलती है?

तेरी नहीं मेरी गलती है, तुम यहाँ रहोगी तो लोग कहेंगे सुन्दर बहू से धन्धा कराती है, तुम्हारी आदत नहीं जायेगी बदनामी मेरी होगी

क्या कहना चाहती हैं?

तुम घर से निकल जाओ

मैं कहाँ जाऊँगी माँ जी

मैं क्या तुम्हें वेश्या का काम करना है तो जाकर शहर में करो यहाँ नहीं और घसीटते हुए निकाल दिया था

हां मैं वेश्या हूँ अब क्या बचा है मेरी जिन्दगी में बड़बड़ा रही थी। अपने पुराने खयालों में आकर अपने अतीत में जाकर उसी में डूबी थी।

बेटी चाँदनी! (अचानक कान में अवाज आयी।)

अचानक बेटी की बात सुन चाँदनी की तन्द्रा भंग हुई। सब खयाल भूल कर हाँ मालकिन बतायें

आज बरात थी सोची थी अच्छा न्योता मिला है एक कलक्टर की शादी जो थी ईनाम मिलेगा तुम्हें डान्स दिखाना या ढेर सारा ईनाम मिलेगा मगर तेरी नाच तेरी बेहोशी सब बेकार कर गयी।

क्या कहती कलक्टर को ही सही है मेरा अविनाश अब कलक्टर हो गया है। मगर उसकी शादी चलो अच्छा है। कम से कम जान गयी देख तो लिया मेरा प्यार खुश है। क्या मिलता मुझसे शादी करके उस समय पढ़ रहा था शायद शादी करता पढ़ाई में अवरोध होता, मगर आज उसके माता-पिता सभी तो खुश हैं उसकी इच्छा थी कलक्टर बनने की बन गया सुन्दर दुलहन होगी अविनाश मैं गलत नहीं हूँ मुझे माफ करना। बड़बड़ाने लगी।

बेटी चाँदनी क्या बहुत बड़बड़ा रही थी तुम अचानक नाचते-नाचते बेहोश हो गयी कलक्टर साहब अचानक तुमको देखते ही मुग्ध हो गये थे उनको चक्कर सा लगने लगा बराती सँभालते हुये ले गये नहीं तो तुम्हारी तरह वह भी गिर जाते क्यों न मेरी चाँदनी कितना सुन्दर है किसी को भी देखने के बाद चक्कर आ सकता है।

मालकिन क्या उसन मुझे देख लिया था। क्या कहती कैसे कहती कि वही मेरा प्यार है।

क्यों नहीं हाँ हाँ तब तुम बेहोश होकर गिरी और अचानक कलक्टर साहब उठे और तेरे पास आते ही देखा तो तुम्हारे पर झुके कुछ बोल रहे थे सुनायी नहीं दिया। दुलहा को झुकते देख सभी पहुँच गये और कलक्टर साहब बड़े नेक

इन्सान हैं, तुम्हें अपने गोद में भरकर उठाना चाहते, मगर वे दुलहा थे उनके साथी सँभालते हुये उन्हें लेकर जा रहे थे मैं देख रही थी वे जाते हुए भी बार बार तेरी ओर पलटकर देख रहे थे।

इसका अर्थ है वे जान गये।

कौन बेटी कौन जान गया।

क... कुछ नहीं माँ चलो अपना काम करो।

हां बेटी कल तुम ज्यादा नाची पैसा भी खूब मिला थक-सी गयी हो अब एक दो दिन कोई काम नहीं करना है, बस आराम करना है।

माँ खाक आराम करूँगी जिससे बचती थी वही हो गया क्या कहती बस उठी और काम में लग गयी।

* * *

चाँदनी की सुन्दरता और उसके गुणों के कारण कोठे पर चार चाँद लग गये देखने वालों का ताँता लगने लगा। कोई गाना सुनने के बहाने कोई एक झलक पाने के बहाने धीरे धीरे भीड़ बढ़ने लगी। अब चाँदनी के मालकिन को मुँहमाँगी मुराद मिल गयी। मगर चाँदनी को इसका पता न था। वह अपना गम कैसे छिपाये जीवन में जीने की जैसे उम्मीद खो चुकी थी अब फिर से जीने का सहारा जो मिल गया। अब उसको अपनी चाहत का चेहरा झलक जो मिल गयी उसे अब पता हो गया कि उसकी जान उसका प्यार खुश है कलक्टर भी हो गया शादी भी कर ली। अब चाँदनी ने मरने का मन बदल दिया चलो जिन्दा रहूँगी तो कभी न कभी जान लूँगी देख लूँगी।

धीरे-धीरे समय अपनी रफ्तार से चलता रहा और करीब 10 साल बीत गये अब चाँदनी के पास भी कुछ पैसा हो गया। अब यह धीरे धीरे अपने आप को समाजसेवा के कार्य में लगाना शुरू कर दीया तथा पीड़ित की मदद करना शुरू कर दिया अब उसका जीवन समाज सेविका के रूप में उभरने लगा, अलग पहचान हो गयी।

बेटी एक बात पूँछू!

हाँ जी पूछें

इस धन्धे में आये करीब 10 साल हो गया जब आयी थी, तब आप जवान

थी कद काठी सुन्दरता अच्छी थी, मगर अब चेहरे पर झुर्रियाँ पड़ने लगी ग्राहक भी कम होने लगे। मैं ठहरी कोठे की मालकिन यहाँ से जाने के बाद तुम दुसरा धन्धा शुरू कर देना कहीं न कहीं तुम जाती हो सुना है। तुम समाज सेविका के रूप में पहचान बना ली अच्छा किया बेटी यही है पर्दा डालने का तरीका क्या तुम्हारा कोई यार दोस्त रिश्तेदार अब तक नहीं दिखायी दिया क्या कोई है नहीं या किसी की तुम्हारी दिल में जगह नहीं है।

हाँ शायद ठीक कहती हैं, मेरा किसी के दिल में जगह भले न हो मगर मेरे दिल में किसी की जगह जरूर है। मगर क्या बताती चाँदनी किसकी मेरी दिल में जगह है। यह कलक्टर से बड़ा अफसर हो गया होगा कैसे कहती मैं उससे प्यार करती हूँ उसके लड़के भी होंगे, पत्नी भी है। मगर कैसे कहती किससे कहती।

बेटी क्या सोचने लगी, मैंने कुछ पूछा तुमसे

हाँ शायद आप ठीक कहती है कोठे का सम्मान माता-पिता द्वारा बुढ़ापे में दिया गया घाव बीमार पति और उसकी माँ द्वारा घाव पहुँचायी गयी पीड़ा क्या कहती। बस चुप रही।

बेटी एक बात कहूँ शायद कहना चाहिए कि नहीं क्योंकि जो लड़की कोठे पर आती है यह कोठे में रह जाती है या जेल जाती है या किसी यार के साथ भाग जाती है। मगर तुम्हारा न अपना यार है न कोई दोस्त बना जब कि तुम सबसे सुन्दर थी और सुन्दरता जो देखा वही देखते रह जाय। देखो बेटी यह पेशा ऐसा है जब चेहरे पर झुर्रियाँ पड़ जाती है तों यहां ग्राहक नहीं आते। मरी मानों तुम्हारे पास कुछ पैसा हो गया होगा फिर अपनी नयी पहचान से जीवन जीये यह कोठे की जीवन धीरे धीरे धूमिल होते होते एक दिन वक्त के गुबार में खुद बखुद दफन हो जायेगा। घर तो अपने लिए चिरई-कौवा तक बना लेते है, भला इन्सान क्यों न बनाये।

क्या कहती चाँदनी इतनी नासमझ केवल मर्यादा के अन्दर रहने में है। वह अपने लिए नहीं औरों के लिए जिन्दगी जीती है। वह जो जानती है। अन्य क्या जाने। अपने-अपने सोच का फर्क होता है।

बेटी मैं जो प्रश्न करती हूँ जवाब नहीं देती बस चुप हो जाती हो।

चाँदनी क्या बोलती सब जानती है। उसका एक अनाथ आश्रम है जहाँ वह उसकी मुख संचालिका के रूप में पहचानी जाती है। उसकी आमदनी आश्रम के

खर्चा में चला जाता है सेवा में भी।

बेटी एक बात बहूँ

हाँ जी कहो

डी.एम. साहब बड़े नेक आदमी हैं, जो अभी-अभी जिला का काम देख रहे है। देखो न किसी नासमझ ने इसे बाहर से वेश्यालय बन्द करने का हाईकोर्ट का आदेश करा दिया।

बस उसने सूची मँगवायी है कौन कौन नर्तकी है। क्या-क्या धन्धा करते है। एस०डी०एम० साहब एक दो दिन में आयेंगे आगे क्या होगा समझ नहीं पाती।

क्या आदेश है हाईकोर्ट का कोठे को बन्द कराने का आया। क्या कहती हो अनाथ आश्रम का खर्चा यहीं से निकलता था, वह भी जाता रहेगा।

यहीं कि अब वेश्यावृत्ति नहीं होगी।

हम लोग तो नाचती हैं।

(हँसते हुए) नाचती तो तुम हो एक बहाना बनाकर तुम्हारी तरह सभी सुन्दर थोड़े हैं। जो केवल नाच देखकर कुछ लड़की तो धन्धा भी करती हैं। रहा तेरा सवाल मैं तुम्हें कभी न प्रस्ताव रखा न कहा अगर किसी ग्राहक के जिद पर भी मैंने तुमको इस धन्धे में नही घसीटा तुम इस गन्दे जगह में भी स्वच्छ शुद्ध चाँदनी हो क्योंकि तुम्हें नाचने के अलावा कुछ नहीं कही। कुछ तो ग्राहक अपने तन की प्यास बुझाते हैं और चले जाते हैं।

माँ एक मेरा प्रश्न है।

हाँ पूछो क्या जानना चाहती हो।

यही कि जो शादी शुदा नहीं है तो वह तो ठीक है यहाँ आते हैं, मगर जो शादीशुदा है जिसके बच्चे-बीवी है वह क्यों यहाँ आते हैं।

शायद तुमने ठीक प्रश्न किया करना भी चाहिए जानना भी चाहिए बेटी वैसे तो कुछ लोग अपने आदत से मजबूर हैं घर में बीवी बच्चे है फिर भी मुँह मारने चले आते है, मगर कुछ वास्तव में परेशान होते हैं

क्यों उनको क्यो क्या परेशानी है ?

बेटी यह मानव जीवन है, हर आदमी सुख ढूँढता है, जब वेमन से शादी हो

जाये। मन पसन्द बीवी न मिले, बीवी झगड़ालू मिल जाये बीवी कर्कशा मिल जाये तो आदमी कहाँ जाये मन बहलाने चला आता है। उसको भी तो जीवन जीने का सहारा चाहिये।

एक और प्रश्न अगर शादी न करे तो या बीवी या पति न हो तो।

बेटी सच कहा है। यह प्रश्न भी सही है। यदि बीवी जवानी में मरे तो शादी कर लेगा मगर अधेड़ उम्र में मरे तो शादी कैसे करेगा। रहा बिना पति के या पत्नी के उम्र का पड़ाव जब 60 वर्ष के ऊपर होता है। तो उसको कोई सहारा नहीं होता। शरीर बूढा हो जाता है। फिर शादीशुदा के पास लड़का पैदा हो जाता है और यह सामाजिक परम्परा है तथा अकेले में वहीं जीवनसाथी होता है जो अपने दुःख की बात करके अपने मन की बात कह लेता है, इसलिए समयावधि में रिश्ते की जरूरत होती है। छोड़ो आगे की सुनो, मेरी बातों में बीच बीच में अवरोध न डालना बस सुनती जाना।

वैसे हर मानव को पत्नी के अलावा एक मानसिक दोस्त भी बनाना चाहिए जिससे उससे अपने मन मे उठी परेशानियाँ या पीड़ा की बातें खुलकर कर सके यह जरूरी नहीं कि वह दोस्त स्त्री हो या पुरूष यानी दोस्त होना चाहिए समझी।

हाँ यह बताओ जो नाचती है, धन्धा नहीं करती तो इसको क्यों नाचने के लिए बाध्य करती है।

देखों बेटी चाँदनी शायद दुनिया मेंने तुमसे ज्यादा देखा है, तुम्हारी उम्र अभी मुझसे 30 वर्ष कम है, तुमने नहीं देखी।

अच्छा बताओ तुम्हारे बगल में तीन-चार वेश्याएँ रहती हैं। उनका खर्चा कैसे चलता है।

हँसते हुएँ फिर दुःखी मन से आँखों में आँसू आ गये क्या बताऊँ बेटी इस धन्धे में कब समय बहुत खराब हो जाय पता ही नहीं चलता है। जब जिस्म बूढा या जर्जर हो जाता है तब ग्राहक आना बन्द हो जाते हैं। पैसें नहीं मिलते मैं पड़ोस के यहाँ देखने गयी थी तीन दिन से भोजन नहीं मिला। ऊपर से पुलिस वाले जो चौकी के हैं हफ्ता महीना लेने चले आये थे रो रही थी एक उनका खर्चा दूसरे पुलिस का खर्चा।

क्यों पुलिस का खर्चा क्यों लगता है?

(हँसते हुए) हम कुछ वैध कुछ अवैध करती हैं। जैसे नाचने का काम वैध

तन का धन्धा अवैध तो पुलिस अपना डण्डा चलायेगी न।

एक बात कहूँ

हाँ पूछू

तो रण्डी के भड़वा और वेश्यालय से पैसा वसूलने वाले पुलिस में क्या अन्तर है।

हमारे विचार से एक ही है, मगर पुलिस वाला का ज्यादा खराब क्यों कि इसको तो वेतन मिलता है, मगर भड़वा की कमाई इनसे है।

लेकिन इसमें भी अच्छे-बुरे होते है। बेटी एक बार एक अच्छा थानेदार आया था उसने पैसा लेना और पुलिसवालों का कोठे पर जाना बन्द करा दिया था।

ग्राहकों को नहीं पुलिस वालों को

वह कैसे?

यही जब चौकी के सिपाही ने महीने में वसूली का पैसा बताया।

तो थानेदार ने पूछा कहाँ-कहाँ से पैसा पाते हो।

तब पुलिस के लोगों ने अवैध शराब, कच्ची शराब, जुआ, सट्टा, पेड़ कटाई और कोठे का नाम गिनाया था।

थानेदार ने कहा पेड़ का पैसा तो ले लो मगर यह अवैध शराब, जुआं, कोठा का पैसा हमें नहीं चाहिए।

थानेदार की बात सुनकर फिर सिपाही नाखुश थे और कहा क्या यही पुलिस की कमाई वह भी बन्द करा दिया नेता से कहकर उस थानेदार का ट्रान्सफर करा दिया।

इसका अर्थ थानेदार ईमानदार था और स्वाभिमानी था।

न ईमानदार न बेइमान आखिर वह भी तो सिस्टम का हिस्सा था। मगर उसका एक उसूल था वह जो कहता था वह करता था वह यह नहीं सोचता उसका क्या नुकसान होगा ट्रान्सफर कहाँ होगा बस उसका सिद्धान्त था वेतन के बाद जो अपने आप मिल जाय ले लो माँगना नहीं किसी से उसी में से उच्च अधिकारियों को देता था। सोचा पेड़ की कटान से जाँच वगैरह से मिलेगा उसी से अधिकारियों

का मुँह बन्द कर देंगे अपने लिए वेतन काफी मिलता है।

यानी पुलिस में भी अच्छे लोग रहते हैं।

बेटी विभाग थोड़े बदनाम होता है। विभाग में लगे लोग हैं। मगर समाज तो बस वर्दी देखी एक जैसा ही विचार आया मन में जो सोचा मन में बस बोल दिया।

तब तो अधिकारियों को ऐसी-की-तैसी नेता की ऐसी की तैसी

अच्छे लोगों को रहने कहाँ देते हैं।

यह बेटी उनका प्रश्न है, हम लोग क्यों उस पर विचार करें

हाँ तो उन बूढ़ी वेश्याओं का खर्च कैसे चलता है।

क्या खर्च चलता है कोई बूढ़ा अधेड़ भटककर आ जाता है। एक दो दिन बाद उसी को किसी और का चेहरा दिखाकर अन्दर बुला लेती है। फिर उससे कुछ मिल जाता है तथा उसी में खर्च चलता है। जीवन है जीना भी है। खाने के लिए रोटी तो चाहिए।

चाँदनी की आँखों में आँसू आ गये।

बेटी आँखों में आँसू

कोठे की अम्मा अब समझी क्यों लोग शादी करते हैं जानवर शादी नहीं करते शायद ही जानवर कोई हो जो अपनी मौत मरता है, क्योंकि जीव जीव अहार जीव किसी से किसी का भोजन बनता है। मगर इन्सान किसी का भोजन नहीं होता पूरी जिन्दगी सफर करने के लिए अपनी पीढ़ी बनाता है तथा समय के अन्तिम समय में भोजन की व्यवस्था तथा समय पास करना है तो सहयोग किसी का तो चाहिए। आखिर बुजुर्गी सबसे खराब चीज होती है तथा बूढ़ी अवस्था में भोजन के साथ अन्य सहयोग की आवश्यकता होती है। यदि बुजुर्गी होती है तो वही लड़का लड़की सहारा बन कर आते हैं। यह अलग बात है कि आज बदलते समय में लड़के अपनी पारिवारिक जिम्मेदारी के कारण माता पिता बुजुर्ग को अनाथआश्रम में छोड़ देते हैं। वैसे यह गलत है। मगर सभी ऐसा नहीं करते कुछ प्रतिशत तो होता ही है।

बेटी आज कल की औलादें कहाँ माता-पिता की सेवा करती है।

ऐसा नहीं है। अम्मा अपनी नौकरी करें कि माता पिता की सेवा करें मगर

दोनों जिम्मेदारी किसी न किसी प्रकार से निभा लेते हैं हो सकता है कुछ एसा नहीं करते।

क्या बेटी कोई लड़की इस कोठे पर कैसे पहुँचती है अपने विषय में तो नहीं जानती।

न मैंने जानने का प्रयास किया।

मगर तुम इस कोठी में आने वाली लड़की अलग किस्म की हो एसा नहीं समय रहते अपने रूप बदल दिया समाज सेविका हो गयी भले कोई न जानता हो मगर बाहर एक सेविका के रूप में एक इज्जतदार के रूप में पहचान बना ली है। कुछ लड़की अपनी माता-पिता की इज्जत की परवाह न करते हुए अपनी प्रेमी के साथ भाग जाती है तथा प्रेमी से ठुकराये जाने पर फिर एक यहीं सहारा मिलता है कोठा।

चलो अम्मा खाने बनाने का समय जो गया है। बहुत देर हो गयी बातचीत में समय कब गुजर गया पता हीं नहीं चला। दुनिया को मैंने अपने चश्में से देख लिया है।

* * *

एस०डी०एम० साहब

जी सर

हाईकोर्ट के आदेश का क्या हुआ उन नर्तकियों की सूची बनी जरा देखे।

मैंने सूची माँग ली है यह है सूची।

डी०एम० साहब सूची लेते हुए लिस्ट में कई लड़कियों का नाम पढ़ते हुए जब उनकी नजर चाँदनी पर पड़ी तो चौंक पड़े सोचने लगे यहीं वह चाँदनी है। क्या यह वही चाँदनी है जिससे मैं प्यार करता था क्या वही चाँदनी है जिसके माता-पिता ने उसकी जिन्दगी बर्बाद कर दी मगर चाँदनी की तो शादी हुई थी। फिर वेश्या कैसे बनी क्या वही चाँदनी है। बार बार उसका चेहरा मन-मस्तिष्क पर आता गया चलचित्र की तरह, मगर यह कैसे हो सकता है। इस नाम की कोई और चाँदनी हो सकती है। क्या वहीं चाँदनी है जिसकी सुन्दरता के आगे असली चाँद फीका पड़ जाता था। क्या वही चाँदना जिसकी हिम्मत के आगे वह कमजोर पड़ते थे अपने भविष्य की अपनी खुशी की चिन्ता न कर अपने पिता की बात

मानकर मुझे कलक्टर बनने को कहती हुयी मान-मर्यादा का ध्यान रखकर एक नाचने वाली बन गयी। अगर यह वहीं चाँदनी है। हाँ फिर मेरी शादी में नाची थी बेहोश हो गयी थी क्या यह चाँदनी इसी शहर में है तो उसका घर कहाँ ससुराल कहाँ कहाँ जायेगी बेचारी अगर मेरे सामने आयेगी तो देखते ही पहचान लेगी। क्या मेरे साथ रह सकती है। क्या मैं उसको अलग रखकर खर्चा दे सकता हूँ क्या मेरा पद सम्मान परिवार इसकी स्वीकृति देगा।

सर!

हाँ अचानक ध्यान भंग हुआ

सर लिस्ट देख ली

अरे हाँ मैं सूची देख ली कुछ सरकारी काम याद आ गया। क्या कहते कैसे कहते कि लिस्ट में जिस चाँदनी का नाम है वह उसकी जिन्दगी है उसकी खुशियाँ है।

हाँ कहो

सर इस कोठे पर सुन्दर-सी नर्तकी है। उम्र थोड़ी ज्यादा है मगर आज भी उसकी सुन्दरता की चर्चा शहर में है। कहें तो आपके सामने पेश कर दूँ।

क्या बकवास करते हो जानते नहीं एक सीनियर अफसर से जूनियर को कैसे बात करना चाहिए है। क्या कहते आखिर डी0एम0 के पद का ध्यान रखना था वो समझ गये यह वहीं चाँदनी है, मगर कैसे कहे कैसे सहयोग करें एक सरकारी पद-मान-मर्यादा-इज्जत, पारिवारिक जीवन।

सॉरी सर

तुम लोग सरकारी काम करते हो या पब्लिक जैसी बातें करते हो

जाओ हटो आइन्दा अपनी जुबान सोच-समझकर खोलना क्या कहते डी0एम0 सोचने लगे एस0डी0एम0 सही तो कह रहे थे मैं भी तो देखना चाहता था मगर एक बार मिलना चाहते थे अपनी चाँदनी से देखकर विश्वास करना चाहते कि क्या वहीं चाँदनी है। उसे कहना चाहते हैं अपनी मन की बात चाँदनी आज भी मेरे दिल में तेरे लिए जगह है। हमदर्दी का प्यार का मरना सहा जाता है, मगर जिन्दा मरते देखना नहीं सहा जाता। क्या करते कैसे कहे

एस0डी0एम0 साहब जब लड़की पकड़ी जाय तब उनको उनके पते पर

पहुँचा दे तथा जिसका पता न चले उसको नारी निकेतन भेजवा दे। सोचे जब चाँदनी नारी निकेतन में रहेगी तो उसको निरीक्षण के बहाने देख भी लेगें और बातचीत भी कर लेंगे उसकी जिन्दगी भी संवर जायेगी।

अचानक एसडीएम साहब छापा मारा लड़कियाँ बरामद हुईं जब सूची बनाने लगे तक चाँदनी नाम की लड़की नहीं थी।

क्यों एसडीएम साहब क्या हो गया रिपोर्ट जानी है, सूची तैयार है कौन कहा किसको जिसके साथ भेजा आपने

जी सर कुछ महिला कल्याण आश्रम कुछ उनके घर के पते पर

सूची लाओ और

 पूर्ण तैयार सूची पेश करते हुए

क्या सब ठीक है न!

जी सर उसमें से एक लड़की नहीं मिली

कौन क्या कहीं भाग गयी

सर लगता है चाँदनी कहीं कोठे वाली मालकिन के साथ चली गयी।

अचानक चाँदनी को जाते ही गुस्सा तो आया मगर क्या करते सोचे एक था जरिया मिलने का वह भी धूमिल हो गया पता नहीं वही है या कोई और

* * *

बेटी चाँदनी तुम यहाँ कैसे ले आयी कोई न जान न पहचान यह तो अनाथ आश्रम है चलो पुलिस से तो बचा लिया है फिर देखा जायेगा।

अचानक चाँदनी को देख वहाँ मौजूद सभी लड़कियाँ एवं सदस्यो ने पैर छूना शुरू कर दिया।

बेटी यह क्या तुमको सब जानते हैं। तेरी असालीयत जानते हैं।

मैं तो यह नहीं जानती मगर मैं इतना जानती है मुझे जो पैसे मिलता था सब यहीं लगता है।

शाबास बेटी शाबाश तुमने मेरा मन खुश कर दिया जिस कारण से तेरे लिए चिन्तित रहती थी तुमने पहले ही मुक्त कर रखा है, अपनी अलग पहचान

बना ली है।

हाँ अम्मा जी मैं जानती थी यह काला धन्धा ढलती उम्र के साथ खत्म हो जाता है, फिर भुखमरी तन्हाई मजबूरी अकेलापन साथ रहते हैं। जैसे नौकरी करने वाला पेंशन के साथ वह भी अकेला खाली खाली रहता है। न घर का सुख न अधिकार न जिम्मेदारी बस पेन्शन वह भी आधा से कम फिर उसका जीवन अगर समय से नहीं चेता तो पेंशनर का समय कटना मुश्किल हो जाता है। इसलिए कम से कम 4 घण्टे का समय बैठने के लिए आवश्यक बना लेना चाहिए। तथा समय तो कटेगा बोर नहीं होगा सम्मान और होगा।

बेटी मेरे पास भी कुछ धन है, उसका पैसा इसी आश्रम में लगा दो फिर उसके ब्याज से खर्च भी चलेगा जीवन भी कटेगा इस आश्रम को चलाने में मदद भी मिलेगी।

अम्मा आपकी मुझ पर मेहरबानी क्यों

बेटी इन्सान भी अजीब है पता नहीं किस पर जिसका दिल आ जाये बहुत कुछ गलत सही किया अब समय आ गया है कुछ अच्छा करने का वह भी तुम्हारे माध्यम से हो जायेगा।

रहने दो एसी गलती क्यों कर रही हो कोई न कोई तो तुम्हारा होगा

नहीं बेटी यही मेरी जिन्दगी थी यही मेरा रिश्ता वह तुम हो शायद

तुम्हें, समाज को हमारे से ज्यादा पैसे की जरूरत है

कौन किसे किसको मेरी जरूरत होगी समय बतायेगा

खैर छोड़ो यह तो वक्त बतायेगा, अपना खाता नम्बर दो

कहती हो तो बैंक खाता नम्बर दे देती हूँ

अच्छा मैं चलती हूँ शायद न आऊँ इसका का ध्यान रखना

कहाँ जाऊँगी अम्मा

अरे चाँदनी अब तो धन्धा बन्द हो ही गया कहीं न कहीं रह लूँगी तुम्हारी अभी शेष जिन्दगी है किसी न किसी के काम आयेगी।

नहीं माँ अभी तक साथ रही अब कहाँ जाऊँगी।

बेटी जरा देख लूँ कि कोठे का क्या हाल है, आखिर इतने दिनों तक जिसमें रही क्यों न मोह तो हो ही जायेगा।

अच्छा रुको अब तो रेड पूरी हो चुकी होगी चलो मैं भी साथ चलती हूँ

अचानक चाँदनी और कोठे के मालकिन को देखकर एक ने फोन करदिया

एसडीएम साहब पुनः आ धमके

दोनों के दोनों पकड़ गयी। दोनों को डीएम साहब के सामने पेश कर दिया

नाम-पता पूछा

चाँदनी

चाँदनी चाँदनी एकाएक डीएम साहब के कानों में कई बार गूँजा क्यों नहीं लम्बा समय तो गुजर गया उसे कहाँ याद रहता शक्ल भी बदल जाती है। मगर चाँदनी का नाम उनके कानों में गुजर रहा था।

तुम्हारा कोई नहीं है?

नहीं सर

किसी को जानती-पहचानती हो जो जिन्दा है?

सर क्या पहचान शायद जिसको पहचानती है उसको पता नहो

नाम-पता बता सकती हो?

हाँ एक प्यारा सा दोस्त हैं।जो बड़ी उंची कुर्सी पर बैठा है। जिसके पास से गुजर जाऊँ तो उसकी छवि खराब हो सकती है।

स्टेनों बाबू पूरा इसका नाम-पता तथा इसके परीचित का नाम पता नोट करे अविनाश भलाभाँति जानता था चाँदनी मुझे जानती है, मगर वह नाम नहीं ले सकती मैं भी कितना मजबूर हूँ जो जानते हुए भी सामने नही आ सकता। मेरा पद मुझे बाध्य करता है अनजान बने रहे उसी में भलाई है क्या करता गरिमा है। पद की जरूरत चुप रहने की कैसे खुलकर बात करूँ।

हाँ तो क्या आपका कोई रिश्तेदार उसका नाम-पता फोन नम्बर कुछ बतायेंगी स्टेनों ने एक साँस में कई प्रश्न किया

नहीं सर न फोन नम्बर था है न नाम

तब तक एक अनाथ आश्रम से समूह डीएम से मिलने पहुँच गया

देखो एसडीएम साहब कौन हैं क्यो नारेबाजी हो रही है।

क्यों भाई आप लोग क्यों आये है क्या बात है

मुझे डीएम से मिलवा दो अपनी बात कहनी है

हाँ तो तुम लोग क्या कहना चाहती हो।

मेरे प्रबन्धक समाज सेविका है मालकिन को क्यो पकड़े हैं किस जुर्म में

क्यों क्या नाम है उनका यहाँ तो कोई नहीं है

है चाँदनी और उसकी अम्मा

क्या चाँदनी समाज सेविका प्रबन्धक अनाथ आश्रम आवास की संचालिका एक साथ नाम सुन फूले न समाये मगर अपने आप पर नियन्त्रण रखते हुए अपने को संतोष करते हुये डीएम साहब कह रहे थे इसका कोई नहीं है देखे कितने लोग हैं। छोड़ो छोड़ो तुम कैसी बात करते हो।

अचानक डीएम साहब का आदेश पाते ही चाँदनी और उसकी मालकिन को तत्काल छोड़ दिया।

धीरे धीरे कई महीने बीत गये।

बेटी चाँदनी!

हाँ माँ बेटी सुन चाँदनी को अपनापन पैदा हो गया तुरन्त कहा हाँ माँ जी बेटी यह शब्द सुनने के लिए कान तरस गये थे।

बेटी अब तुम अपने साथ-साथ आश्रम को खूब बढ़ाना मुझे खुशी हुई मैंने एक जमीन खरीदी थी वह कागज ले लो।

माँ जी यह तो घर और मोहल्ला अच्छा है, मगर यह रजिस्ट्री किससे किया कब किया एक साथ कई प्रश्न

बेटी तुम नहीं जानती अचानक रेलवे स्टेशन के पास एक सज्जन मुझे मिले पहचाना मैं तो उससे अनजान थी उसने शर्त रखी मेरी उसकी बात जो हुई है किसी को पता न चले।

उस महानुभाव से कब मिलवाओगी, क्या वे मुझे जानते है।

हाँ बेटी तुम्हें भी जानते हैं स्वयं भी अगर वक्त साथ दिया तो मिलवा भी दूँगी मैंने तुम्हारे खाते में पैसा डाल दिया है। अपना काम बखूबी करते रहना घर ही तो है, अब मैं चलती हूँ और मालकिन चली गयी।

चाँदनी अब बैंक से पैसा निकालने गयी तो चौंक पड़ी मालकिन अपनी पूरी कमाई कई लाख रुपया खाते में डाल दिया।

* * *

अपने जीवन को चलाने के लिए समाज सेवा के साथ-साथ चाँदनी समय के साथ ब्यूटी पार्लर का व्यवसाय भी चलाने लगी। वक्त के साथ चलते-चलते चाँदनी एक समाज सेविका व्यवसायिक नेक दिल हमदर्द इन्सान के रूप में ख्याति पाने लगी। महिला संगठन समाज सेवा-संगठन में मुखिया के रूप में पहचान बना ली साथ में आर्थिक स्थिति मजबूती भी कर ली।

अचानक उसकी रिश्ते में लगने वाली माँ मालकिन की बीमारी की सूचना मिली तो तत्काल पहुँची।

बेटी चाँदनी तुम आ गयी अब मुझे दवा की जरूरत नहीं है

क्यों एसी क्यों बात कर रही हो

बेटी मैंने अब तुम्हे हँसते हुए देख रही हूँ अपनी बेटी की सकल में तुम्हें देखकर मैं भूल गयी अपना गम भी है एक राज मेरे दिल में है उसे बताना चाहती हूँ।

क्या माँ आप के दिल में कौन-सा राज आप मेरी जानती हो

बेटी अब मेरा जाने का वक्त हो गया है, वैसे इसे छिपाकर क्या करूँगी यह सच है कि मैंने वादा किया था उनसे नहीं बताऊँगी, मगर साथ ले जाकर क्या करूँगी।

माँ मेरी जिन्दगी का राज आपके पास और हमें पता नहीं।

हाँ बेटी मुझें मालूम है तुम किसी से प्यार करती थी करती हो और करती रहोगी मगर तुम जैसा इन्सान नहीं देखी कभी अपनी चिन्ता अपने सुख की चिन्ता नहीं बस अपनो को देती आयी हो, कभी प्यार की कुर्बानी दी तो कभी मान मर्यादा के लिए अपने खुशियों की कभी समाज के लिये अपने धन तन की तथा कभी जिन्दगी बचाने के लिए अपने सम्मान की कुर्बानी।

क्या कहा तुम मेरे प्यार को कैसे जानती हो?

बेटी मैं घाट-घाट का पानी पीकर इस कोठे पर आयी थी मेरे यहाँ आने वाली हर लड़की की पिछली जिन्दगी जानना मेरे लिए जरूरी होता है और मैं भी तुम्हारी जिन्दगी को टटोला अब सब जान गयी।

कैसे माँ?

बेटी जब तुम लोगों की सूची एसडीएम बना रहे थे तब मैंने पूछा एसडीएम साहब से किसने सूची बनाने के लिए कहा तब एसडीएम साहब ने कहा नये कमिशनर साहब आये हैं। वही बनाने के लिए कहा है कमिशनर के सामने पहुँची अचानक पहचान गयी यह वही कमीशनर साहब थे जिसकी शादी में तुम नाचते-नाचते बेहोश हो गयी और उस समय वे डीएम थे वे तेरे ऊपर झुके फिर उठकर चले गये मैं महिला हूँ मैंने किसी पुरुष को किसी औरत को निहारते देखी समझ गयी यह तो किसी अपने की नजर है। फिर मैं धीरे धीरे उनसे मिली और मेरी उनसे जान-पहचान हो चुकी थी। उन्होने जब अपने मन की बात बतायी तब उसने एक शर्त रखी यह बात चाँदनी को न बताना। पूछा था आपके यहाँ नर्तकी चाँदनी है।

मैंने कहा हाँ

तब उसने कहा तब आपके यहाँ पहुँचने का रास्ता है। वह नर्तकी नहीं वह एक समझदार महिला है, वह त्याग की प्रतीक है, उसने सीखा जीवन जीना

मैं हँसते हुये उस समय कहा था डीएम साहब नर्तकी और समझदार दोनों कैसे हो सकता है। कौन उससे शादी करेगा।

तब उसने कहा था शादी नहीं कर सकती व्यवसाय तो कर सकती है।

मैंने कहा हुजूर अब आप पहले कलक्टर थे अब आप कमिशनर होकर

मेरे शहर में आयेगें तब मैं पूछूँगी। और वह आ गये तब उसने कहा नर्तकी नहीं समाज सेविका बनाओ और उसने रेड डाली थी आपके के खातिर ताकि उसे एक अच्छा जीवन जी सके मगर उसको क्या पता था उनकी चाँदनी पहले जैसा है। होशियार थी और अपना आशियाना ढूँढ लिया था मगर उसने एक मकान तुम्हारे नाम किया था जिसकी चाभी तुम्हें दिया था। वैसे उनकी बातों में बड़ी कशिश थी बेटी वे तुमसे आज भी प्यार करते हैं। बस अन्तर है कि उनकी सरकारी पद की जिन्दगी और साथ ही पारिवारिक जिन्दगी कहा तुम, बेटी ध्यान

रखना जो भी इच्छा पाल लेना मगर इस बात का ध्यान रखना अविनाश साहब नेक इन्सान हैं। तथा उनकी जिन्दगी में कभी जहर न घोलना चाहे लावारिस ही। क्यों न मरना पड़े आज भी उनके मन में तेरी आकृति बनी हुई है।

माँ मुझे खुशी है कि आज भी वे मेरा प्यार भूल नहीं पाये यही मेरे लिए कम नहीं है, कम से कम मैं अपने का अकेली महसूस नही करूँगी उनकी याद मेरे साथ है।

क्या माँ तुम चाँदनी के ऐसी ही समझती हो सच यह है कि मैं जिन्दगी में एसी गलती नहीं करूँगी उन्हें न तो अपना कद और बढ़ा दिया। आखिर मैं वेश्या के रूप में ही तो जानी जाती हूँ। मेरा दर्द कौन जानता है, सभी मेरी हँसी उड़ाते है, मेरे नाच मेरा गाना जानते है। एक दर्द ऐसा भी है जो दिल में छिपा है कौन जानता है। मेरा प्यार, मेरा अपना जो समय समय पर मेरे लिए हर कार्य करता रहा मैं जान न सकी पहचान न सकी पहुँच न सकी उसके पास क्या करती तुम तो सब जानती थी फिर क्यों न मुझसें मिलवाती बताती कहा खो गये कहाँ तैनात हैं।

बेटी ऐसे सज्जन पुरुष इस संसार में कम ही मिलते हैं जो अपना दर्द अपनी पीड़ा छिपाकर जीते हैं। तथा किसी को पता नहीं चलने देते हैं। यहाँ तो इन्सान एहसान किया नहीं सारे जग को बता देता है। कहता रत्ती भर ढिंढोरा पिटता है ढेर सारा।

तो क्यों माँ अब तुम बता रही हो?

क्या करता बेटी कसम जो खा रखी थी

खैर अब क्या करूँ तुम भी अब मेरा साथ छोड़ने वाली हो

बेटी बस खुशी है कि तुम्हारा एक घर हो गया अपने पैर पर खड़ी हो गयी किसी के सामने हाथ नहीं फैलाना पड़ेगा। तुम किसी का सहारा बन सकती हो। माफ करना हे ईश्वर हे भगवान मेरे गुनाहों को एक चीख निकली और साँसें माँ की बन्द हो गयीं।

मालकिन की अचानक साथ छोड़ने पर चाँदनी को सदमा लगा, मगर न जाने कितना दर्द सहकर आयी थी एक और दर्द मिल गया। अकेले पन का अपनापन खोने का।

* * *

वक्त गुजरता रहा। धीरे धीरे कई साल हो गये चाँदनी एक समाजसेविका के रूप में शहर में उभरकर आयी। सुबह सुबह पेपर उठायी मुख्य पेज के ऊपर मोटे अक्षर में लिखा था एक वरिष्ठ आई०ए०एस० पदाधिकारी की हालत खराब है। उसकी दोंनों किडनी खराब है चंद दिनों के मेहमान हैं। उनकी पत्नी एवं बच्चे हाथ जोड़कर जनता से अनुरोध कर रहे थे मेरे पति की जान बचा लो। कोई एक किडनी देकर उसके बदले मेरे पास ढेर सारी सम्पत्ति ले सकती है, अगर कोई चाहे तो इस मोबाइल नम्बर पर सम्पर्क करें।

पेपर पढ़कर चाँदनी व्याकुल हो गयी। पदाधिकारी का नाम तो नहीं था मगर उसके अन्दर हमदर्दी थी क्यों न मैं आखिर मेरे पास एक किडनी दे दूँ तो उन बिमार व्यक्ति की जान बच जायेगी उसके बीवी बच्चे खुश रहेंगे। तत्काल उसने फोन पर नम्बर रिंग किया अपना नाम-पता न बताने की कसम खा ली थी।

घंटी बजी

आप कौन!

मैं मजबूर औरत बोल रही हूँ मेरा पति जीवन की अन्तिम साँसें गिन रहा है।

आप कौन बोल रही हैं।

मैं एक अपरिचित समाज सेविका बोल रही हूँ, क्या मैं मदद कर सकती हूँ

हाँ हाँ क्यों नहीं दूसरी ओर से आवाज आयी, आप मेरे लिए भगवान हैं मैं अपने पति के जीवन के लिये आप से हाथ जोड़कर प्रार्थना करती हूँ, आप एक किडनी मुझें देदे उसके बदले मैं आपको ढेर सारा पैसा....

क्या आप या आपके बच्चे किडनी नहीं दे सकते अपने पति को पिता को चुप फिर कुछ देर बाद बोली मैं एक किडनी पर जी रही हूँ बालक अभी अबोध है कैसे उससे कहती।

ठीक है, क्या आप के पति का नाम जान सकती हूँ?

हाँ हाँ मेरे पति आई०ए०एस० अफसर हैं उनका नाम अविनाश है, गत कई महीनों से बीमार चल रहे हैं। डॉक्टर ने कहा अगर एक किडनी मिल जाती तो उनकी जान बच सकती थी नहीं तो।

अचानक नाम अविनाश का सुनकर चिल्ला पड़ी नहीं नहीं एसा नहीं हो सकता अचानक चीख सुनकर महिला बोल पड़ी क्यों आप क्यों चीखीं

नहीं कुछ नहीं अचानक बिल्ली ने दूध गिरा दिया इसलिए सोची ऐसा नहीं हो सकता फोन कट गया।

क्या कहती चाँदनी मेरा प्यार मेरा हमदर्द आज जीवन मौत के मुँह से गुजर रहा है, मुझे पता नहीं कुछ दिनों का मेहमान है फिर मैं जीकर क्या करूँगी।

पर सन्तोष नहीं हुआ बेचैन-सी हो गयी बात करने की इच्छा हुई मगर बिमार हालत में कैसे बात करती बेचैनी में हाथ पुनः फोन पर गया और उधर से फोन आया घंटी बजी मगर चाँदनी फोन नहीं उठायी क्या कहती मैं उसका प्यार बोल रही हूँ हाँ वो मेरा प्यार है। चुपचाप शान्त रही।

* * *

डाक्टर साहब अविनाश किस वार्ड में भर्ती है?

वार्ड नं0 13 में है, आप कौन हैं?

मैं मिलने वाली एक महिला हूँ तथा शुभचिन्तक भी हूँ।

कभी दिखायी नहीं दिया आपने जब मरने का वक्त आया तब आप अपनी सूरत लेकर दिखायी दिया कुछ लेना है। उनसे या कुछ कागजात पर वसीयत बनवाना है, चन्द दिन के मेहमान हैं। अविनाश जी अब तक एक मददगार नहीं आया।

मैं जितना पूछती हूँ उतना बोलना डॉक्टर तेज आवाज में बोली चाँदनी।

डॉक्टर चुप क्या कहता एक अन्जान औरत और उसका तेवर इतना तीखा

चाँदनी दूर से अविनाश को देखी लगता था उसका कलेजा मुँह को आ गया दिल फटा जा रहा था आँखे भर गयी थीं मुंह से आवाज़ नहीं आ रही थी बोली डाक्टर मेरा खून चेक करें और देखें खून मिलता है मैं अपनी किडनी दान में इस मरीज को देना चाहती हूँ।

आप... आप कौन हैं। क्या रिश्तेदार हैं लिखकर दे मेरे जीवन का खतरे की खुद की जिम्मेदारी है।

एक शर्त है

क्या है।

मेरा नाम-पता किसी को न बताना

एसा कैसे होगा यह तो करना पड़ता है

क्या मरीज का जीवन बचाना है कि नहीं

ठीक है

तो ऑपरेशन की तैयारी करें

डॉक्टर सोचा कमिश्नर साहब को बीमारी से निजात पाना था अच्छे भले आदमी है।

देखों कोई न कोई हमदर्द मिल ही गया।

चाँदनी अपना परिचय सही में देकर अपना नाम-पता छिपा ली अपनी एक किडनी ट्रान्सफर कर दिया

डॉक्टर साहब!

हाँ मैडम क्या कहना है।

डाक्टर साहब कोई नहीं मिला लगता है। मेरा सुहाग उजड़ जायेगा अविनाश की पत्नी राजकुमारी आँसू भर कर बोली।

नहीं मैडम एक सज्जन महिला थी उसने अपनी किडनी साहब को देकर चली गयी अब कमिश्नर साहब के जीवन को कोई खतरा नहीं है।

कौन थी क्या नाम था अभी मैं जाकर उसके पैर छूती हूँ अपनी सारी सम्पत्ति दे देती हूँ।

उसने नाम पता छिपाने का वादा किया था।

क्या अजीब है, अपना सब कुछ देकर नाम भी नहीं बतायी। खैर क्या करती।

धीरे-धीरे हफ्ते बाद अविनाश ठीक हो गये अपनी पत्नी से पूछा कौन था किसने मेरी जान बचायी, चलो चले उससे मिले

मिलना तो मैं भी चाहती थी मगर महानुभाव देवी जी अपना नाम-पता नहीं बतायी उनकी यही शर्त है, जो नाम-पता नोट था वह गलत निकला।

हो सकता है। अविनाश को सन्देह होने लगा क्यों न चाँदनी हो सकती है वही ऐसी कुर्बानी कर सकती है।

क्यों जी अभी तबीयत ठीक नहीं हुई इसलिए कुछ बड़बड़ा रहे हैं।

हाँ शायद तुम ठीक कहती हो मेरी तबियत ठीक नहीं है क्या कहते किडनी दान तो कोई अपना कर सकता है और अपना चाँदनी हो सकती है। कहां होगी पता नहीं चला कई साल से कैसे उसे पता चला चुपचाप दवा खाकर लेट गये।

धीरे-धीरे कई महीने बीत गया। अचानक फोन की घण्टी बजी

अविनाश फोन उठाये हैलो कौन।

आप कौन दूसरी ओर से आवाज आयी

मैं अविनाश बोल रहा हूँ आप कौन

अब आपकी कैसी तबीयत है।

अचानक कैसी तबीयत की आवाज़ इतना अपनापन इतनी कशिश क्या आप शायद चाँदनी बोल रही हैं

अचानक चाँदनी का नाम चुप चाँदनी विचलित हो गयी। कैसे पहचान लिया मुझे सोचने लगी।

अविनाश को एक सिहरन हो रही थी क्यों न चाँदनी से बात हो रही थी

क्यों जी किससे बात कर रहे हैं, अभी आप बात न करें देर तक लाओ मैं फोन से बात करती हूँ। आप आराम करे। राजकुमारी फोन पर रिसीवर पकड़ ली

आपके पति कैसे हैं?

आप कौन!

वही जो ऑपरेशन के पहले फोन किया था

अरे आप धन्यवाद आप से मिलना चाहती हूँ बहुत तलाश किया मगर आप का पता नहीं था जो आपने पता लिखाया था वह गलत निकला, आपने किडनी देकर न मेरे पति की जान बचायी एक को पति एक को पिता दिया भगवान करे आपका परिवार खुश रहे। आपका नाम पता क्या है, मैं मेरे पति आपसे मिलना चाहते है।

फोन कट गया। क्या हुआ क्या होता फोन कट गया।

हाँ हाँ वह ऐसी ही औरत होगी तभी फोन काट दिया।

कुछ दिन बाद अचानक चाँदनी की दुकान पर एक सफेद रंग की कार रुकी उसमें से एक आदमी अकेले उम्र करीब 50 वर्ष का रहा होगा कार से निकला।

अरे आप यहाँ तबीयत तो ठीक है।

क्यों तुमने सोचा मुझे तुम्हारा पता नहीं चलेगा

क्यों बताती आपकी अपनी जिन्दगी है, आप की आम शुहरत पत्नी बच्चे

उससे क्या तालुकात है मेरी जिन्दगी से

तो क्या आप अपनी पत्नी को साथ लेकर आये हैं

लाऊँगा पहले अपने जीवनदान देने वाली से मिल लूँ मैं बेचैन था आखिर कौन मेरे इतना हमदर्द हो गया जो मेरी जिन्दगी के साथ अपनी जिन्दगी दाँव पर लगा दिया मगर मुझे मालूम हुआ पेपर। अखबार के माध्यम से तुम्हें पता चल गया होगा और तुम्हें जानकारी होने पर भला तुम चुप कैसे बैठती जब मेरा ऑपरेशन सफल हो गया और डॉक्टर साहब से मैंने पूछा तो डॉक्टर साहब ने चुप्पी लगा ली बस इतना ही बताया एक औरत थी पता नहीं बताया जब डॉक्टर ने हुलिया रंग-रूप लम्बाई वेशभूषा बताया तब मैं समझ गया तुम्हारे सिवा कोई और हो ही नहीं सकता। आखिर फिर तेरे फोन का काल देखकर मैंने पता ढूँढ लिया आखिर क्यों तुम हर बार मुझे देना चाहती हो पहले कहा कलक्टर बन जाना मैं कलक्टर बन गया फिर तुम्हें क्या मिला इस ओहदे से क्या पायी तुमने मुझे छोड़कर आखिर दर्द-पीड़ा आँसू।

कलक्टर साहब कुछ खुशी ऐसी होती है जो देकर मिलती है कुछ लोग खुशी के लिए दूसरे की खुशी छीनते हैं। बस अन्तर यही है।

अच्छा अब मैं तुम्हारे लिए कलक्टर साहब हो गया यानी तुम अब चाँदनी नहीं एक ब्यूटी पार्लर वाली हो गयी। आखिर क्या संदेश देना चाहती हो मुझे यही कि मेरा तुम्हारा रिश्ता नहीं है। मेरे दिल में तेरे लिए जगह नहीं है। अगर है तो पद की पहचान की क्यों नाम नही ले सकती। आखिर देना चाहती हो लेना मात्र कुछ नहीं।

लम्बी साँस लेकर अपने सामने बैठी चाँदनी तत्काल अन्दर जाकर कुछ ही पल चाय बना लायी। दुकान तो थी ही सबका आना जाना रहता था इसलिए किसा की निगाह क्यों पड़ती फिर कलक्टर साहब सरकारी गाड़ी लेकर थोड़े आये थे।

चाय की चुस्की लेकर क्या नहीं पाया आपसे जीने की उम्मीद पाया समाज में एक आपने मकसद दे दिया। एक माँ कहलाने वाली ने पैसा दे दिया अब मैं एक समाज सेविका सभ्य नागरिक एक समस्त श्रेणी की महिला जीने की साहस ताकत क्या नहीं दिया है। जिल्लत भरी जिन्दगी जी रही थी मगर अब कितनी अच्छी जिन्दगी है।

चाँदनी अब तुम्हारी उम्र भी 50 वर्ष के पास है, अब समाज में यह भ्रम भी नहीं रहेगा कि कौन हो तुम और यहाँ क्यों रह रही हो।

चलो न अब मेरे साथ रहो, किसी को पता भी नहीं चलेगा। मैं अपने जीवन में तुम्हारी जगह किसी और को दे न सकूंगा।

ऐसा क्यों नहीं आप अपनी पत्नीके जगह दे देते कब तक उसे मेरी जगह रख कर पत्नी को अपने से दूरी बनाकर रखे रहेंगे।

शायद तुम ठीक कहती हो, तुम नहीं कहोगी तो कौन कहेगा, सच तो यही है चाँदनी पुरूष या स्त्री अपना पहला प्यार भूल नही पाता अगर उसे पता चल जाये कि उसका प्यार उसकी जिन्दगी खुशी है। तो उस पर उसकी यादों पर गर्द पड़ने लगता अगर तुम्हे अपने जीवन में खुश होती अपना एक परिवार होता पति और बच्चे होते तो शायद मुझें तुम्हारी याद नहीं आती मगर तेरी पीड़ा तेरी स्थिति मुझें भूला नहीं पाती और मैं तुम्हें बेसहारा देखता हूँ तो बेचैन सा हो जाता हूँ।

सुनो अविनाश आज से तुम मेरे यहां मत आना अन्यथा में बिना बताये कही चली जाऊॅगी।

अचानक रूखा स्वभाव अविनाश देख सन्न रह गया कभी एसी बात तो करती नहीं थी फिर अचानक। क्यों क्या मैं तुम्हारे बिना देखे

क्या बकवास करते हो क्या मैं सोर मचाकर बताऊॅ मोहल्ले वाले को कि यह हमे परेशान करते है। अचानक चाँदनी का रूख देख अविनाश कार उठाया चलता बना उसे दिल पर चोट लगी थी आखिर सोर मचाने की क्या जरूरत पड़ गयी कभी एसा नहीं था अचानक

क्या करती चाँदनी अचानक उसके व्यवहार के कारण अविनाश को चोट पहुॅची होगी इसके अलावा चारा भी नहीं था शादी के इतना दिन हो गये अपनी पत्नी को प्यार कर दर्जा न देना मेरी यादों में खोना क्यों कैसे जी पायेगी न मैं जी सकती न अविनाश न उसका परिवार बेरूखी भाषा बोलना क्या मुझें अच्छा लगा

नहीं शायद कुछ समय वे मुझें गाली दे मगर फिर मुझें भूल जायेंगे और वे चले गये देखती रही आँखां से आंसू बहाता रहा आखिर मैं कब तक यहां रहूँ मेरी बेरूखी को अपनी नहीं मेरी मजबूरी समझोगें मैं अविनाश को जानती हूँ वे मेरे हर शब्द का अर्थ निकाल लेते है।

अचानक चाँदनी का रूख देख अविनाश सोचता हुआ घर पहुँच गया क्यों चाँदनी ऐसे व्यवहार किया सच है। वह पहले भी एसी थी आज भी एसी थी क्यों न सोचती होगी मेरा परिवार न बिछड़े और मुझें मेरी सम्मान मेरी खुशियां के खातिर फिर अपने मिलने मिलाने का गला घोट दिया।

* * *

चाँदनी धीरे धीरे पैसे वाली पहचान वाली समाज सेविका कें रूप में स्थापित हो चुकी थी अब उसको स्कूलों में महिला संगठन संस्था अतिथि के रूप में निमंत्रण पत्र भी देने लगे थे।

स्कूल का वक्त था प्रधानाचार्य अपने स्कूल में एक कार्यक्रम रखा था सभी छात्र-छात्रायें मंच के पास सामने बैठी थीं। आज मुख्य अतिथि के रूप में चाँदनी का निमंत्रण था समय 11 बजे रहा होगा। मंच पर मुख्य अतिथि की कुर्सी के आसपास कई कुर्सी लगी थी प्रधानाचार्य भी, बैठी थी अन्य आमांत्रितगण बैठे थे केवल मुख्य कुर्सी को छोड़कर मेज पर पेपरवेट एक गिलास पानी एवं गुलदस्ता मुख्य अतिथि के कुर्सी के सामने रखा था वैसे तो बिसलरी की बोतले हाँ आगन्तुक मंचासीन के सामने मुख्य अतिथि का इन्तजार था।

एक सफेद रंग की कार गेट से मंच की ओर आगे बढ़ी गेटमैन ने दरवाजा खोला। कार रुकी। उसका फाटक खुला उसमें से एक रंग-बिरंगी साड़ी पहनी गोल्डन चश्मा लगाये नीचे से ऊपर तक आभूषणयुक्त अधेड़ उम्र में भी अपनी सुन्दरता के कारण किसी परी से कम न दिखती युवती उतरी धीरे-धीरे मंच की ओर बढ़ रही थी बढ़ते मंच की ओर देख लड़के उठे और तालियों के सहारे प्रधानाचार्य ने स्वागत किया बच्चों ने स्वागत किया। और अब अतिथि महोदया अपने कुर्सी पर बैठ चुकी थी लड़के भी अपनी-अपनी कुर्सी पर बैठ चुके थे। अतिथि कुर्सी पाकर चाँदनी फूले न समायी उसे अपना दर्द अपनी पीड़ा का खयाल न रहा। क्यों न जहाँ से तिरस्कार अपमान जिल्लत भरी जिन्दगी मिलती थी आज सम्मान इज्जत प्यार सबका मिल रहा था।

प्रधानाचार्य अपनी कुर्सी से उठी माइक के पास जाकर माइक को एक बार ठोका हैलो हैलो बोली फिर अपने भाषण में प्रिय सम्मानित मुख्य अतिथि इनके नाम की पहचान की जरूरत नहीं है। चाँदनी जी समाज सेविका सम्मानित प्रतिष्ठित हम दर्द न जाने क्या क्या शब्द से सम्बोधित करते हुए बोली अखबार के प्रथम पृष्ठ पर कभी कोई ऐसा दिन नहीं होता जिसमें चाँदनी समाजसेवी सम्भ्रन्त नागरिक के रूप में नाम छाया होगा। कि अचानक तेज तूफान आता देख प्रधानाचार्य अपने आप के सँभाला कि तुफान तेज हवा के झोंके के साथ सबको आगोश में ले लिया। भगदड़ मच गयी लोग टेण्ट के पास अचानक गिरने से कुछ बच्चों को चोट लग गयी चाँदनी भी इसी भगदड़ में मंच पर ही गिर गयी।

उठो चाँदनी चाँदनी उठो आप गिर गयी

मैं कहाँ हूँ कब कैसे यहाँ पहुँची

आप यहीं हैं जहाँ थी अपने होश में आओ दीदी

आँखें खोली चाँदनी सरला वही अपना गाँव वही बूढ़ी प्यारी औरतें जो कोसती थीं वहीं पुरानी यादें पुराना घर

सरला तुम!

हाँ मैडम न जाने अपनी यादों में इतना खोयी की खुद का पता ही नही चला न समय का

मैडम आपसे मिलना चाहूँ कोई सम्पर्क नम्बर।

ठीक है नम्बर नोट कर लो और चाँदनी अपनी कार में बैठी और चल गयी।

गाँव वाले उसे देखते रहे गये सरला भी उसे तब तक देखती रही जब तक कि उसकी आँखों से ओझल न हो गयी।

* * *

भाग-2

चुनाव का समय आ गया। शहर में मेयर का चुनाव होना था नामांकन के लिए अधिसूचना जारी हो गयी। राजनैतिक पार्टियाँ अपने अपने चुनाव के लिए

अपनी पार्टी का प्रत्याशी घोषित कर रहे थे।

अचानक एक राजनैतिक पार्टी के जिला अध्यक्ष चाँदनी के घर पहुँच गये और कुछ समय तो इधर उधर की बात की फिर उसकी बढ़ती ख्याति और जनता में पहुँच देखकर बोल पड़ी। ओ चाँदनी जी आप का चुनाव के विषय में क्या खयाल है।

छोड़िए चुनाव के चक्कर में नहीं पड़ती पाँच वर्ष बाद फिर वही चुनाव यह तो हर पाँच साल बाद चुनाव आता जाता रहता है।

क्यों आपकी अलग पहचान है, अच्छे समाज सेविका हैं। अच्छी ख्याति है।

देखों जी यह सच है कि आप मुझे जानते हैं, यह भी सच है कि मैं समाज में जानी पहचानी महिला हूँ मगर जब वोट का मामला आता है तो जाति धर्म क्षेत्र फिर मुझें किस जाति धर्म का क्षेत्र देखकर लोग मुझे वोट देंगे मैं तो कार्य करती नहीं फिर कौन मुझे टिकट देगा कौन वोट।

क्यों न आप अच्छी जान-पहचान वाली महिला हैं। टिकट तो उसी को मिलता है जो जिताऊ सदस्य है, फिर आप तो समाज सेविका ठहरी वोट भी आप को मिल जायेगा।

मैं तो इस विषय में सोची ही नहीं मगर पैसा भी तो नहीं है जो थोड़ी बहुत पूँजी है। वह अपने जीवन के लिए चाहिए बचाकर रखी हूँ प्रसार-प्रचार में भी तो खर्च होगा ना बाबा ना मैं इस लफड़े में ना पड़ती।

अरे मैडम आप आप तो वोट भी मांगे और नोट भी एक वोट एक नोट नारे भले कोई न दे मगर वोट तो जरूर देगा। एसी आपकी अपनी छवि एवं पहचान है।

आखिर मेरे रिश्तेदार मेरे मित्र मेरे सहयोगी कौन हैं

मैं हूँ आप के साथ आप की पार्टी आप के साथ रहेगी, कार्यकर्ता पूरा का पूरा सहयोग देंगे, फिर क्या कारवाँ चल निकलेगा तो मंजिल तो मिलेगी ही मिलेगी प्रस्ताव के पाँच व्यक्ति तो दिखते नहीं रहा चुनाव की जीतने की बात वह कैसे सम्भव।

आप इसकी चिन्ता न करे मैं हूँ मेरी पार्टी है मेरे कार्यकर्ता हैं।

देखो शर्मिला यह मैं मानती है कि तुम एक राजनीतिक पार्टी से जुडी है अगर हम दोनों महिला हैं। पुरुष का भी साथ होना जरूरी है।

देखो पहले चुनाव के लिए फार्म खरीदते हैं। फिर आगे के विषय में सोचेगे।

अचानक कुछ दिन बाद क्यों शर्मीला क्यों उदास हो गयी।

क्या कैसे पार्टी ने नाम में स्वीकृति नहीं दी कह दी उनका पता नहीं न ठिकाना है। स्वयं के वोट के साथ-साथ जाति धर्म क्षेत्रवाद का कोई वोट नहीं दिखायी देता, फिर टिकट क्यों दें।

तो छोड़ो न वैसे तुमसे तो कहा था मगर तुम हो बड़ी पार्टी-पार्टी कर रही थी आखिर देख लिया न पार्टी का हाल मेरी छवि मेरी पहचान पार्टी ने नकार दिया

नहीं चाँदनी अगर पग बढ़ायी है तो आगे बढ़ूँगी चाहे जो भी होगा देखा जायेगा। चुनाव तो लड़ाऊँगी चाहे पार्टी से मुझें क्या न निकाल दिया जाय।

आखिर नहीं मानी निर्दल प्रत्याशी के रूप में शर्मिला ने चाँदनी को फार्म भरवा दिया। फिर प्रस्तावक भी मिल गये, चुनाव-चिन्ह भी मिल गया।

चाँदनी नामांकन का पर्चा क्या भरा उसके पास दबाव लालच और फिर धमकी आने लगी आखिर चाँदनी कम चोट थोड़े ही खायी थी क्या करती डरी नही बस जो होगा देखा जायेगा। चाँदनी का एक नारा एक नोट एक वोट न हार न बच्चा क्या करूँगी सच्चा। न घर डर यह अवसर नहीं आयेगा बार-बार, आपकी बार चाँदनी के जिताओ पांच साल खूब काम करवाओ, न कोई पार्टी न कोई हमार मैं जीती अकेली रहुँगी हर वक्त तैयार।

चुनाव में लोगों ने सहयोग क्या दिया कि अनुरोध फोटो से फट गया। करो हम पर विश्वास मेरा रिश्ता आप के पास, जो सहयोग से आगे आयेगा समझो नगर विकास का सहयोगी पायेगा न रुपया न पैसा।

काम करूँगी स्वच्छ और साफ-सुथरा घर जैसा।

दो पम्फलेट चौराहे वाले पर टँगवा दिया गया। धीरे-धीरे चाँदनी की आवाज उठती गयी चाँदनी के स्लोगन से पूरा मोहल्ला शहर गूँज उठा। यही स्लोगन का पम्फलेट छपवाकर घर-घर भी पहुँचाया गया।

जब चुनाव के नजदीक दिन आ गये तो पर्चा पोस्टर और स्लोगन से भरा

विरोधी के होश उड़ गये। चाँदनी को खतरा बढ़ता गया। हर दिशाओ से जान से मारने की धमकी आने लगी। चाँदनी एक पम्फलेट और बढ़वा दिया। मुझें जान मार का एक काम करोगे अपना नाम बदमान करोगे समाज में गन्दा काम करोगे।

चाँदनी के लिए एक एहसान करोगे। मेरे जैसे दुःखी आत्मा को मुक्त करोगे, शहर को भय मुक्त करोगे,

अब पम्पलेट जब पुरा शहर में छप कर ढक गया तो लोगों की धमकी आना बन्द हो गया। अब भूल से कोई गाली देने के लिए फोन भी नहीं करता था।

वक्त आ गया चुनाव में वोट पड़ा और चुनाव की गिनती हुई चाँदनी जीत गयी चुनाव अधिकारी चुनाव प्रमाण-पत्र देने के लिए मंच पर आमंत्रित थी क्यों न प्रथम नागरिक का कस्बे का उच्च स्थान का दबाव प्रथमपक्ष चाँदनी के पास था। मौका अच्छा था मंच सजा हुआ था यह दृश्य देखने वाले आँखें बिछाये थे।

जिला निर्वाचन अधिकारी अपने हाथों से चाँदनी को प्रमाण पत्र पकड़ाते हुये हाथ बढ़ाया। चाँदनी प्रमाण-पत्र प्राप्त करते हुए हाथ बढ़ायी। दोनों हाथों के बीच प्रमाण पत्र चेहरा फोटो कैमरा पर था एक साथ डीएम मेयर चाँदनी एवं बीच में प्रमाण पत्र।

चुनाव खत्म चुनावी सरगर्मी खत्म हुई जहाँ चाँदनी के पास काम नहीं था वहीं पद भार ग्रहण करते ही काम की काम काम की कमी न थी। समाज सेवा में समय अतिरिक्त जुटाना पड़ता था आज समय कम था काम ज्यादा। कभी समय ही समय था काम नहीं था क्यों न शहर की प्रथम नागरिक शहर की व्यवस्थापक जो हो गयी। सोचते सोचते करते-करते एक साल बीत गया चाँदनी को पता ही नहीं चला।

शहर की खड़न्जा नाली आर0सी0सी0 नाला सुधर-सा गया शहरी चाँदनी को अच्छी मेयर अच्छी प्रबन्धक के रूप में याद करने लगे नजूल पड़ी सभी खाली जमीनों को सरकारी इमारतें या जरूरतों के काम में लगाने में शहर की व्यवस्था में व्यस्त हो गयी।

* * *

शहर के एक विद्यालय में एक वार्षिकउत्सव था उस उत्सव में चाँदनी को शहर की मेयर होने के कारण मुख्य अतिथि के रूप में निमंत्रण मिला। चाँदनी

फूली नहीं समायी सोचने लगी यह वोट क्या है। एक ही रात में जीरो से हिरो बना दिया जितनी छोटी सी जिन्दगी बनी थी कितना बड़ा सजा दिया आखिर वोट के लिये क्यों लोग जाति धर्म नेता समुदाय की आग बोकर अपने पक्ष में वोट दिलवाते हैं। इसमें रिश्तों का नहीं पद का महत्त्व है। देखे एक ही मत से बनते बनते एक सम्मानित नागरिक बन गयी और लोग जहाँ हेय दृष्टि से देखते थे आज मुख्य अतिथि के रूप में बुलाने लगे। मुख्य अतिथि के रूप में विद्यालय में पदार्पण किया। विद्यालय की ओर से स्वागत गीत से स्वागत हुआ।

धीरे-धीरे कार्यक्रम खत्म हुआ। लोग चाँदनी के हस्ताक्षर के लिए उत्सुक थे आटोग्राफ प्लीज। एक बालक उम्र करीब ९ वर्ष का रहा होगा। अपना हाथ आटोग्राफ के लिए चाँदनी की ओर बढ़ाया। यह दृश्य देख चाँदनी को अजीब सा लगा न जाने क्यों मन में ममता का प्यार का ज्वार उभरा सोचने लगी काश मेरा भी कोई औलाद होता नन्हा-सा मुन्ना सा कितना प्यारा सा हँसता-खेलता मम्मी मम्मी कहता ढेर सारा बाल नोचता और उसको दौड़ाती वह भागता फिर गिर जाता मैं उसे डाँटती उठाती प्यार करती कि पुनः आवाज आयी आटोग्राफ प्लीज। दुबारा आवाज सुन ध्यान भंग हुआ और अपने आपको रोक नहीं पायी झट गोद में उठा लिया। पूछती हुई क्या नाम है बेटा?

मेरा नाम आशीष है

तब तक स्कूल की घण्टी बजी बच्चों का स्कूल से छोड़ने का समय हो गया। लड़का भी चाँदनी की गोद से उतरा और चल दिया।

चाँदनी भी उस बच्चे को देखती रही।

मैडम चलें अब कार्यक्रम खत्म हुआ।

हाँ कार्यक्रम खत्म हुआ कान में आवाज पड़ी उठी और कार में जाकर बैठी और वह अपने आवास पहुँच गयी। ध्यान अपने जीवन की ओर खिंचा तो खिंचा ही चला गया। बार-बार बच्चे की आवाज कान में टक्कर मार रही थी आटोग्राफ प्लीज मुस्कुराता चेहरा छोटे छोटे हाथ छोटे छोटे पैर उछलता-कूदता उसकी शरारते आखिर वह भी एक औरत थी, उसके अन्दर भी औरत का दिल था एक पत्नी बनने की एक माँ बनने की एक गृहणी बनने की सुबह बच्चों का खाना बनाना खिलाना पति के ऑफिस से इन्तजार करने का फिर पति के साथ घूमने फिरने का काश मेरा भी कोई पति होता। हाँ था तो एक पति क्यों नहीं था एक बीमार पति शराबी पति उम्र से ज्यादा पति क्यों नहीं था एक बच्चा छोटा क्या

खाक बच्चा होगा जहाँ सुहागरात मनायी ही न हो वहाँ शराबी पति अपने शराब पीकर गिरा था। मेरा घर परिवार जैसा होता क्यों न मैं पत्नी बनी नही माँ बनी एक संन्यासी जीवन जीती रही विधवा जीवन जीती रही। धीरे-धीरे कब सिर के बाल सफेद होने लगे पता ही नही चला न पति रहा न बच्चा आखिर मुझें कौन कहेगा जरा सुनो जी कौन कहेगा माँ किसकी गलती है।क्यों ऐसे सामाजिक रिश्तों से सामाजिक सुखों से वंचित रह गयी। क्या मैं किसी को प्यार नही करती थी करती थी मगर मैं नही जानती माता-पिता की मर्यादा में कितना पीड़ा होती है। क्या अविनाश को बेघर करती क्या मैं अपने आप को माफ कर सकती थी न जाने क्या क्या मन में भ्रम उठ रहे थे लहरों की तरह आ-जा रहे थे अविनाश कितना चाहता था मुझे... खैर एक काम तो मैंने भी कर ही लिया। खुशी न सही अविनाश से शादी नहीं हुई उसकी जिन्दगी तो बच गयी उसके शरीर में मेरी किडनी तो है। अचानक अविनाश की यादों में

सुनो अविनाश!

हाँ चाँदनी

क्या तुम मेरे लिए अपनी पत्नी को छोड़ दोगे

क्यों नहीं पहले जिन्दगी मेरी पत्नी की थी बीमारी के बाद मौत का इन्तजार था दूसरी जिन्दगी तुम्हारी है फिर तुम साथ रह लो व आज उसी जिन्दगी से पत्नी एक और पत्नी सही।

क्या यह पाप नहीं है धोखा नहीं है

क्या पाप है, आखिर तुम मुझसे प्यार करती हो मैं भी आजतक तुम्हें भूला नहीं हूँ

क्या मैं अपनी खुशी के लिए तुम्हारे प्यार से बच्चों के अधिकार से वंचित कर दूँ।

दोनों साथ रह लेंगे।

हो सकता है मगर, आप की छवि

क्या मेरी छवि मेरा सुजिन्दगी से बढ़कर है

नहीं नहीं ऐसा नहीं कर सकती

अचानक बेल बजी खट खट दरवाजे की आवाज आयी सोच तन्त्र भंग

हुई। मैडम बेल बजाते बजाते थक गया था तब दरवाजा खटखटाया।

ठीक है चाँदनी दरवाजा खोली अरे मैं क्या सोच रही थी यह सपना क्यों क्या हुआ तुम हाँ बताओ क्या बात है।

सर वही स्कूल है जहाँ आप मुख्य अतिथि बनकर गयी थीं, उसी स्कूल की छत गिर गयी कुछ स्कूली बच्चे घायल हो गये।

चलो चलते हैं चाँदनी तत्काल उसी स्कूल पर पहुँची जहाँ पर छत गिरने से स्कूली बच्चे घायल थे। अचानक उसकी नजर उस नन्हें-मुन्ने बालक पर पड़ी जो थोड़ा जख्मी था मगर लँगड़ा रहा था ट्रीटमेन्ट की जरूरत थी अचानक बालक देख उसे प्लीज ऑटोग्राफ कान में गूँजी तत्काल उसे गोद में उठाकर अस्पताल पहुँची। ढेर-सा जख्मी बच्चे स्कूल पहले ही पहुँच चुके थे।

क्या आशीष बेटे चोट कहाँ लगी है।

मम्मी सीने में

अचानक चाँदनी को मम्मी की आवाज सुनकर तड़फ उठी कहा लगी कैसे लगी ढेर सा प्यार उमड़ आया उसकी कही चोट कहे या माँ की ममता उस माँ को जो कभी माँ बनी है नहीं अचानक माँ बन गयी बिन बच्चे की माँ खैर बच्चे के माता पिता के जानकारी हो गयी थी अस्पताल पहुँच रहे थे।

कहो बेटा पुन मम्मी

हाँ मम्मी मम्मी

तब तक स्कूल टीचर आकर बोला बेटा आशीष चोटें कहा कहाँलगे हैं, यह तुम्हारी मम्मी नहीं आण्टी हैं।

नहीं यह भी मेरी मम्मी हैं।

इसके माता-पिता को जानकारी हो गयी मैडम

हाँ जी इनके माता पिता को फोन से बता दिया गया शीघ्र ही पहुँच रहे है।

क्या करते हैं। इनके माता-पिता।

इनके पिता किसी दूसरे शहर में नौकरी करते हैं। जल्द ही पहुँच रहे हैं।

देखते-देखते बच्चों के माता-पिता से पूरा अस्पताल भर गया। काफी भीड़

थी मजमा लग गया था अचानक उसी भीड़ में अविनाश का चेहरा दिखायी दिया चाँदनी चौक गयी। सोची कही वह मुझें न देख ले अपने आपको छिपाती हुई। दूर से नज़र रखे हुई थी

बेटा आशीष चोट कहाँ लगी

मम्मी उस मम्मी को बुलाओ जो मुझे अस्पताल लायी थी

अचानक दूसरी मम्मी की नाम सुन राजकुमारी चौक पड़ी मेरे अलावा यह दुसरी मम्मी कौन है। क्या क्यों और आशीष इधर उधर तलाशा देखा मगर मेयर साहिबा गायब थी क्यों न चाँदनीएसे कैसे सामने आती जहाँ अविनाश एवं उसकी पत्नी हो फिर कैसे सामने आती। खैर चाँदनी अपने घर पहुँच गयी। सोची सपना देखी थी मगर अविनाश का दर्शन हो गया।

* * *

धीरे-धीरे चाँदनी और आशीष की नजदीकी बढ़ने लगी। छिप-छिप कर चाँदनी अपनी ममता अपना प्यार अपनी खुशी आशीष पर न्योछावर कर देती उसे अच्छी तरह से पता चल गया था यह आशीष कोई और नहीं उसके प्यार का उसके अपने का लड़का यानी अविनाश का पुत्र है। खैर उसे जन्म तो नहीं दिया मगर माँ तो है जब उसके पिता अविनाश है तो मैं तो उसकी माँ हुई न जाने कैसे वह मम्मी कहाँ सच में मम्मी हूँ। वक्त अपनी रफ्तार में चलता रहा। आशीष का अपनी माँ से ज्यादा चाँदनी से प्यार हो गया।

एक दिन अकेले में मिले माँ से प्रशन करबैठा

माँ जी!

हाँ बेटा।

आप का घर कहाँ है?

जहाँ तुम्हारा घर है।

जब हमारा घर आप का घर है तो हमारे घर में क्यों नहीं रहती।

नहीं बेटा घर तुम्हारा का अर्थ मम्मी भी तुम्हारे दिल में रहती वही मेरा घर है।

हँसते हुये आशीष करीब 15 वर्ष का हो चुका था अच्छा या बुरा थोड़ा बहुत समझने लगा था। चाँदनी को पाकर एक एसी माँ को जो जन्म तो नहीं दिया

मगर प्यार बहुत करती थी।

मम्मी

हाँ बेटा

कल मेरा जन्म दिन है।

अच्छा तो तुम कितने साल के हो गये

यही मैं पन्द्रह वर्ष का हो गया।

तो ढेर सारे मेहमान आयेंगे सुना है तुम्हारे पापा बड़े अफसर हैं। बड़े लोग आयेंगे वहाँ मेरे जैसे छोटे लोगों का क्या काम

मम्मी रिश्ता छोटा बड़ा नहीं होता पद छोटा बड़ा हो सकता है।

वाह बेटा समझदार हो गये

हाँ मम्मी मैं आपको मम्मी पापा से मिलवाऊँगा

क्या बताती चाँदनी की तुम्हारी मम्मी को तो नहीं पापा को तुम्हारे आने से पहले से जानती हूँ

मम्मी क्या सोचने लगी बोली नहीं

हाँ हाँ ठीक है मैं जरूर आऊँगी मगर एक शर्त पर

क्या शर्त है

यही कि मैं तुम्हारे पापा से नहीं मिलूँगी

क्यों मेरे पापा से डरती हो, आज मेरे पापा घर आयेंगे, दूसरे दिन बर्थ डे के बाद ड्यूटि पर चले जायेंगे

ठीक है एक दिन के लिए आयेंगे थके होंगे फिर ड्यूटि पर चले जायेंगे, क्या उनको परेशान करोंगे।

जब आप आओगी तभी मैं जन्म दिन मनाऊँगा नहीं तो नहीं मनाऊँगा।

क्या कहती चाँदनी ठीक है बेटा आऊँगी।

आज बड़ी चहल-पहल है। क्यों न कलक्टर साहब के एक लौते बेटे का

जन्मदिन था। तैयारी में कहीं कोई कभी नहीं थी सजावट पूरी तरह थी रंगी-बिरंगी बिजली के झालर तरह-तरह के गमले, लम्बा खाने का शामियाना। क्यों न शहर के नामी-गिरामी लोग आयेंगे। खाने का टेबिल अलग था इकट्ठा होने का अलग। लड़के को विश करने का केक अलग एक बड़े टेबिल पर था अब समय हो गया था केक काटने का बड़ा अजीब है। आदमी फिर जिस पद पर पहले भर्ती हो गई है वहीं उसकी पहचान होती है। देखो न आज अविनाश कमिश्नर से भी ऊपर पद पा गया मगर कलक्टर नाम से पुकारा जाता है। पेन्शन के बाद पद तो चला जायेगा मगर नाम तो रहेगा। हँसते हुये पापा ने बेटे से प्रश्न पूछ ही लिया

बेटा आशीष!

हाँ पापा

तुम्हारे जन्मदिन पर क्या सौगात भेट करूँ!

आप क्या देंगे आप ही बतायें

बेटा जो माँगना चाहों माँगो

पापा आप एक प्रिय मम्मी को दे सकते हैं।

अचानक आशीष के मुँह से प्रिय मम्मी का उपहार चुन चौंक पड़े अविनाश उसके साथ उसकी पत्नी

आप बेटा कैसी बात कर रहे हो।

हाँ पापा आप जिस मम्मी को बहुत प्यार करते हैं। याद आपको है।

अचानक बेटे को अपने प्यार की बात सुन अवाक रहा। यह ऐसी कैसी बात करता है। क्या वह जानता है मेरे प्यार को कैसे अचानक इसके मुँह से नहीं नहीं कहीं न कहीं कोई बात अवश्य है।

क्यों जी क्या सोचने लगे, वह मुझे ही कहा होगा आप भी न जाने कहाँ खो गये।

क्या बेटा कैसी बहकी-बहकी बात करते हो।

पापा मैं सच कहता हूँ, मगर आप यह सोच नहीं सकते अपने जीवन की ओर झाँकें शायद कोई मिल जाय। आशिष के मुँह से अचानक ही निकल गया। आप जिसे प्यार करते हैं उसे ही दे देना अचानक बेटा के मुँह से प्यार शब्द

सुनकर अविनाश सन्न रह गया। मैं तो चाँदनी को आज भी बहुत त्यार करता हूँ, मगर उसे कैसे दे सकता हूँ, मेरी शादी हो चुकी है। अब उसका स्थान पत्नी यानी राजकुमारी के पास है। मगर आशीष अपनी माँ की बात न कर चाँदनी की बात पता नहीं कहाँ होगी कैसे होगी कितनी भोली-भाली है। त्याग की देवी अपनी पीड़ा अपना दर्द छिपाकर सबको हँसाती है। कितना कष्ट उठाया है कि उसका बखान नहीं हो सकता। सुना है चाँदनी नाम की एक मेयर बनी है, वही चाँदनी तो नहीं है, देखा नहीं हूँ न जैसे कितनी चाँदनी नाम की औरतें होगी। नहीं वही चाँदनी कैसे-कैसे उसे इतना वोट मिला होगा... खैर

क्यों जी कहाँ खो गये, देखो केक काटने का समय हो गया, अविनाश केक नहीं काट रहा है।

उसी समय एक बुर्का में लिपटी महिला कार्यक्रम पर पहुँची किसी को नजर क्यों पड़े यह कार्यक्रम है तमाम हिन्दू मुस्लिम दोस्त होंगे साहब के आते-जाते रहते हैं। एक हाथ में बैग व एक हाथ में पैकेट लिये आशीष के पास पहुँची। कान में कुछ बोली बेटा मैं आ गयी, मगर शर्त याद है कि केक काट देना अब मैं चली बाद में पैकेट खोल लेना जल्दी है। वादा किया था आ गयी बाद में मैं मिलूँगी।

बेटा आशीष जिसका इन्तजार था वह आये न आये तुम केक काट लो पापा मेरी मम्मी आयी और चली गयी अब वह यह पैकेट भी लायी थी अब मैं केक काटता हूँ

क्या तुम्हारी मम्मी आयी और चली गयी तुमने बताया नहीं।

हाँ पापा मेरी यही शर्त थी तुम्हें न बताने का एक पैकेट छिपाई बाद में देखेंगे चलो केक काट दूँ।

कार्यक्रम खत्म हुआ। अविनाश सोचता रहा क्या आशीष जिसे मम्मी कहता है वह कौन औरत है। क्या वह मुस्लिम औरत आयी जरूर थी किसी ने ध्यान नहीं दिया... आशीष के पास गयी थी क्या मेरा लड़का किसी मुस्लिम औरत को माँ कहता है।

देखो पापा यह पैकेट

हाँ बेटा यह खोलों

पैकेट खोलते ही अविनाश चौंक गया वही लिखावट वही मेरी पसन्द का

समान वही बूँदी के लड्डू जिसे एक बार चाँदनी ने खिलायी थी तथा पैकेट के साथ दो पंक्ति का पत्र

''ओ ओ बेटा यह चाँदनी का है।'' लड्डू देखते ही अविनाश चौंक पड़ा।

क्यों जी कौन-सी चाँदनी कहाँ की चाँदनी कैसी चाँदनी क्या तुम चाँदनी को जानते हो

अचानक शब्द सुनकर पत्नी, पति पर प्रश्नों का बौछार कर दी।

चुप... फिर बोला यह चाँदनी मिठाई वाला था। क्या कहते बचाव में बोलना था अरे पगली बेटा के लाइफ में चाँदनी यानी खुशियों का बौछार शीतलता चाँदनी रात की तरह है।

पैकेट राजकुमारी ने देखा। और हाँ यह तो वही लड्डू है जो आप पसन्द करते थे, अक्सर आप इसे ही लाते थे और आपको एवं बेटा को यही मीठा बहुत पसन्द है। उसी पैकेट के साथ पत्र को पढ़ा।

प्रिय आशिष बेटे आपका जन्मदिन ढेर सारा खुशियों से भरा हो, लम्बी जीवन की कामना करती हूँ, आपके पिता अविनाश जी को मेरी एवं उनकी पत्नी को ढेर सारा खुशियाँ एवं स्वस्थता की कामना- प्रेषक चाँदनी।

क्या चाँदनी आयी थी और निकल गयी उसने मुझे देखा होगा मेरे बेटे को देखा, मेरी पत्नी को देखा काश वह कुछ पल रुक जाती देख लेता

खैर कब तक बचती रहेगी अब तो स्पष्ट हो गया चाँदनी इस शहर में है।

कार्यक्रम खत्म हुआ। अविनाश बड़बड़ाते हुए अपने कमरे की ओर चले गये।

* * *

रात्रि हो चुकी थी। अविनाश सोने का प्रयास करने लगा। अचानक एक झपकी-सी आयी एवं सपना दिखने लगा।

हैलो चाँदनी!

हाँ अविनाश

तुम मुझसे कितना प्यार करती हो?

मैं तुमसे बहुत प्यार करती हूँ

क्या मेरी जिन्दगी बचा सकती हो?

हाँ हाँ बताओ तुम्हें क्या हो गया, ऐसे कैसी बात करते हो अचानक जिन्दगी अचानक यह बात कैसे आयी तुमने तो मेरा दिल ही डरा दिया।

मेरी तबीयत खराब हो गयी है, मेरी दोनों किडनी फेल हो गयी हैं, डॉक्टर ने कहा अगर समय से किडनी नहीं मिली तो कुछ दिन के मेहमान हो।

अरे अरे तुम्हारी किडनी खराब तुम्हारा जीवन संकट में मैं कैसे रह पाऊँगी आखिर मेरी जिन्दगी किस काम आयेगी।

अच्छा तो मेरी जिन्दगी बचाने के लिए तुम अपनी जिन्दगी को दाँव पर लगा दोगी

मगर मेरी किडनी में तो गंदा खून

क्यों क्या हो गया तुम्हें

देखों मैं... पता नहीं क्यों एक ऐसी औरत थी है और रहूँगी जिसे समाज गाली देता है, गन्दा खून कहता है, यहाँ तक कि मेरा नाम वेश्या है। मेरा जीवन सबसे बदतर है। मगर तुम तो कलक्टर हो कहाँ मैं एक नर्तकी एक विधवा एक गरीब घर की बेटी फिर यही समाज ने जो नाम दिया है।

तुम क्या हो यह तो मैं जानता हूँ, मगर मैं इतना जानता हूँ कि मेरी जिन्दगी तुम्हारे बिना अधूरी है, तुम मेरा प्यार हो।

तुम नहीं जानते तुम्हारे पत्नी एक बच्चा है, ऐसा स्थान तुम्हारा है तुम चाह कर भी मुझें इज्जत न दे सकते हो न मुझसे इज्जत पा सकते हो।

आपका एक लड़का है

हाँ है तो

मुझे माँ कहेगा?

यह लड़के की बात है, यह तो तुम्हें पता नहीं कैसे माँ कहने लगा आखिर तुम्हें कैसे कब कहाँ पहचान लिया।

छोड़ो तुम, मेरी किडनी कब ले रहे हो अपनी बात बताओ

डॉक्टर ने तो कहा आपकी जिन्दगी में कोई एसा नहीं है किडनी कोई देने को तैयार नहीं है और तुम कहती हो कि किडनी कब ले रहे हो, डॉक्टर झूठ बोल

रहा है।

तो चलो ऑपरेशन थियेटर में

नर्स ऑपरेशन थियेटर में सूई लगाकर बेहोश किया

अचानक किसी बन्दर के छलाँग लगायी। तेज धड़ाम से अवाज़ हुई। अविनाश की नींद खुली अरे क्या है यहाँ तो कुछ नहीं जिस किडनी की बात कर रहा था वह तो चाँदनी दे चुकी है, फिर यह सपना कैसा। और फिर धीरे-धीरे करवट बदलता रहा यह कैसा सपना है मेरा तो आपरेशन हो चुका है, फिर कौन सा ऑपरेशन। पता ही नहीं चला कब नींद लगी।

∗ ∗ ∗

आज उसी स्कूल में फंक्शन था जिसमें आशीष पढ़ता था। चाँदनी के पुरस्कार बाँटने के लिए निमंत्रण-पत्र मुख्य-अतिथि के रूप में बुलाया गया था। स्कूल में पढ़ने वाले उन बच्चों को पुरस्कार मिलना था, जिस स्कूल में आशीष को बचाने के लिए पहुँची थी। मंच पर बैठने वालों की संख्या कम न थी। स्वागत-गीत गाये गये। माला पहनाया जा चुका था। पुरस्कार के रूप में आशीष को बुलाया गया। आशीष पुरस्कार लेने के लिये धीरे-धीरे मंच की ओर बढ़ने लगा... क्यों न मेयर के हाथ पुरस्कार जो लेना था।

अचानक चाँदनी के सामने आशीष और आशीष के सामने चाँदनी दोनों थे बेटा और माँ आमने-सामने एक दूसरे को देखकर दोनों मुस्करा दिये आशीष पहले चाँदनी का पैर छुआ कि यह दृश्य देखकर सब हतप्रभ हो गये। एक ऐसा बेटा कलक्टर का लाडला इतना संस्कारी रूप।

अचानक पैर छूते हुये चाँदनी अपने आपको रोक नहीं पायी और उसे यानी अपने पुत्र को अपने बाँहों में भर लिया।

यह ममता का दृश्य अजीब था। तमाम लोग आश्चर्य से देखते ही रह गये। माँ-बेटा का प्यार ऐसी माँ का जो केवल भावना से जुड़ी हुई है।

एक-दूसरे को पहचानती नहीं कि जन्म का बन्धन न रिश्तों का फिर चाँदनी अपनी कुर्सी पर आकर बैठ गयी।

कार्यक्रम के अन्तिम समय में चाँदनी को अध्यक्षीय भाषण के लिए कहा गया।

चाँदनी उठी और अध्यक्षीय भाषण का पहला शब्द मुंह से निकाला ही था वह चक्कर खा कर गिर पड़ी। भगदड़ मच गयी, एम्बुलेंस के माध्यम से अस्पताल पहुँचाया गया। चाँदनी को इमरजेन्सी वार्ड में भर्ती किया गया।

आशीष को घर पहुँचने पर चेहरा उदास देख माँ ने पूछा बेटा क्या हो गया कैसे तेरा चेहरा उतरा हुआ है। क्यों न उसकी माँ मानवता की माँ ममता की माँ बीमार थी।

दो दिन बीत गये। इधर चाँदनी को होश नहीं आया। घर पर आशीष न खाना खाया न कुछ बोलता था।

चाँदनी का इलाज वही डॉक्टर कर रहा था जो चाँदनी की किडनी अविनाश को ट्रान्सफर किया था। किडनी ट्रान्फसर करने के बाद चाँदनी एक किडनी पर सफर कर रही थी। सरकारी कार्य उधर शहर की मेयर की कुर्सी समाज सेवा के कारण। तबियत खराब तो हो गयी।

अचानक अवकाश से घर पहुँचे अविनाश ड्राइंग रूम में बैठे थे कि बेटा का चेहरा आधा लटका हुआ देख मन उदास देखकर पूछ पड़े।

बेटा कई दिन से तुम्हारा चेहरा लटका हुआ है, क्या बात है। ऐसा बताया गया।

पापा, मम्मी बीमार हैं।

क्या मम्मी तो ठीक हैं, घर पर हैं देखो ठीक से खा-पी रही है, उसको क्या हो गया।

यह वाली मम्मी नहीं दूसरी मम्मी जो स्कूल में बीमार हो गयी।

क्यों जी यह आशीष क्या कह रहा है, मैं समझा नहीं।

हाँ सही कह रहा है, मेयर साहब को मम्मी कहता है। वह भी है उनके बाल न बच्चे मेरे ही बच्चे के पीछे पड़ी रहती है। उसको बेटा मानती है, बेटे की तरह प्यार करती है। भली खासी चाँदनी जो है पता नहीं क्या जादू कर दिया मेरे लड़के पर हमारा प्यार तो प्यार नहीं उसी के प्यार के लिये दो दिन से जनाब कुछ ठीक से खाया नहीं, बस मम्मी बीमार मम्मी बीमार।

क्या चाँदनी बीमार है?

लो जी अभी बेटा मम्मी मम्मी कहता था, अब पता नही बाप को क्या हो

गया, चाँदनी की बीमारी की चर्चा क्या कर दी यह श्रीमान जी चौंक पड़े।

अरे भाई यह बात नहीं है। अपनी बात को छुपाते हुये आखिर बच्चों की खुशी से माँ-बाप की खुशी होती है। देखो तुमने भी कहा दो दिन से कुछ ठीक से खाया न पिया क्यों न कुछ तो कुछ बात होगी चाँदनी से जिससे मेरे बच्चे की तबीयत खराब हो गयी।

फिर अपने आपको अन्जान बनते हुए छोड़ो बेटा जाने दो क्या फर्क पड़ता है, माँ तुम्हारी घर पर है।

नहीं पापा उसकी मदद करो

अविनाश तो चाहता था उसकी मदद करने को उसको देखने को, मगर कैसे कहता कहाँ जानता है, किस अस्पताल में भर्ती होगी। छोड़ो बेटा कहाँ ढूँढेंगे हम उसको।

नहीं पापा मेरे साथ चलो मैं जानता हूँ मेरी मम्मी कहाँ भर्ती है।

देखो जी जब लड़का इतना जिद करता है तो जाओ न उसके लिए लड़के के लिए।

अविनाश क्या कहता वह तो चाहता था पत्नी अनुमति है बेटा अस्पताल दिखा देगा फिर क्या अस्पताल पहुँच गये।

अरे साहब आप यहाँ कब क्या कैसे।

आप डॉक्टर साहब आप तो वही ही हैं न जो मेरा इलाज किये थे, मेरी किडनी का ट्रान्सफर किये थे, अच्छा बताये यहां कोई चाँदनी नाम की महिला भर्ती है।

हाँ है व मेयर चाँदनी वही भर्ती है।

क्या उसका कोई रिश्तेदार है?

नहीं कलक्टर साहब उसका कोई नहीं... तीन दिन हो गया स्टाफ के अलावा उसका कोई अपना नहीं आया और होगा तब आयेगा न।

उसके माता-पिता तो पहले ही मर चुके थे शादी के बाद पति भी नहीं कैसे कोई आयेगा। लड़का बच्चा है नहीं आखिर अकेली यहाँ पड़ी है।

हाँ कलक्टर साहब सच कहा आपने आप सब जानते हैं।

मैं क्या जानता हूँ चाँदनी है सब कुछ देना जानती है, बस अपने आप में अँधेरी गली में रहना चाहती है। सोचते-सोचते अविनाश की आँखें नम हुई। बेटे का जो शुक्र है जो पुनः मदद में मुझे बुला दिया नहीं तो...। अविनाश पास पहुँचा कर उसके सिर पर हाथ रखते हुए।

मम्मी देखो न तुमने कहा था पापा से मत मिलाना क्यों न मिलाऊँ आपकी दवा कैसा करता देखो पापा भी मेरे साथ आये हैं। अविनाश नजदीक बिना बोले पास जाकर चाँदनी के सिर पर हाथ रखे फिर चुपचाप वहाँ से आड़ में खिसक गये ताकि चाँदनी को अविनाश का पता न चले।

बीमारी में डॉक्टर ने कहा दूर से आवाज नहीं आना चाहिए अपनों का हाथ पकड़ने से एक अजीब-सी अनुभूति हुई। आँखें खुली तो सामने अँधेरा दिख रहा था कुछ दिखाई नहीं दे रहा। सोचने लगी पिता-पुत्र वह अविनाश और आशीष कैसे हो गया कैसे पता चल गया, मगर स्पष्ट नहीं हो सका की अविनाश ही है। था आशीष

डॉक्टर साहब चाँदनी उठने का प्रयास करते हुए।

नहीं चाँदनी अभी लेटी रहो, अब तुम्हें कोई चिंता करने की बात नहीं है। डॉक्टर ने कहा

डाक्टर साहब अब तबीयत कैसी है। अविनाश ने अपने को छिपाते हुए कहा।

अब ठीक है, किडनी देने के बाद थोड़ा आराम करना चाहिए उन्होंने आराम नहीं किया उसी का परिणाम है।

डॉक्टर साहब हमारे आने का पता अभी चाँदनी को नहीं चला है। पता भी चाँदनी को नहीं चलना चाहिए ठीक है।

पति और पुत्र को अस्पताल जाते देख आशीष की माँ भी अपने आपको रोक नहीं पायी क्या करती कहाँ जाती। देखी तो थी नहीं अविनाश के घर लौटने पर भ्रम का बादल बेटा और पति एक अनजान महिला के साथ इतना अपनापन इतना प्यार

क्यों जी क्यों इतना अपनापन है?

शायद तुम इसे नहीं जानती।

क्या जनाना चाहते हो ये चुपके-चुपके इसका कोई चक्कर है तुम्हारा अचानक आशीष की माँ का पारा चढ़ गया।

जब एक औरत की बात जो मेरे बेटे की माँ बनना चाहती है को जानकर पता नहीं क्या हो जाता है, डर सा लगता है ऐसा लगने लगता है कि कोई मेरे पति को मुझसे छीन न ले।

* * *

धीरे -धीरे वक्त गुजरा। दो महीने में चाँदनी बिलकुल ठीक हो गयी।

डॉक्टर साहब यह दवा का पैसा कितना हो गया?

सब चुकता हो गया डॉक्टर साहब बोले।

कौन दिया पैसा इतना पैसा लाखों का बिल था कौन दे रहा था।

अरे बेटी वही साहब जिसको तुमने किडनी दिया था।

वह कैसे पहुँचे उनको कैसे जानकारी हुई।

बच्चा था उसकी पिता अविनाश थे वह भी वही कहे जो तुमने पहले कहा था। नाम पता न बताना मगर इतनी भारी रकम थी भला कैसे देता।

अरे डॉक्टर आप भी अजीब हैं।

क्या करता सबसे पहले मरीज का जान बचाना हमारे लिए होता है...तुम कहती हो उन्हें न बताना वो कहते थे तुम्हें न बताये अजीब बात है। आज के जमाने में जहाँ ऐसे मददगार जरूरत स्वभाव इन्सान कहाँ मिलते हैं जहाँ जो एक दूसरे की छीनने का प्रयास करता है वहीं एक-दूसरे को देने की कसरत आखिर हम भी तो इन्सान हैं क्या करता।

डॉक्टर साहब आप तो जानते हैं पहले भी कोई नहीं था अब भी इतनी दिन से मैं बीमार थी कोई नजर नहीं आया।

झूठ पर झूठ बोले जा रही है, ऐसा नहीं है, वह तुम्हारा तुम उससे तन का नहीं मन का खून का नहीं इन्सानियत का मगर एक-दूसरे को प्यार तो करते हैं इन्सान का उसके दिल का इलाज करता हूँ डाक्टर हूँ बहुत दिनों से इलाज करता आया हूँ, मगर मैं डॉक्टर केवल शरीर के बिमारी का इलाज नहीं करता है बल्कि दिल की बीमारी का इलाज भी करता हूँ।

हाँ डाक्टर लम्बी साँस खींचकर एक रिश्ता है प्यार का सामाजिकता का आखिर मैं एक औरत हूँ मेरा एक कर्त्तव्य है। पहले बेटी बनी माता-पिता की मर्यादा के साथ अपनी खुशियों की बलि चढ़ा दी, प्रेमिका बनी बदनामी के डर से अपने अरमानों की आहुति दे दी फिर वेश्या बनी नर्तकी के रूप में अपनी आबरू तो बचायी बदनामी का ढेर सारा पदवी धर ली। समाज-सेविका बनी तो एक नेता के रूप में उभरकर सामने आयी, मगर अविनाश भी मुझसें उतना प्यार आज भी करते है जितना पहले मगर दोहरा चरित्र पद की पति की पिता की प्रेमिका की सब ड्यूटी वह बखूबी निभाते हैं। उनका बेटा न जाने मुझमें क्या देखा मुझें माँ कहने लगा और उनके बेटा में मैं अपना प्यार की अपनी खुशियों को देखती हूँ।

बेटी धन्य हो तुम लोग आज के जमाने में इतना बड़ा दर्द लेकर छिपाकर चलती हो आखिर दर्द भी एसा दर्द जो कोई न देख सकता न जान सकता है क्या आशीर्वाद दूँ सौभाग्यवती कह नहीं सकता बस यही कहूँगा कि तुम्हारा अन्तिम पल अपने चाहने वालों के साथ हो बेटी अब तुम ठीक हो गयी हो तुम अब जा सकती हो।

* * *

मैडम मैडम

हाँ बताइए ई0ओ0 साहब।

सर आपसे पत्रकार बात करना चाहते हैं।

क्या सभी पत्रकार आ गये हैं कि कोई शेष है।

सर सभी पत्रकार आ गये हैं अपना कैमरा लिये है और बात करना चाहते है यानी पत्रकार-वार्त्ता।

ठीक है मैं आती हूँ सबको बैठा दो, प्रेसवार्ता हो जाय।

हां तो मैडम आप को मेयर बने करीब चार साल से ऊपर हो गया है और आपका कार्य भी ठीक चल रहा है। आपको कैसी अनुभूति हो रही है? पत्रकार ने पूछा।

मैं ठीक हूँ और जनता हमें ठीक समझती है, मैं जनता के लिए काम जो

करती हूँ

अब आप की तबियत कैसी है सरकारी काम में तो दिक्कत नहीं आती।

मैं स्वस्थ हूँ जहाँ बुजुर्गों का आर्शीवाद होता है। अपनो की प्रार्थनायें होती है वहाँ भला मैं कैसे ठीक नहीं रहती। रहा सरकारी काम में दिक्कत की यह तो होती रहती है।

मैडम शहर को आप जैसी मेयर पहली बार मिला है। तथा इलाहाबाद शहर भी धन्य हो गया आप को मेयर पाकर

खैर यह तो मेरे मुकदर की बात है।

आपको इतनी जानकारी तो हो गयी होगी इलाहाबाद कैसा शहर है। इलाहाबाद क्यों प्रसिद्ध है। तथा क्या इसकी विशेषता है।

हाँ क्यों नही मुझे मेयर बने तो करीब चारﺭ साल हो गया, इसके पहले मैं यहाँ रहती रही मगर जब से मेयर बनी तब से इलाहाबाद को नजदीक से देखने को मिला। वैसे इलाहाबाद की तारिफ चाहे जितनी करे तब भी कम ही होगा। इलाहाबाद सबसे पहले आस्था की नगरी है, हर साल माघ मेला और 6 साल में 12 साल में कुम्भ लगता है। जिसे सरकारें अपने नाम से परिभाषित करती हैं। अब यह अर्धकुम्भ हो गया क्या कुम्भ महाकुम्भ हो गया है। फिर यहाँ गंगा जमुना और अदृश्य सरस्वती का संगम होता है। रहा शिक्षा का सवाल तो यहाँ पर केन्द्रीय विश्वविद्यालय तथा उससे सम्बद्ध 8 महाविद्यालय है तथा तमाम छोटे-बड़े कॉलेज के साथ-साथ यहाँ माननीय उच्च न्यायालय का कोर्ट है। तथा रेलवे स्टेशन की बात करे तो रेलवे जंक्शन के अलावा शहर क्षेत्र में रामबाग, दारागंज, झूँसी जो बनारस की ओर ट्रेनें जाती हैं प्रयाग एवं फाफामऊ जो लखनऊ जौनपुर प्रतापगढ़ और बनारस की ओर ट्रेन जाती है तथा सुबेदारगंज जो कानपुर की ओर ट्रेन जाति है। एक नैनी एवं छिवकी जो बाम्बे की ओर तथा बाम्बे से जाने वाली ट्रेन छिवकी होते वाराणसी तथा मुगलसराय होते हुए चली जाती है। यहाँ रोडवेज स्टेशन तो सिविल लाइन, लीडर रोड एवं जीरो रोड यानी तीन रोडवेज स्टेशन एवं उनके वर्कशॉप राजापुर तथा झूँसी है। नौकरी की बात तो लोक सेवा आयोग, माध्यमिक शिक्षा चयन आयोग, कर्मचारी चयन आयोग। रहा नदियों की जानकारी तो गंगा जमुना शहर की तीन ओर से घेरते हुए झूँसी फाफामऊ व नैनी को अलग कर देते हैं। इसी शहर को जोड़ने एवं आने तथा बाहर जाने के लिये

पूल बना है जो नैनी, फाफामऊ और झूँसी को जोड़ती है इस शहर में शास्त्रीपुल और रेलवे पुल फाफामऊ पर सड़क पुल एवं रेलवे पुल तथा नैनी पर तो पुराना पुल जिसमें सड़क तथा नीचे ट्रेन ऊपर से सड़क मार्ग मगर सड़क साधन के लिए एवं नया पुल तथा टोल प्लाजा लेप्रोसी चौराहा से वाया मध्य प्रदेश मिर्जापुर की ओर जाने वाली सड़क है। यानी कानपुर लखनऊ, राय बरेली, प्रतापगढ़, जौनपुर, आजमगढ़, वाराणसी, भदोही, मिर्जापुर, रींवा मध्य प्रदेश वाया सभी जगह रेलवे ट्रेन एवं बस से लोग आते-जाते हैं। रहा पढ़ाई का केन्द्र तो इलाहाबाद में आसपास के प्रान्त एवं जिलों से पढ़ने के लिए लड़के आते हैं। यहाँ पर पी0ए0सी0 की बटालियन धूमनगंज एवं नैनी है। सैनिक टुकड़ी है तथा पुलिस विभाग स्थापित है। एयरपोर्ट है। केन्द्रीय विभाग के ए0जी0ऑफिस तथा पुलिस मुख्यालय जिला मुख्यालाय है। बताइए क्या और जानना चाहते हैं।

इसी के साथ जहाँ व्यक्ति रहेगा वहाँ अस्पताल तो रहेगा। लोक सेवा आयोग के मार्ग से बेली राजकीय अस्पताल, मोती लाल नेहरू अस्पताल जिला अस्पताल पुरुष एवं स्त्री कमला नेहरू अस्पताल, स्वरूप रानी एस0आर0एन0 अस्पताल तथा नाजरेत अस्पताल स्थापित है। मनोहर दास आँख अस्पताल एवं राजकीय शिक्षण संस्थान मोती लाल नेहरू संस्थान के साथ-साथ हाथी पार्क (सुमित्रा नन्दन पार्क) मिन्टो पार्क, खुसरोबाग साथ में सैनिकों के रूप में आर0ए0एफ0 फाफामऊ में स्थापित बटालियन, सेन्ट्रन इक्साइज ऑफिस सिविल लाइन, बी0एस0एन0एल0 मुख्यालय, जनरल पोस्ट ऑफिस, करेली में सी0आई0एस0एफ0 ऑफिस खुला है। राजकीय पुस्तकालय है। तमाम सरकारी संस्थाएँ कहाँ-कहाँ है किसका-किसका नाम गिनाऊँ।

हाँ मैडम आपके साथ दूसरे साहब कौन हैं?

आप इन्हें नहीं जानते ये है एसपी एम 0सी0आर0 यानी माघा मेला प्रभारी।

तो सर कुछ आपसे जानकारी ले लें जब आये हैं तो

हाँ हाँ क्या जानना चाहते हैं आप मुझसे

सर आप का नाम क्या है?

मेरा नाम नीरज कुमार पाण्डेय है, वैसे मैं एडिशनल एसपी पद पर हूँ मगर शासन के द्वारा स्वीकृत एसपी एम0सी0आर0 तथा माघ मेला प्रभारी का भी

काम देख रहा हूँ।

कौन-कौन सा मुख्य पर्व है तथा उसका नाम क्या है?

पहला स्नान पौष पुर्णिमा फिर मकरसंक्रान्ति, मौनी अमावस्या, बसन्त पंचमी माघी पूर्णिमा, शिवरात्रि के बाद मेला समाप्त होता है। इसमें मकर संक्रान्ति ही ऐसा मेला है जो नियत तिथि 14 जनवरी को या उसके दूसरे दिन लगता है, शेष स्नान की तिथि आगे-पीछे हो जाती है।

हाँ तो दर्शनीय स्थल कौन-सा है प्रयाग मेले में संगम पर।

वैसे तो कई स्थल हैं, मगर किला जो अकबर द्वारा बनाया गया है। इसके अन्दर अशोक का स्तम्भ अक्षयवट स्थित है। पातालपुरी मंदिर, किले की भूमिगत मन्दिर है, जिसको दर्शन के लिये सेना की अनुमति आवश्यक है। अनुमति लेते हुए प्रवेश करते हैं लेटे हनुमान जी की बड़ी दुर्लभ मूर्ति है। उसी के बगल में स्वामी श्री भागवत जी महाराज द्वारा बनाया गया रामजानकी मन्दिर है, जिसके पुजारी श्रीराम सुजान सरण तिवारी जी हैं। शंकर विमान मण्डप, बेनी बाँध पर त्रिवेणी मार्ग के मिलान पर स्थिति है। इस मन्दिर में शंकर जी व कामख्यादेवी की मूर्ति है। सरस्वती कूप किले के अन्दर है, मिंटो पार्क के पास स्थित है सरस्वती घाट के पास स्थित है। संगमरमर के एक स्तम्भ में महारानी विक्टोरिया का 1858 का घोषणा-पत्र अंकित है। मनकामेश्वर मन्दिर, किले के पश्चिम में प्रमुख तट पर स्थापित प्राचीन शिवलिंग है। नागवासुकी, दारागंज क्षेत्र में प्राचीन मन्दिर है वेणी माधव, बक्सी बांध पर स्थित है। दशाश्वमेध शिव मन्दिर जी०टी०रोड दारागंज पर प्राचीन राम मन्दिर है। सरस्वती घाट मेले मे दक्षिण तरफ यमुना बैंक रोड पर स्थिति है। सोमेश्वर महादेव नैनी में स्थिति है। अरैल का प्राचीन नाम अलकापुरी यमुना नदी पर स्थिति है। इसके बाद झूँसी क्षेत्र में समुद्र कूप, हँस कूप अंधेर नगरी चौपट राजा का किला स्थित है। साथ ही अलोपी देवी मन्दिर, ललिता देवी मन्दिर अतरसुइया, आनन्द भवन, जवाहर प्लेनेटोरियम आनन्द भवन परिसर में स्थित है। भरद्वाज आश्रम, आनन्द भवन के समीप स्थित है। चन्द्रशेखर आजाद पार्क, आजाद पार्क संग्रहालय कमला नेहरू मार्ग पर स्थित है खुसुरूबाग में शाह बेगम का मकबरा है।

सर आप तो प्रयागराज के विषय में अच्छी जानकारी रखते हैं।

क्या करें जानकारी रखना पड़ता है, हर साल माघ मेला के रूप में संचालन

कराने तथा हर 6 वर्ष पर अर्द्धकुम्भ तथा कुम्भमेला जो लगता है उसमें फोर्स की व्यवस्था होती है।

तो आपको मेलाप्रभारी होने के नाते या पुलिस प्रबन्ध की व्यवस्थापक के नाते आपको काफी मशक्कत करनी पड़ती होगी तथा फोर्स मेले में कितना लगता है। ध्यान रखना होता है कुल कितना फोर्स मेले में लगाया जाता है?

यही करीब अपर पुलिस अधीक्षक 2 पुलिस उपाधीक्षक 6 निरीक्षक 15 उप निरीक्षक 260 मुख्य आरक्षी 200 कान्स 1750 महिला उ0नि0 70 महिला आरक्षी

142 के साथ-साथ यातायात सुचारु रूप से चलाने के लिए यातायात आरक्षी यातायात मुख्य आरक्षी 50 यातायात जल पुलिस उप निरीक्षक 01 जल पुलिस हे0का0 10, जल पुलिस आरक्षी, 15 इसके अलावा होमगार्ड 1000, पीएसी की 9 कम्पनी आरएएफ की 2 कम्पनी अश्वरोही 10 यह फोर्स से मुख्य स्नान के समय और 5 कम्पनी पीएसी तथा इसके साथ अग्नि शमन में एफएसओ-10 एफएसएसओ 20 एलएमएम 50 एफएसएम 50 एफएम 200 अधिसूचना इकाई यानी एलआईयू सिविल 01 उ0नि0 10 मुख अधी0।

सर बहुत फोर्स लगता है, इसका अर्थ यह है कि इन फोर्स को फिर स्थान वार वितरण करते होंगे।

हाँ भाई क्यों न कई हिस्सो में बाँटते हैं। कई थाने खुलते हैं। शहर के थानों के अलावा मेला के नाम पर थाना परेड, थाना कोतवाली, थाना महावीर जी, लाल संगम, थाना प्रयाग राज, थाना कल्पवासी, थाना झूँसी, थाना खाक चौक, थाना प्राचीन गंगा, थाना अरैल, थाना जल पुलिस, महिला थाना आदि।

इसका अर्थ यह है कि थानों को कई भाग में बाँटते होंगे। हाँ एक परेड जोन दूसरा झूँसी जोन तथा रिजर्व पुलिस लाइन माघ मेला महिला कैम्प यातायात पुलिस लाइन साथ में पी0ए0सी0 के व्यास्थापन

वैसे मेला पर सबसे महत्वपूर्ण व्यवस्था दर्शनार्थी को कल्पवासी को साधू, संतों के आने-जाने की है, फिर यातायात कैसे सँभालते हैं।

हाँ आपने अच्छा प्रश्न किया। पैदलयात्री काली सड़क संगम मार्ग होते हुए संगत तक जायेंगे। वापसी में रास्ता का अलग निकास है। झूँसी साइड से शास्त्री

ब्रिज के पहले ही नीचे पान्टून पुल से गुजार देते हैं। शहर के बाहर हंडिया बाई-पास वाराणसी से आने वाले ट्रकों को रोक दिया जाता है। सहसों चौराहे के पास जौनपुर से आने वाले ट्रकों को रोक दिया जाता है। सोराँव के पास प्रतापगढ़ से आने वाले वाहनों को रोका जाताहै। नवाबगज बाईपास लखनऊ से आने वालों को रोका जाता है। पुलिस चौकी बमरौली के पास कानपुर कौशाम्बी से आने वालो को धूमनगंज बटालियन में रोका जाता है। मिर्जापुर से आने वाले वाहन को रामपुर तिराहा के पास रोका जाता है। रींवा और चित्रकूट को घूरपुर रोक दिया जाता है आने वाले वाहन प्रतिबन्धित भी रहते हैं।

क्या वाहनों को मेले के अन्दर जाने की अनुमति है।

हाँ ठीक जानकारी चाही है। काली सड़क, लाल सड़क माघ मेला टी0पी0 लाइन से आगे वाहन नहीं जाते है। बाघम्बरी रोड झूँसी ब्रिज से पहले वाहन प्रतिबन्धित है। शहर में मेला से पहले थाना दारागंज के तिराहे के वाहन प्रतिबन्धित है। नागवासुकी रोड मन्दिर के पास बक्सी बाँध के पास वाहन रोकने के लिए आदेश होता है। इलाहाबाद डिग्री कालेज चौराहे पर रीवाँ पुराने पुल मिण्टो रोड कीडगंज से आने वाले वाहन रोके जाते हैं। माघ मेला के झूँसी थाने के पास वाहन रुकता है। पुरानी जीटीरोड पुरानी झूँसी चौकी के वाहन मेला क्षेत्र से वाहन रुकता है। नये पुल के अरैल की तरफ जाने वाले वाहन रुकते हैं।

हाँ सर यह बताओ पार्किंग का कोई स्थान निर्धारित है।

हाँ क्यों नहीं परेड क्षेत्र प्लाट नये पुल के नीचे, मडवा बाग, झूँसी के पास लेप्रोसी चौराहे नया पुल व मिन्टोरोड।

सर जी यातायात की व्यवस्था फिर भी लचर रहती है तथा काफी जाम लगता है। वैसे आये दिन शहर में जाम लगता है, फिर मेला के दिन तो और जाम लगता होगा क्या कारण है।

देखे यह तो नहीं बता सकता कि जाम क्यों लगता है। मगर यह जरूर है कि सड़कें 10 साल पहले बनी थी पुल 10 साल पहले बने थे तब से आजतक कई गुना वाहन बढ़ गये, मगर न सड़क बढ़ी न पुल साथ ही जो भी सफर करता है। सबको जल्दी रहती है। अगर थोड़ा-सा इन्तजार करके एक-दूसरे के पीछे रहे तो शायद रास्ता बढ़ेगा तो नहीं यह नहीं कहता जाम खत्म हो जायेगा मगर कम जरूर हो सकता है।

अरे सर एक प्रश्न।

अरे भाई पत्रकार महोदय में आया था मैडम से कुछ बात करने और आप कहाँ से फँसा दिया हाँ तो क्या कहना चाहते है। क्या है एक प्रश्न आप का

यही कि मेला में सकुशल भीड़ को आने-जाने का सूत्र क्या है।

इसका सूत्र कोई नहीं है, मगर प्रबन्धन में कई बड़े अनुभवी अधिकारी रहते है और विचार विमर्श के बाद व्यवस्था तैयार कर दिया जाता है हाँ यही कहना चाहता हूँ कि मेला-प्रबन्धन में एक सूत्र है कि आने-जाने का उद्देश्य बस दर्शन होता है। वह देर-सबेर पहुँचता है तो उसे आने से घुमावदार रास्ते तय किया जाय मगर स्नान करने के बाद निकालने के लिए छोटा से छोटा रास्ता तय करना चाहिए ऐसा बनाया जाय तभी भीड़ जल्द से जल्दी खत्म हो जाय।

सॉरी सर एक प्रश्न और यह 100 नम्बर की एक योजना बनी है उसका जनता को क्या फायदा है।

देखिए, यह योजना 100 नम्बर की जनता के लिए जनता की मदद के लिए बनी है। बस 100 नम्बर घुमाये 20 से 25 मिनट में आपको सुविधा मिल जायेगी इसमें न कोई राजनीतिक हस्तक्षेप न स्थानीय व्यक्ति का प्रभाव

सुना है कुछ लोग इसमें भी मदद से कतराते हैं जैसे मुजफर नगर में कुछ लड़के घायल पड़े थे, जिसकी इलाज के अभाव में मृत्यु हो गयी और गाड़ी गन्दी होने के डर से उसे मदद नहीं कर सके ऐसा कैसे हो गया

देखिए पत्रकार महोदय! सुना होगा दो कर्मचारी सस्पेंड किये गये सरकार ने जनता की मदद के लिए सुविधा दी है। हाँ मैं मानता हूँ कुछ लोग लापरवाही कर देते हैं। इसका अर्थ यह नहीं मानना चाहिए कि व्यवस्था खराब है, व्यक्ति खराब हो सकता है व्यवस्था नहीं।

सर मैंने आप का बहुत समय लिया, अगर आपको कष्ट हुआ होगा तो माफी चाहेंगे।

काहे का कष्ट आपके सेवा के लिए मै बना हूँ

हाँ तो सर बता दीजिये कौन-कौन विभाग मेला में रहता है, उसका कोई सम्पर्क नम्बर है।

आप मानेंगे नहीं सुने मण्डलायुक्त नं0 9454417492, जिलाधिकारी

9454417517 स्वास्थ्य विभाग अपर निदेशक चिकित्सक 9415218624 लोक निर्माण विभाग 9621703500 विघुत विभाग 9450964449 जल निगम 9473942655 गंगा प्रदूषण नियंत्रण इकाई 9473942672 बाढ़ कार्य खण्ड 9412349722, आयुर्वेदिक विभाग 9415443569, होमोपैथिक विभाग 7376234068 नगर निगम इलाहाबाद जहाँ आप बैठे हैं। 9119803000, खाद्य एवं आपूर्ति विभाग 9454417812 इलाहाबाद प्राधिकरण 9690588881 उ0प्र0राज्य सड़क परिवहन विभाग 9415049713 संस्कृति विभाग 7607003500 दुग्ध सहकारी विभाग वन विभाग 7839435177 सूचना एवं जनसम्पर्क विभाग 9453005380 उ0प्र0 राज्य सेतु निगम 8765973187 नगर पंचायत झूँसी 9506453077 उद्यान विभाग 9415130984 आवास विकास परिषद 8795810559 एनएसईआई 9792799151 रेल विभाग प्रबन्धक 9794837000 सेना विभाग एरिया कमाण्डर 8004912286 शासन नगर विकास 0532 2238263 पुलिस विभाग जोन 9454400139 परिक्षेत्र डीआईजी 9454400195, एसएसपी इलाहाबाद 9454400248 इसकी गारण्टी नहीं है। आज तक तो यही रहा। उसे ही बताया है।

सर इलाहाबाद के विषय में काफी आपसे जानकारी मिली है। मैं पेपर के मध्यम आम जनता तक आपका एवं मैडम चाँदनी का साक्षात्कार पहुँचाऊँगा। धन्यवाद।

नमस्कार।

क्या सुन्दरता एवं भ्रमण के लिए भी कोई पार्क या स्थान है।

जहाँ तक हमें जानकारी है, चन्द्रशेखर पार्क जिसे कम्पनी बाग तथा खुसरोबाग स्थल अच्छा एवं देखने-घूमने के साथ-साथ आनन्द भवन भी दर्शनीय स्थल है।

क्या धार्मिक स्थल होने के कारण कुम्भ महाकुम्भ लगता है तो आने-जाने के लिए यातायात प्रभावित होगी।

देखिये सरकार की मदद से कुम्भ मेला तक हम शहर को एसा बना देंगे कि किसी यात्री को किसी प्रकार की किसी वाहन से परेशानी नहीं होगी।

एक प्रश्न मैडम क्या यातायात या भीड़ कण्ट्रोल की कोई व्यवस्था है।

सुना है पिछले कुम्भ मेला में रेलवे जंक्शन पर भीड़ लगी थी हादसा हो गया तथा कई लोगों की मौत हो गयी, यातायात प्रबन्धन का क्या तरीका है।

देखे यह प्रश्न हमारा नहीं, स्थानीय प्रशासन का होता है, इसीलिए हर कुम्भ में एसएसपी और डीएम नियुक्त होता है। फिर भी जब आप पूछ लिया तो हमें जो जानकारी है अगर अपने विचारों के साथ मेरे विचार भी शामिल कर ले तो शायद कुछ मदद मिल सकती है।

क्या है आपके विचार

देखिए पत्रकार महोदय जब कभी आस्था का मेला लगता है तथा लोग उस धर्म से जुड़े है तो परेशानी दूरी नहीं देखते, वहाँ हर कष्ट सहकर पहुँचना चाहते हैं। मगर जहाँ जब आस्था प्राप्त हो जाती है तो लोग आस्था खत्म होने पर घर के लिए जल्द से जल्द निकलना चाहते हैं। प्रशासन के सहयोग में अपना मत रख रही हूँ, शायद यह सब उचित है सहयोगी है या नहीं यह वक्त और समय की बात है। जब जनसैलाब आता है तो उसको कोशिश करे कि दूरी तक रास्ता तय कराये यानी संगम तक बैरिकेडिंग रस्सी डायवर्जन के सहारे दूर तक यानी एक यात्री को समय ज्यादा से ज्यादा लगाकर मुख्य स्नान तक पहुँचाना चाहिए मगर कहाँ से उन्हें निकालना है। वहाँ कम से कम दूरी कम समय में निकलना चाहिए क्योंकि आते समय तो आदमी चाहता है। पहुँचना जहाँ है वहाँ पहुँचे जैसे मगर उद्देश्य सफल होने पर तत्काल तेजी से भागना चाहता है... यानी आने वाले की मात्रा को एक मानकर पहुँचाये जाये तो निकालने वाली की मात्रा को 10 मानकर निकाला जाय ताकि धीरे-धीरे इक्ट्ठी हुई भीड़ एकाएक बाहर निकल जाये। रहा विभाग का चाहे रेलवे विभाग हो चाहे जीआरपी जनता का हित देखे और उसकी मदद में बढ़े। रहा भगदड की बात तो एक दूसरे की कमी निकाल रहे थे। हाँ मेले के दौरान विशेष तौर से ध्यान रखे भारी वाहन शहर में न आने पायें और रूट डाइवर्जन हो जाय। झूँसी नैनी फाफामऊ और धूमनंगज के बाहर इन बड़े वाहनों के खड़ा कर दे गंगा जी पर फूल सड़को के विभाजन के बाद एक एक बड़ा बड़ा बोर्ड लिखवाकर टाँग दे कि जौनपुर, बनारस, भदोही का मार्ग इधर से प्रतापगढ़, लखनऊ, रायबरेली का मार्ग इधर से, कौशाम्बी, कानपुर, फतेहपुर का मार्ग इधर से वाया हमीरपुर, चित्रकूट, रीवा, मध्य प्रदेश का मार्ग इधर से मिर्जापुर का जाने का मार्ग इधर से उसी ओर निकासी का सामान बना दे शायद। फिर उसी तरह सम्बन्धित जाने वालों को बस कहाँ से मिलेगी वह स्थान दर्शाकर लिख दे

अच्छा मैडम मुझे खुशी हुई अच्छा लगा एक प्रश्न और आप कभी मेला गयी हैं क्या आस्था के साथ धोखा होता है ?

खूब खूब धोखा होता है, हमें याद है फैजाबाद में एक स्नान के साथ गाय के पूँछ पकड़ने की परम्परा होती है तभी पुण्य मिलता है। एक बार मैं भी खड़ी थी। एक देहाती औरत आस्था के नाम पर एक गाय की पूँछे पकड़ने के लिए बढ़ी। उसका पति हाथ जोड़े खड़ा था। पता नहीं क्या सूझी पूरे तन तक ढकी गाय की बछिया को उस औरत ने कहा पहले हम पूरा शरीर देखेंगे फिर पूँछ पकड़ेंगे। मगर पण्डा तैयार नहीं हुआ। आखिर लोगों के दबाव में उससे कम्बल हटाया तो वह गाय का बच्चा नहीं भैंस का बच्चा निकला। काफी हो हल्ला मचा। यह तो आस्था के साथ खिलवाड़ होती है, होता रहेगा कहाँ-कहाँ देखेंगे। बस आस्था है तो है जो धोखा देता है वह जाने।

छोड़िए संगमतट की बात करते हैं।

वैसे तो हमने देखी नहीं है, मगर सुना है लेटे हनुमान जी पर खूब लड्डू चढ़ता है और यह फिर दुकान में जाता है। दुकान से फिर वही लड्डू यानी बार बार वही लड्डू बार-बार वही नारियल यह आस्था के साथ विश्वासघात नहीं तो और क्या है। मैंने कहीं न जो धोखा देता है वह जाने जिसकी आस्था है तो है। यात्री पूजा-सामाग्री चढ़ाता है उसकी तो आस्था है, अगला क्या करता है वह जाने।

एक प्रश्न और

क्या आप लोग भी एक प्रश्न एक प्रश्न करते हुए दो घण्टा तो हो गया है बताइए क्या कहना चाहते हैं।

आपका व्यक्ति जीवन क्या है, नगर वासियों के लिये क्या कहेंगी।

मेरी व्यक्तिगत जीवन तो उस पर कोई टिप्पणी या चर्चा नहीं करूँगी मगर जनता की बात है मेरे अधिकार क्षेत्र में है।

अच्छा ये बताओ अगर कोई संगम में नहाना चाहता है, बाहर का व्यक्ति आ जाये तो उसे कैसे जानकारी होगी।

हां यह प्रश्न सही था तथा अच्छा लगा, अगर कोई बाहरी व्यक्ति इलाहाबाद उतर गया हो अनजान बनने की जरूरत नहीं है, किसी भी रिक्शा टाँगा/टेम्पो वाले सिटि बस वाले से केवल यही पूछे संगम वाला साधन कहाँ से मिलेगा। जहाँ तक हर साधन वाला हर इलाहाबाद का व्यक्ति इतना जानता है।

साधन कहाँ मिलेगा बता देगा।

धन्यवाद मैडम।

नमस्कार।

पत्रकार-वार्त्ता समाप्त हुई कि जाते-जाते आखिरी और अन्तिम सवाल।

अभी उठते-उठते बोल पड़ी हाँ पूछें क्या आखिरी सवाल।

आपका व्यक्तिगत जीवन, कहाँ पैदा हुई क्या करते हैं माता-पिता

क्या आपको मेरे व्यक्तिगत जीवन में झाँकने का अधिकार है।

सरकारी काम पूछे धार्मिक जानकारी पूछें मगर... अगर आप वेसे ये

सॉरी मैडम

क्या जानना चाहते हैं।

शहर की जाम से छुटकारा पाने का कोई तरीका।

एक मेयर होने के नाते देखिए यह काम प्रशासन का है, मगर मेरी राय से सड़कें चौड़ी हो जाए पुल में छोटे वाहनों के निकलने के लिए हर पुल का अलग से उनसे जाने का रास्ता का निकासी हो जाये अतिक्रमण हट जाय, शायद जाम की समस्या से निजात मिल सकता है।

क्या आप कुछ नया काम

देखिए कहावत है कुछ कर जाइए जिसे लोग याद करें, कुछ लिख जाइये लोग पढ़ें...बस इसी के साथ आप को नमस्कार आगे ऊपर वाला जाने।

* * *

इलाहाबाद में प्रकाशक अंजुमन के प्रबन्धक भी वीनस केसरी ने एक सोच के तहत सद्भाव आपसी भाईचारा के रूप में कवि-सम्मेलन का कार्यक्रम रखा। मकसद था सम्भ्रन्त कवियो के माध्यम से एक जनता में संदेश फैलाना सद्भावना का भाईचारा का। अधिकतर लोग बाथरूम सिंगर बनने का प्रयास करते हैं। अपने मन को मंच के माध्यम से अपनी भावना व्यक्त कर सके एवं उनके आगे बढ़ने का राह सुगम बना सके। इस कवि-सम्मेलन में चाँदनी मेयर होने के नाते मुख्य अतिथि के रूप में आमंत्रित थी साथ ही साथ कवि सम्मेलन का खर्च भी उन्हें ही वहन करना था। समाचार-पत्र एवं वाट्एप, फोन बुक के

माध्यम से कवि सम्मेलन के कार्यक्रम की तिथि प्रसारित की जा चुकी थी तथा कवियों को आमंत्रित किया गया था।

सायंः के 8 बज चुके थे करीब-करीब सभी आमंत्रित कवि गीतकार, ग़ज़ल गायक के थे। प्रसारण कवि सम्मेलन केन्द्रीय विश्वविद्यालय जिसके लाइब्रेरियन डॉ0वी0 पी0सिंह के द्वारा अपने प्रांगण में संचालन कर रहे थे जो अभी-अभी अपने विश्वविद्यालय में वाइस चान्सलर के दिशा-निर्देशन पर पुस्तक-मेला का आयोजन किये थे।

समय नौ बज चुका था आगंतुक एवं वक्ता एवं श्रोता अपनी-अपनी कुर्सी सँभाल चुके थे। चाँदनी मुख्य अतिथि के रूप में कुर्सी सँभाल चुकी थी। चाँदनी की अचानक सभ्रान्त व्यक्तियों की पंक्ति में नजरें पड़ते ही चौंक गयी और अविनाश यहाँ कैसे उठकर पास जाना चाहती थी।

हाँ तो प्रिय भाइयों एवं बहनों मुख्य अतिथि एवं शहर की मेयर तथा अन्य सम्भ्रान्त श्रेष्ठ आमंत्रित अतिथिगण तमाम कविगण तथा श्रोतागण अब समय हो गया है मैं उन महापुरुष को सादर सम्मान सहित आमंत्रित करना चाहता हूँ जो दूर-दूर से आये हैं। शिक्षा मन्दिर में लगी देवमूर्ति का माल्यार्पण के बाद सद्भाव कार्यक्रम को आगे बढ़ाने से पहले देश के भारतरत्न एवं पूज्यनीय संविधान निर्माता डा0भीमराव अम्बेडकर एवं साथ में डा0राजेन्द्र प्रसाद, महात्मा गाँधी तथा शहीद भगत सिंह, चन्द्रशेखर आजाद, शहीद वीर अब्दुल हमीद को शत् शत् प्रणाम करते हुए देश एवं स्वतन्त्र सुरक्षित जाति बन्धन विदेशी धन सुरक्षा संस्था से स्वतंत्र भारत को अपने योगदान से स्वतन्त्रता दिया और महान बन गये। संचालक की आवाज गूँजी।

हाँ तो मैं संचालक डा0वी0पी0सिंह, लाइब्रेरियन केन्द्रीय विश्वविद्यालय इलाहाबाद में लाइब्रेरियन के पद पर तैनात हूँ, आप प्रथम नगर कि शहर की एक मेयर चाँदनी एवं सभी आगन्तुक को नमन करते हुये जहाँ मेयर साहिबा एक कुशल प्रशाशक के साथ साथ गजल, गायक एवं कवि भी है। तथा उन्हीं के बगल में बैठे अविनाश वरिष्ठ आई0ए0एस0 अफसर भी हैं। इन दोनों विभूतियों में कार्यक्रम की प्रेरणाश्रोत बनकर तथा अपनी अपनी रचित पंक्तियाँ को सुनाने का काम करेंगे। अब धीरे-धीरे एक एक कवि आये अपने अपने कवि, गजल, गीत, छन्द सुनाये, यह काम सुनने सुनाने का चलता गया और कविगण सुनाते गये। कार्यक्रम के अन्तिम छोर पर चाँदनी को आमांत्रित करते हुए।

चाँदनी उठकर अपने स्थान पर बोली मुझे भी कुछ कहने का अवसर मिला।

नमस्कार दोस्तों अचानक उनकी निगाहें अविनाश पर पड़ी वे मुस्करा दी और बोली मैं यह कहूँगीं कि कुछ न कुछ हमारे मन में है। अब अवसर है उसे आपके सामने रखने का अवसर है, अगर आप को मेरी गलती लगे तो माफ करना

मन में उठे गुबार को अब मत दबाओ।

महफिल में आ ही गये तो अपने मन को मत समझाओ।।

यह दिल की बातें जुबाँ पर आ ही जायेंगी।

क्यों आप हैं कि अपने आप में हँसते पाओ।।

चाँदनी एक गजल कहकर अपनी कुर्सी पर बैठ गयी।

संचालक ने पुन अपनी पंक्ति दोहरायी। अब आपके सामने अविनाश कुछ अपनी पंक्तियाँ रखेंगे इसी के साथ कार्यक्रम समाप्त होगा।

अविनाश माइक पकड़ते ही पहले चाँदनी पर नजरें पड़ीं फिर आँखों आँखों में बात हुई एवं अचानक मुलाकात अच्छा लगा कम से कम दीदार तो हुआ हाँ तो चाँदनी अच्छी गीतकार, गजल के मालिक हैं। ऐसा पहली बार लगा। एक आवाज गुँजी।

अचानक अविनाश को माइक पकड़ते चाँदनी चौंक पड़ी। क्या एक आई०ए०एस० अफसर भी कुछ लिखता है। फिलहाल देखती हूँ क्या लिखा है क्या कहते हैं।

हाँ तो मैं एक आई०ए०एस० अफसर हूँ, मेरा नाम अविनाश है। मैं इस समय लखनऊ में तैनात हूँ, अब कमीश्नर हो गया हूँ मगर लोग अभी भी मुझें कलक्टर साहब कहते है। क्यों न, जो शुरू में नाम पड़ जाता है उस नाम को लोग बदल नहीं पाते, चाहे जितना बड़ा पदाधिकारी हो जाय, मैं न लेखक हूँ न अन्य की तरह कवि हूँ, मगर किसी ने जिन्दगी मुझे एक नहीं कई बार दिया है, उसकी याद में कुछ शब्द निकल ही आते हैं। चाहे वह कविता बन जाये चाहे गजल बन जाये कुछ लोग ऐसे ही हैं जो देते तो बहुत मगर पर्दे की आड़ में, किसी को जिन्दगी किसी को प्यार किसी की प्रेरणा बनते हैं मगर किसी को

समान देते रुपया देते तो दिखायी देता मगर त्याग करते दिखायी नहीं देता शायद एक ऐसा शख्स को मैं जानता हूँ शायद वे अगर किसी न किसी माध्यम से मेरी बात सुन रहे है या सुन ले मैं उनका सम्मान एवं आदर करता हूँ। इसी कशमकश में क्या उनके एहसानों को उनकी यादों को उनकी प्रेरणा को मैं भुला पाऊँगा खैर यह वक्त बतायेगा... जो मेरे मन में था उसे बताना चाहा, हाँ तो सुने।

दिल की बात जुबाँ पर न आ सकी,

अपने मन की व्यथा न कह सकी,

तड़पता रहा उनके होंठ शब्द निकलने को

यह क्या मेरी ऐसी ही किस्मत थी।

वाह वाह डी०एम०साहब ने खूब कहा तालियाँ की गड़गड़ाहट से पूरा मंच पण्डाल गूँज गया।

चाँदनी को अविनाश की ओर से चली शब्दों के तीर से उसके दिल में जा लगी एवं दर्द-सा उठा। क्या अविनाश को मेरे दर्द का एहसास है, वह कैसे कहूँ कि जो पीड़ा तुम्हारे दिल में है, मैं भी उसी दुःख से दुखित हूँ, मगर क्या करती।

हाँ तो अविनाश आप भी कहते है। मैं लेखक नहीं एक प्रशासनिक अधिकारी हूँ, मगर क्या आप तो इतनी दिल के अन्दर छू जाने वाली पंक्ति गजल के रूप में दी, खैर एक पंक्ति और बिखेरिए संचालक के शब्द से निकल पड़ा।

तो दोस्तों आप की मंशा और संचालक की राय है तो कुछ पंक्तियाँ और प्रदर्शित करता हूँ।

जिसका इन्तजार करता रहा उनके आने तक,

जिसको याद करता रहा साँसें बन्द हो जाने तक

मगर वह अनजान थी इस वाकयात से

पता न चलने दिया जिन्दगी के गुजर जाने तक।।

कुछ लोग हैं जो देते तो बहुत कुछ एहसास नहीं जताते,

कुछ ऐसे देते नहीं पूरी दुनिया को दिखा देते।

शान्त हूँ मौन हूँ सोचता रहा हर पल

किसकी किस पंक्ति में नाम लिखूँ कोई हमको नहीं समझाते।

वाह वाह खूब खैर, संचालक महोदय उठे और पुनः कहे अब कार्यक्रम की समाप्ति में अध्यक्षीय भाषण के साथ मेरा कार्यक्रम समाप्त होगा।

अचानक अविनाश का फोन बजा। किसी वरिष्ठ अधिकारी ने लखनऊ तलब किया।

संचालक महोदय ने अनुरोध के साथ कुछ थोड़े समय के लिए कार्यक्रम रोकने का इशारा किया।

अविनाश यह कहते हुए रोजी से रोजा नहीं तो किसने किसको खोजा। उठकर चले गये।

अचानक चाँदनी, अविनाश के उठकर जाते हुए सोची शायद उन्हें मुझे देखकर बुरा लगा हो और चले गये।

हैलो अब मैं ज्यादा कुछ नहीं कहना चाहती, बस सबने अपनी-अपनी रचना प्रस्तुत किया धन्यवाद। क्या कहती कैसे कहती कि उसको चाहने वाला उसकी सुनने वाले को मैं मिलना चाहती थी मगर वह पहले ही चले गये।

नहीं मैंडम आप कुछ बोले आप कुछ न कुछ बोले बिना सुने कोई नहीं जायेगा, ठीक है... आप की चाहत आपका प्रेम आपका मन है कि अचानक अविनाश की गाड़ी सामने पुनः वापस आ गयी।

माफ करना संचालक महोदय अचानक मीटिंग का कार्यक्रम निरस्त हो गया था इसलिये लखनऊ जाना जरूरी नहीं था इसलिए पुनः वापस आ गया हूँ।

धन्यवाद सर।

चाँदनी अचानक अविनाश को देखी फिर चहक उठी, सोचने लगी। अविनाश जी ने कविता नहीं सुनायी अपने दिल की पीड़ा सुनयी ऐसा लगता है कि अविनाश प्यार करते हैं। शायद मैं भी उनसे उतना ही प्यार करती हूँ, मगर क्या यह उम्र है प्यार करने की 55 वर्ष के आस पास है। क्या यह उम्र है प्यार की जिस्म से प्यार का क्या सम्बन्ध मगर (क्या कहती कि मैं ही हूँ वह पीड़ा वहीं चाँदनी) हमें विश्वास है जब वह मुझसें प्यार करते थे तो मैं कैसे कुछ कहती। अब क्या कहे उनकी बाद हमें बोलने का वक्त मिला। बोल रही हूँ उनकी अपनी पीड़ा है, फिर भी इन्सान होने के नाते वही पीड़ा भी है। अपने मन में ही बड़बड़ा रही

थी।

अरे मैडम कुछ बोलोगी या हम लोग चले शायद इसीलिए रुके थे शायद कुछ आपकी अन्तिम गज़ल सुन लूँ अचानक श्रोताओं से आवाज आयी।

ठीक है, आप कुछ देर और शान्त रहें। एक गज़ल सुना रही हूँ।

बहुत चाहा था, बहुत चाहत थी बहुत चाहता हूँ,

मगर जुबाँ बन्द है किसी से नहीं कहता हूँ

टूट कर बिखर जाऊँ यह आदत है मेरी

हर पीड़ा को अब तो मुकद्दर ही समझती हूँ।

बस खुशी है मगर तमन्ना नहीं मेरे दिल में

कम से कम जिसे चाहता हूँ उसी के दिल में रहती हूँ।

चुपचाप थे वे मैं भी चुपचाप थी उनके आने पर

चुप थी होंठ को अब मुस्कराने के लिए कहती हूँ।

वाह वाह क्या खूब कही। तालियों की गड़गड़ाहट एवं शोरशराबा के साथ कवि सम्मेलन का कार्यक्रम खत्म हुआ।

चाँदनी की गजल अविनाश के दिल में छू गया। वह कैसे यह वक्त चाँदनी से कहता और चाँदनी उठी अपने गाड़ी में बैठी और चली गयी। क्या कहते अविनाश जी उठे और वह भी अपने घर की ओर चल दिये।

* * *

क्यों जी बड़े उदास हो कवि सम्मेलन में भाग लेने के लिए हँसी-खुशी से गये थे आये तो उदास बैठे हो क्या किसी ने कुछ कह दिया था कुछ खो गया था कुछ याद आ गया। मेम साहब ने चेहरे की उदासी देख पूँछ बैठी।

कोई खास बात नहीं है।

नहीं कुछ तो है, नहीं तो ऐसी उदासी कभी दिखने को हमें नहीं मिली।

देखो आशीष की माँ अभी मूड ठीक नहीं है फिर बात कर लेना... कहते हुए अविनाश उठे अपने बेडरूम में जाकर लेट गये।

देखो जी एक तो आप की सेहत ठीक नहीं रहती दूसरी आप को कोई और

परेशानी यही चिन्ता हमें खाये जा रही है।

क्या ठीक है क्या ठीक नहीं है मैं ही जानता हूँ, रहा मेरी उदासी का सवाल महफिल में तुमने देखा नहीं एक चिल्लाकर कह रहा था चाँदनी मैडम वेश्या है वेश्या।

तो आप का क्यों मन दुखने लगा, चाँदनी है नेता बनी है, अब गज़ल गायक है और मुँह मारती फिरती है... खूबसूरत थी अब तक शादी नहीं किया अगर उसको यही करना था तभी तो शादी नहीं की भला ऐसी खूबसूरत लड़की की शादी हो जाती कौन नहीं कहेगा उसे हाँ मैं मानती हूँ अब उसके बाल सफेद होने को हैं, मगर सुन्दरता में कमी थोड़े आयी है। वेश्या को लोग वेश्या न कहें तो क्या कहेंगे इधर उधर मुँह मारती फिरती है।

खबरदार जो तुमने उसे वेश्या कहा तो!

अरे तेरा पारा इतना गरम क्यों बुरा लगा क्या तुम्हें पता है। वेश्याएँ न जाने कितनों का घर उजाड़ देती हैं, कितने के बच्चे मारे-मारे फिरते है... मैं भी तो इसे वेश्या कहूँगी बार बार नहीं हजार बार वेश्या कहूँगी क्या कर लोगें।

अचानक पत्नी की आवाज कान में पड़ी। अविनाश अपने को रोक नहीं पाया। शरीर तमतमा गया। तड़ाक से उसके गाल पर एक तमाचा दे मारा खबरदार उसे कुछ कहा तो।

अचानक पति के हाथ पत्नी के गाल पर पड़ा तमाचा के कारण माहौल सन्न रह गया। थप्पड़ की आवाज पूरे कमरे में गूँजती नजर आयी।

मुझ पर हाथ उठाया। एक वेश्या को वेश्या कहने पर इतना कष्ट एक बीवी पर हाथ उठाया। जीवन का इतना लम्बा सफर बीत गया और कभी आपने ऊँची आवाज में नहीं बोला आज आपने मुझे थप्पड़ मारा। शक तो मुझे उसी दिन हो गया था जब बेटा मम्मी बीमार है कह कर अस्पताल ले गया था मैं भी पीछे-पीछे जाकर देखी मगर मैं यह नहीं जानती थी कहानी इस हद तक थी कि आप मुझ पर हाथ उठायेंगे... खैर आप ने हाथ उठा ही दिया है तो मैं भी कहती हूँ हम दोनों एक छत के नीचे नहीं रह सकते, अब मैं मायके जाती हूँ।

अचानक कॉलबेल बजी

कौन!

डाक्टर साब रूटीन चेंकिग के लिए।

बेटा आशीष डॉक्टर को लेकर अन्दर प्रवेश करता है।

सर अभी-अभी मौका निकालकर आया हूँ, मेयर साहब की तबियत अचानक खराब हो गयी थी पहले उसको दवा दी फिर सोचा आप को चेक कर लूँ डाक्टर की आवाज आयी।

माँ माँ क्यों सामान पैक कर रही हो, देखो न डॉक्टर अंकल आये हैं पापा को चेक कराना है।

तुम और तुम्हारा पापा जाये जहाँ जाना है मरे चाहे जिये मैं तो चली।

क्या हो गया मैडम आप कहाँ जा रही है।

डॉक्टर की आवाज सुन मैडम ठहरीं।

क्या बतायें डॉक्टर साहब मैं बहुत परेशान हूँ।

अभी आपने कहा कि कलेक्टर साहब मरे या जिन्दा रहे शायद ठीक कहती हैं।

आखिर एक औरत को इससे क्या फर्क पड़ता है उसका आदमी पति मरे चाहे जिये... मगर मरने के बाद क्या होता है मैडम जी कभी सोची है, आप के माँग में सिन्दूर जो आप के माथे पर बिंदिया जो गले का मंगलसूत्र हाथों की चूड़ी सुन्दरता देती है, पति के जिन्दा रहने पर जहाँ तक सुख-सुविधा की बात है, पति के पैसे से पद से ही सुख-सुविधा मिलती है। जहाँ तक पति से पैदा हुआ बच्चा आपको माँ की पदवी देता है। आखिर जिस स्त्री के पास पति नहीं होता उसको क्या कहते हैं। मैडम आवारा, वेश्या, बदचलन, यही न।

अचानक डॉक्टर की बात को सुन मैडम शान्त क्या कहती... न जाने क्या बोल गयी।

हाँ मैं मैडम घर छूटता है तो न पति का घर रहा न मायके का मायके में जिस घर की औरत घमण्ड करती हैं पहुँचने पर पता चल जायेगा। पूरी जिन्दगी बिता ली आशीष के पिता की उम्र 55 वर्ष के ऊपर हो गयी आज तक क्या पति-पत्नी में इतना विवाद हुआ क्या क्या न सोचा। खैर मैं डाक्टर हूँ शरीर की बीमारी का इलाज करता हूँ, मन के बिमारी का भ्रम का नहीं, जहाँ जाना चाहे जाए। आखिर मैं कौन होता हूँ रोकने वाला और समझाने वाला।

* * *

आओ बेटी आओ काफी दिनों से भेंट नहीं हुई थी चलो अच्छा हुआ आ गयी।

दमाद जी कहाँ हैं बेटा कहाँ हैं।

माँ जी वो नहीं आये।

क्यों नहीं आये क्या तुम अकेली आयी हो।

हाँ पापा मम्मी मेरी उनसे लड़ाई हो गयी।

ओ तो तुमसे लड़ाई हो गयी, हम लोगों की उम्र अब श्मशान घाट जाने की हो गयी और पूरी जिन्दगी के इतने लम्बे सफर के बाद मैं यह सुन रहा हूँ कि बेटी दामाद के बीच में लड़ाई हो गयी। बेटी तेरा यह घर नहीं है। तुम जाओ जब बेटी इतनी लम्बी उम्र सफर करने के बाद भी अपना घर सँभाल नहीं सकती तो यहाँ तुम्हारा दरवाजा बन्द है।

क्यों जी अब बेटी को ऐसे बोल रहे हो।

क्यों न बोलूँ जब शादी करने के लिए लड़का ढूँढना था तो कितना परेशान था तब आप कहती थी मैं डॉक्टर पैसे का आदमी है, लड़की चाहे कितना पढ़ ले दामाद तो ब्याह कर लाऊँगी न कि लड़की को ब्याह कर देना है। जब लड़की का ब्याह कर दिया फिर लड़की इस घर को छोड़कर चली गयी तो किसी की पत्नी किसी की माँ किसी की बहू रही। तुम्हारी अकेली बेटी कहाँ रही। रहा सफर का मैं जानता हूँ अविनाश को इतना लम्बा सफर तय हो गया। जब वह बीमार था उसकी किडनी खराब थी, कोई किडनी देने को तैयार नहीं था। अन्तिम साँसे गिन रहा था, मगर किसी देवपुरुष देवी ने जो हो स्त्री-पुरुष ने अपनी किडनी दे दी तो दामाद जी बच गये फिर जब बच गये तो अपना अधिकार जताने लगे मैं पूछता हूँ जब वह मर जाते तो किससे झगड़ा करके आती।

क्यां जी दामाद के लिए ऐसे बोलते हैं जानते हैं क्या बोल रहे हैं।

हाँ मै जानता हूँ इस उम्र में यही बोलना चाहिए पूछो न अपनी बेटी से क्या पति से झगड़ा होता है तो क्या ऐसी आवाज नहीं निकली होगी जो उसके दिल में छुए।

अचानक पिता की बात सुन बेटी के आँखों में आँसू आ गये अपनी गलती

का एहसास हो गया।

तो क्या बेटी के लिए हम दोनों आपस में झगड़ें।

क्या दादी अब बुआ यही रहेगी।

हाँ बच्चे अब यही रहेगी, राजकुमारी के मुँह से आवाज आयी।

आखिर कब तक

देखो जी आप शान्त रहे अब हमारी उम्र 70 से ऊपर हो गयी हम लोगों को तैश में नहीं शालीनता से बेटी से बात करनी है। बेटी अभी आयी है, पूछती हूँ क्या बात है, क्यों ऐसा हुआ अच्छा घर अच्छा पति अच्छा बेटा छोड़कर चली आयी वहाँ पर उन दोनों के मन में क्या हो रहा है, आखिर कोई आदमी किसके लिए मेहनत करता है। अपने बीवी-बच्चों के लिए चाहे अधिकारी हो चाहे कर्मचारी चाहे व्यापारी हो चाहे जो अपने परिवार के लिए तो मेहनत करता है।

अचानक अविनाश का चेहरा लाल हुआ वैसे अविनाश बेटा तुम्हारी माँ तो चली गयी तुम चाहे तो जा सकते हो माँ के पास रहा मेरी मैं भी अपनी नौकरी जो शेष बची है, पूरी होने से पहले ही इस्तीफा देता हूँ।

अरे पिता जी आज ही सभी गुस्सा निकाल लेंगे कुछ तो बताये आखिर आप दोनों में झगड़ा क्यों हुआ क्यों माँ चली गयी क्यों आप तलाक दे रहे हैं। मैंसमझ नहीं पा रहा हूँ, क्यो माता जी आप से नाराज हो गयीं, मैं देखता हूँ माँ कहाँ गयी है पहले जानकारी कर ले फिर क्या करना है। मैं भी बड़ा हो गया हूँ बेटा जब बड़ा होता है तो माता-पिता के बीच में बढ़ती खाई को पुल का काम करके जोड़ता है।

मम्मी मम्मी क्या हो गया, क्यों चली आयी। हमें भी नहीं बतायी डाक्टर परेशान पापा परेशान, आखिर घर में पापा और मै हूँ खाना कौन बनायेगा।

क्यां मम्मी पिता जी से मुझसे नाराज हो गयी।

आखिर क्या गलती थी मेरी पति मुझे मारा मैं घर छोड़कर चली आयी।

देखो बेटी तुम्हारी परेशानी जानने तुम्हारा बेटा आ गया, खैर मेरी उम्र अब दुनिया से जाने का हो गया। पति-पत्नी के बीच में किसी बात को लेकर विवाद हो गया है, यह विवाद नहीं भ्रम है भ्रम मायके में पति के घर से ज्यादा तकलीफ देती है अचानक नन्दनी बोल पड़ी।

क्यों तुम बोल रही है, तुम्हारा घर तो है नहीं

तो तुम्हारा घर कहाँ है, मैं पढ़ी-लिखी हूँ।

तो क्यों न नौकरी कर लेती मुँह उठाकर चली आयी। अच्छा खासा घर पति बेटा चली आयी मायके।

नौकरी कर लूँगी नौकरी से पेट तो भर जायेगा मगर दुनिया का सम्मान क्या मिलेगा। छोड़ी औरत कहलाओगी छोड़ी आखिर बेटे से पूछती हूँ क्या बात हुई है।

मामी पता नहीं चला, पिता जी एवं माँ में क्या विवाद हुआ अचानक न मुझसे बतायी बस चली आयी।

बेटा तुम न बोलो मैं पूछती हूँ मैं इनकी भाभी हूँ अब जाओ एकान्त में पूछती है।

क्या नन्दनी जी क्या बात हुई।

भाभी अचानक बात बिगड़ गयी।

शादी के कितने साल हुए।

यही 26 वर्ष बीत गये

इन सालों में पुत्र हुआ आशीष है तुम्हारा

हाँ

तो क्या आपके पति कभी गाली दिया

नहीं

वह प्यार मिला जो एक पति से पत्नी को मिलता है।

हाँ प्यार सम्मान सुख, सुविधा सब मिला।

क्या आप के पति आपके सामने आप के जानकारी में किसी औरत की जिक्र किया

कभी नहीं किया।

तो अचानक आप पर हाथ क्यों छोड़ा कभी आपने सोची।

क्यों मारा कैसे बात बिगड़ी ?

मैं और वह दोनों कवि सम्मेलन में गये थे, गजल गीत का प्रोग्राम था। शहर की मेयर चाँदनी भी उसमें आमंत्रित थी तथा वे गजल गायी थी, मेरे पति भी गजल गाये। कार्यक्रम समाप्त होने वाला था कि अनजान व्यक्ति के मुँह से वेश्या है मेयर वेश्या हो हल्ला मचा जब दोनों घर आये तो अविनाश का कुछ चेहरा उदास देखी। मैंने उसी शब्द को दोहरा दिया इसी बात पर उन्हांने मुझ पर हाथ उठा दिया यही विवाद का कारण था।

तो उसने ठीक किया आशीष के पापा ने ठीक किया उसने आप को थप्पड़ मारा।

क्या भाभी आप भी पति के इस कार्य के लिए तारिफ कर रही हो।

क्यों न करूँ तारिफ, जब चाँदनी को वेश्या कहने पर मुझे तकलीफ हुई तो भला जीजा को क्यों न होगी।

आपको क्यों तकलीफ हुई ?

छोड़ो आपको क्या बताऊँ।

नहीं भाभी बताओं क्यों तकलीफ हुई- गुस्सा शान्त करते हुई पूछी।

भाभी लम्बी साँस खींचकर बोलीं मुझें बताने पर मनाही था किसी से जिक्र न करना, मगर देखी तुम दोनों का घर टूट रहा है तो मुँह खोलना ही पड़ेगा। तो सुनों, आपके पति की तबीयत खराब थी किडनी काम कर नहीं रही थी बिस्तर पर पड़े थे डाक्टर ने उम्मीद छोड़ दिया था पेपर में आपने विज्ञापन निकाला था।

हाँ हाँ निकाला था।

आपने समाचारपत्रों में अपने पति की बीमारी यानी अविनाश की बीमारी की खबर एवं उसकी किडनी की जरूरत का विज्ञापन निकाला था।

हाँ निकाला था क्यों नहीं निकालती... जब एक औरत का पति उसके सामने मृत्युशय्या पर लेटा हो कोई जीने की उम्मीद न थी तो वह अपना उजड़ता घर कौन देखती और वह हर कदम उठाती है। जो पति के जीवन के बचाव में होता है और मैंने भी वही किया, कौन सा नया काम किया ऐसा क्यों पूछ रही है।

अविनाश की बीमारी की खबर पाकर मैं तथा मेरे पति के साथ-साथ पिता जी एवं अन्य रिश्तेदार अस्पताल में सिर्फ इसलिए गये थे कि अब तो कोई

अविनाश की मदद करने से रहा और अन्तिम बार हम लोग भी मिल लें देख लेंताकि अपने आपको बेबसी पर संतोष दे सकें।

उसी समय हमने देखा एक महिला अपनी किडनी अविनाश को ट्रान्सफर कर रही थी। उसकी एक ही शर्त थी कि उसे उसका दाता के रूप में नाम छिपाया जाय। बस डाक्टर ने किडनी के दाता का नाम छुपा रखा था यह बात किसी तरह आपके पति को मालूम हो चुकी थी। किडनी देने वाली मेरे सामने चली गयी और हम लोग उससे उसका नाम पता नहीं पूछ सके। फिर डॉक्टर चूँकि घरेलू थे जान-पहचान के थे, उन्होंने बताया कि किडनी देने वाली वह औरत चाँदनी थी। अविनाश, जो जीवन की अन्तिम साँस गिन रहा था पुनः उसे एक जीवन मिला उसके परिवार को खुशियाँ मिलीं। आपके पति ने इस बात को आपको बताना मुनासिब नहीं समझा होगा।

रहा रिश्तों की बात तो तुम जानती हो बीमार पति को न कोई रिश्तेदार किडनी दिया न अपने लोग... रहा समान की बात हँसने के लिए पूरा जग रहता है तोड़ने के लिए पूरे लोग मिलते है... मदद के लिए घर जोड़ने के लिए कोई नहीं आता अब तो आपको जानकारी हो गयी कि आपके पति ने आप पर क्यों हाथ उठाया। बस उनके दिल को जो जान बचाने वाली महिला थी उसे वेश्या शब्द से वे तिलमिला गये होंगे, आपने गाली दी क्या करता अविनाश, बस अपने आपको रोक नहीं पाया और आप पर थप्पड़ जड़ दिया... मैं पूछती हूँ उसकी जगह आप रहतीं तो क्या करतीं।

रहने दो भाभी बस बस... जिस देवी को जिस इन्सान को जो भगवान रूप में मेरी जिन्दगी में आयी मैं उसकी पूजा करने के बजाय गलत समझ बैठी, उसे सामाजिक गाली दी, खैर अब गलती तो हो गयी है, मगर मैं अपने पति के साथ उससे बात करूँगी, मिलूंगी और राजकुमारी अटैची उठायी चल दिया अपने उस घर में जहाँ बेटा रहता है, पति रहता है, जहाँ मान-सम्मान, सुख-सुविधा इज्जत सब मिलती है।

रुको बेटी अभी आयी कैसे आयी फिर चल दी न जाने क्यों क्या होगा

जाने दो अपने आप भूले-भटकों को होश आ जाय तो रोका नहीं जाता अविनाश की सासू जी। उनकी बहू ने एक साँस में कह दिया।

* * *

क्यों जी क्यों चली आयी रहती दो चार माह, अरे इस उम्र में हम जहाँ दूसरों को राह बताते हैं उसी उम्र में पति-पत्नी विवाद में उलझ गये। मैं मानता हूँ कि मुझें तुम पर हाथ नहीं उठाना चाहिए मगर क्या करता, अचानक रोक नहीं पाया और हाथ उठ गया अब गलती हो गयी थी तो क्या करता सिवाय पछतावा करने के। बेटा बार-बार पूछता रहा आपके एवं मम्मी के बीच क्या हुआ था मगर क्या बताता क्या बताता कि मैं अपनी गलती का एहसास करता हूँ आँखों में आँसू आ गये।

माफ करना आशीष के पिता जी गलती मुझसे हुई आपको समझने में आखिर मेरे पति हैं, मेरी जिन्दगी हैं मेरी खुशियाँ हैं... अगर कभी समय के चक्र में मैं गलत हो ही गयी तो कौन राह दिखायेगा... मगर मै थी जो न जाने समाज के इस उठापटक में भूल गयी कि मैं किसी की पत्नी एवं माँ हूँ और हर माँ का हर पति का यह नैतिक कर्त्तव्य होता है कि उसे अपने झगड़े घर में रखे घर को बचाये और खेलता घर टूटने न पाये। अगर उसे यह गरूर हो जाए पढ़ी-लिखी है कलक्टर की बीवी है। क्या मैं औरत किसी मर्द से कम हूँ तो शायद तत्काल न पता चले मगर समय गुजरने के साथ साथ यह पता चल ही जाता है। कि पारिवारिक रिश्ते में पद शिक्षा, पैसा कोई मायने नहीं रखता, रखता है तो एक-दूसरे के प्रति आत्म-समर्पण प्यार, सहयोग, त्याग।

चलो बहुत हो गया, कई दिन से ठीक से न खाना खाया न पानी न स्वास्थ्य का ध्यान रखा, आपकी तबीयत ऐसे ही खराब रहती है ऊपर से मैं बेवकूफी कर बैठी।

क्यों ऐसा क्या था।

पगली हर व्यक्ति बस जब देखा पेपर में कवि सम्मेलन में तथा मजाक में बस पत्नी का मजाक उड़ता है मगर जो चीज जब पास रहती है जो रिश्ते पास रहते हैं तब उसकी कद्र नहीं करता, उसकी कीमत नहीं रखता... जब वह दूर हो जाती है और उस रिश्ते के अभाव में ही उसकी कीमत यानी पत्नी की कीमत माँ की कीमत, बेटे की कीमत, धन की कीमत मालूम होती है। चलो सुबह का भूला शाम को वापस आ जाय तो भूला नहीं कहते। कैसे अचानक इतना जल्दी तुम्हें घर की याद आ गयी अच्छा लगा।

मुझे मालूम हो चुका है कि आपने क्यों मुझ पर हाथ उठाया, बस मुझे माफ करना अपनी गलती का एहसास हो गया।

जान गयी तो ठीक है मुझे बताने की जरूरत नहीं है। हम किसी को दूर से देखते हैं तो कुछ और ही नजर आता है, जब नज्दीक से देखते हैं, तब असलीयत का पता चलता है। हम आई0ए0एस0 अफसर कमिशनर रहे... क्या हमें अपनी जिन्दगी की भीख माँगनी क्यों पड़ी और जब किसी ने मुझे बचा लिया किसी ने जिन्दगी दी तो बजाय उसका एहसान मानने के, उसकी पूजा करने के उसे हम सामाजिक गाली से नवाजें क्या दिल न दुखेगा।

हाँ जी यही तो बता रही हूँ कि समाज क्या जाने इस औरत का दर्द, हम औरतें बस यही सोच में रहती हैं मेरी पति मेरा हो, मगर मैं भूल जाती हूँ कि पति मेरा है, मगर किसी का बेटा है, किसी का भाई है, किसी का दोस्त है। मगर यह मन है, अपना हिस्सा प्यार बाँटने ही नहीं देता। पता नहीं औरत तो अन्य रिश्ते में भी है वह इतना सोच के बजाय बस एक ही सोच रखती है मेरे पति का किसी औरत से चक्कर होगा उसका समय का परिस्थिति का ध्यान नहीं रहता जैसे मेरा भ्रम मेरे कारण खुद का घर उजड़ते-उजड़ते बचा।

अच्छा तो आप जान गयी हैं, यही भी जान गयी होगी कि अगर यह शब्द सुनेगी तो चाँदनी पर क्या गुजरेगी।

यह बात हमारे आप के बीच थी यहीं दफन हो जाय, आगे कौन जानता है, चलो चलें उसकी दर्शन तो कर आयें पता नहीं किस परिस्थिति में चाँदनी होगी।

पापा, मम्मी कब आयी खुशी से पूछते हुए।

बेटा आशीष अभी आयी गले मिलती हुई बेटे से।

देखो आशीष की माँ परिवार में गलती की माफी नहीं माँगते बस एहसास होता है यही काफी है।

ठीक है कल चलते हैं चाँदनी से मिलने, पता तो नहीं जानता मगर वह अब मेयर तो नहीं रहीं उसका कार्यकाल खत्म हुआ, मगर पता चल जायेगा।

* * *

अविनाश, आशीष एवं राजकुमारी चाँदनी से मिलने के लिए घर से निकल पड़े। नगर निगम के ऑफिस में लोगों से जानकारी किया चाँदनी की उपस्थिति की पता किया।

चाँदनी मैडम कहाँ है। स्टाफ से बार बार पूछ रहे थे अविनाश का परिवार

नगर निगम का चपरासी बोला मैडम नहीं हैं।

कहाँ गयी बतायीं।

नहीं कह रही थीं शहर का काम खत्म हो गया, कार्यकाल भी खत्म हो गया अब यह शहर ठीक नहीं है कहीं और जाकर रहूँगी।

क्या वह बतायी नहीं पुराने घर में भी नहीं है नम्बर वगैरह कुछ है उनका।

नहीं मैडम जाते समय बतायी अब किसी का मुझसे क्या काम नम्बर न पता किसको क्या जरूरत है, सब अपना समान समेट कर चली गयी।

क्या उनको पता है कोई अगर मिलने वाला आयेगा कैसे मिलेगा।

सर मैं पूछा था ते जवाब में कुछ नहीं बोली।

चलो आशीष यह ख्वाहिश तुम्हारी मम्मी की अधूरी रही चाँदनी से मिलने मिलाने का।

सर आप कौन कैसे मिलने आये क्या काम है?

चुप... जब आप को उनका पता नहीं तो मेरा पता जानकर क्या करोगे।

तो चाँदनी आपको जानती थी आपका मकान आपका नाम परिचय क्या आपसे बताना नहीं समझी खैर हम अनजान थी आप तो जान-पहचान वाले थे बेटा आशीष को तो जानती थी वह बिना बतायी चली गयी।

आखिर वह महिला जो निकली उसे महिलाओं का भ्रम मालूम था इसलिए देखो कभी मेरे घर पर नहीं आयी क्या पता कौन-सा चिनगारी मन में बैठ जाये और घर की खुशियाँ सुलगने लगे।

अरे आप तो बात का बतंगड़ बनाने लगे एक बार गलती क्या हुई कि उसी को लेकर सारी महिलाओं पर बाण चला दी और वह ऐसी महिला होती तो अपना जीवन कैसे जी ली उसके विषय में कुछ जानते हैं।

हाँ थोड़ा बहुत जानता हूँ, उसका पति बीमार अधेड़ उम्र का था, शादी के बाद वह बीमार रहते रहते कुछ ही दिन में मौत को गले लगा लिया फिर वह बेइज्जत करके घर से भगा दी गयी। मुझसे प्यार करते हुए मेरी खुशी मेरे सम्मान के खातिर मेरे सामने नहीं आयी सोचते हुए।

क्यों जी क्या सोचने लगे!

यही कि अवकाश खत्म हो गया सुबह जाना है तो जाना है।

चलो अब बहुत हो गया, उपस्थिति औरत से माफ़ी माँगने आयी चलो अच्छा हुआ चाँदनी नहीं मिली।

अरे अपरिचित नहीं पर प्रेम का सागर खुशियों की देवी कहते हुए वापस चली आयी।

* * *

आज कोर्ट में एक मुकदमा लगा था। ऐसा मुकदमा जिसके वादी द्वारा जिस सम्पत्ति के लिए दावा किया गया था जब वह जिन्दा आदमी को पूछता नहीं था मगर मरने के बाद उसकी छोड़ी हुई जमीन का मुकदमा सम्पत्ति का मुकदमा जगजीत सिंह जो अपने जीते जी किसी वारिस को तो नहीं देख पाया था, मगर उसकी मृत्यु के बाद उसके द्वारा सम्पत्ति को छोड़ने के बाद उसको वारिस के रूप में वारिसान के रूप में मुकदमा लड़ते हुए लोगों ने देखा। क्या देखता वह तो दुनिया से चला गया। उसकी पत्नी चाँदनी उस सम्पत्ति की ध्यान नहीं दी उसी का मुकदमा चल रहा है। जगजीत का वारिस बन जायदाद के लिए खड़े है कोर्ट में क्यों न लाखों की सम्पत्ति कैसे चली जाती किसी संस्था के पास। मगर यह क्या कोर्ट ने अगली तारीख दी कहा राजस्व निरीक्षक/भूमि के स्वामी को अगर पेश नहीं करते हैं तो नरायण दास जमीन का सम्पत्ति का वारिसान बनकर जगदीश की सम्पत्ति को पालेगा। जगजीत सिंह जब बीमार था, मगर शरीर से मन से नहीं उसने शादी के समय एक शपथपत्र तैयार कर रखा था जिस पर चाँदनी के पिता को सम्बोधित किया था कहा था मेरा कोई औलाद नहीं है मेरी कोई वारिसान नहीं है। मेरे मरने के बाद मेरी सम्पत्ति की मालकिन मेरी पत्नी चाँदनी अगर जिससे मेरी शादी होती है तो होगी। उसी का मालिकाना हक होगा फिर क्या शादी चाँदनी से हुई मगर समाज उसे एक असामाजिक गाली देती हुई उसे घर से निकाल दिया। वह चली गयी सम्पत्ति छोड़कर कभी दावा भी नहीं किया कभी उस सम्पत्ति की और मुख मोड़कर नहीं देखी। शायद जाते समय पता नहीं रहा होगा कैसे पता होगा राजस्व निरीक्षक अपने दस्तावेजो को खँगाला। उनको एक हलफनामा की फोटाकॉपी डाक से प्राप्त हुआ था, मगर क्या चाँदनी के रहते उसे ही जमीन मिलेगी ऐसा ही एक प्रश्न था।

क्यों तहसीलदार मैंने कहा मैं इस भूमि का मालिक हूँ, मगर आप मानते ही नहीं क्यों नहीं आपको अकल आती है लिखकर दे उसका पता नहीं है। नरायन

दास के वकील ने बात चलायी।

वकील साहब मैं सरकारी अफसर हूँ, मगर इतना परेशान नहीं हूँ जितना आप समझते हैं। उसका शपथपत्र जगजीत का शपथपत्र हलफनामा मैं कोर्ट में शामिल कर चुका हूँ। अब देरी चाँदनी के मिलने की है। अगर मिल जाय तो उसकी सम्पत्ति उसकी सुपुर्द कर दूँ शान्ति मिल जाय।

अरे तहसीलदार साहब आप क्यों एसा कर रहे हैं आपका हिस्सा बन जायेगा।

अरे वकील साहब अब एस०डी०एम० हो गया हूँ तहसीलदार नहीं रहा जमीन के हिस्से की बात यह तो वक्त बतायेगा। अगली तारीख मिल गयी है न

कोर्ट से मौका मिल गया है।

अरे एस०डी०एम० साहब जब जगजीत नहीं रहा चाँदनी नहीं रही तो सम्पत्ति मेरे मुवक्किल नरायणदास को मिलेगी।

अरे चाँदनी मर गयी इसका आपके पास सबूत हो तो कोर्ट में पेश करना।

हाँ तो जिन्दा होने का सबूत आप पेश करना। जब बीस साल हो गया अब तक उसका पता नहीं चला तो फिर इसे कानून, मृत्यु मान लेती है। अगर आप की इच्छा है तो एक तारीख और मिल जायेगी अब अगली तारीख को फैसला हो जायेगा।

कोर्ट में बहस पर बहस चली थी और दोनों पक्षों को अपना-अपना सबूत पेश करने का मौका दिया गया अगली तारीख अगला फैसला।

अगली तारीख को कोई सबूत चाँदनी का जिन्दा होने का नहीं मिलता है तो फैसला नारायण दास के पक्ष में हो जायेगा। एस०डी०एम०साहब सोचने लगे।

जी हजूर राजस्व विभाग के वकील ने कहा।

एस०डी०एम० साहब चतुर्भुज गुप्ता

जी वकील साहब

बड़ी मुश्किल से अगली तारीख मिली है, आपको यदि इस बार अगर चाँदनी का पता नहीं चला तो केस हार जायेंगे।

मेरे वकील साहब केस हमारा मजबूत है कि हार जायेंगे। मैंने जो जानकारी

की है जगदीश की पत्नी चाँदनी बड़ी खुदगर्ज महिला थी हमेशा लोगों की मदद के लिए खड़ी रहती थी देखो न उसपर आरोप गाली का लगा और उसे घर से निकाल दिया गया उस समय कोई उसका हाथ थामने नहीं आया उसकी मदद करने नहीं आया, जब सम्पत्ति की बात हुई तो कई वारिस निकल आये मैं तो बस यही चाहता हूँ कि चाँदनी का हक उसे मिले मुझे विश्वास है वह चाहे जिस परिस्थिति में होगी मगर जिन्दा होगी।

तो एक विज्ञापन टीवी पर तारीख मुकदमा का हवाला देकर पेपर में समाचार के रूप में प्रकाशित करा दें।

ठीक है ऐसा ही करके देखता हूँ शायद मेरी बात उस तक पहुँच जाये। हाँ कोर्ट का नाम मुकदमा तारीख सब निकाल देना। समाचार में पत्रकार महोदय अपने वकील से एस0डी0एम0 साहब का वकील पत्रकार से कही।

ठीक है वकील साहब।

* * *

टीवी पर प्रसारित कार्यक्रम में एक समाचार-पत्र भी था आज गत समय में किया गया मुशायरा ९ बजे रात्रि से आयेगा... बार-बार विज्ञापन आता रहा।

टीवी पर ९ बजे रात्रि को मुशायरा सुनने के लिए घर के सभी लोग साथ में एस0डी0एम0 साहब भी मौजूद थे। यही बार-बार मन में खयाल आ रहा था चाँदनी का पता कैसे चलेगा अगली तारीख धीरे-धीरे नजदीक आ रही है।

क्यों जी ऑफिस का काम घर ले आकर सोचने लगते हो क्यों परेशान हो कुछ तो घर में आराम कर लो जब देखो ऑफिस का काम लेकर बड़बड़ा रहते हैं। पहले मुशायरा देखों कुछ मन को राहत मिल जायेगी फिर सुबह की सुबह देखी जायेगी वही डी0एम0साहब कोर्ट कचहरी पता नहीं सरकारी नौकरों को क्या हो जाता है। ऑफिस से बाहर व घर में एक जैसा व्यवहार रखे है बीवी की अवाज आयी।

अरे मैडम यह ऑफिस का काम नहीं है। मैडम यह किसी के हक की बात है कोर्ट का मामला है। एस0डी0एम0 अपनी पत्नी को जवाब देते हुए बोल पड़े।

तो घर में हक और कोर्ट क्या चलो छोड़ो आओ ९ बजने वाला है कुछ मनोरंजन कर ले पत्नी की डाँट सुन टीवी के सामने एस0डी0एम0 साहब बैठ

गये।

पापा पापा देखों कितनी अच्छी गजल गायक है।

ठीक है बेटा देखते हैं।

प्रचारक हाँ तो मुशायरा का कार्यक्रम आगे बढ़ाते है। आपके सामने शहर की मेयर चाँदनी जी अभी आपके सामने खुद की लिखी गजल कहेंगी आश्चर्य के साथ तथा उत्सुकतावश एक आई०ए०एस० अफसर अविनाश जी है। जो लखनऊ में तैनात है और वह भी अपनी गजल कहेंगे-सुनेंगे आनन्द का लाभ उठायेंगे।

अचानक अविनाश साहब को देख और चाँदनी का नाम सुना मिल गया मिल गया चिल्लाने लगे। एस०डी०एम० साहब

क्यों जी अभी तो कह रहे थे कोर्ट-कचहरी क्या मिल गया। इतना खुशी हुई क्यों क्या मिल गया। आप जोर से उछल पड़े।

अरे मैडम मेरे मुकदमे का पता मिल गया मेरी जिम्मेदारी मिल गयी

चलो कुछ तो मिल गया। अब खाना खाओ आराम करो पता नहीं कब क्या हो जाता है। क्या मिल जाता है मैडम बड़बड़ाते हुए आराम करने लगी।

फिर क्या सुबह होते की एस०डी०एम० साहब इलाहाबाद निकल गये और देखते ही देखते नगर निगम ऑफिस पहुँच गये।

आप अधिशासी ऑफिसर हैं?

आप का परिचय।

मैं एस०डी०एम० हूँ एक सिलसिले में आप से बात करना चाहता हूँ।

नमस्कार सर बैठें चाय पिये फिर बताते हैं, सर क्या जानकारी करनी है।

यही कि आप के यहाँ मेयर के रूप में चाँदनी थीं उनके पति का नाम जगजीत था। उनका यह फोटो है। वैसे पुराना फोटो है इसलिए थोड़ा पहचानने में दिक्कत आ सकती है।

हाँ सर चाँदनी थी उनका कार्यकाल खत्म हुआ और वह फिर बिन बताये कहीं चली गयीं।

क्या यह सी०डी० जिसमें मुशायरा में थे वह साहब अविनाश का पता है।

हाँ कमिश्नर साहब है। इस समय लखनऊ में तैनात हैं वे वही मिल सकते है।

क्या चाँदनी जाते-जाते कोई काण्टैक्ट नम्बर दिया है।

सर वह अपना कन्टेक्ट नम्बर हटा दिया कहा अब इसकी कोई जरूरत नहीं... न पता बतायी फिर कहीं चली गयी।

एस0डी0एम0 साहब को एक किरण दिसम्बर की सूर्य की दिखायी दी थी उस पर कोहरा छा गया मगर वह हार नहीं माने वह चल दिये। कमिश्नर साहब से मिलने शायद उनको कुछ पता हो।

नमस्कार सर!

आइए तहसीलदार साहब आइए

सर मैं आपकी कृपा से अब एस0डी0एम0 हो गया हूँ।

वो तो ढेर सारी शुभकामना चलो आपका प्रमोशन हो गया, कहिए कैसे आना हुआ चतुर्भुज गुप्ता जी।

सर आपके साथ काम किया था, आपके साथ में तहसीलदार था सोचा आपसे मिल लूँ बड़े अफसर के मार्गदर्शन से बड़ी-बड़ी समस्या हल हो जाती है।

जब आपकी पर्चा आयी तो एक बार सोचा यह तो तहसीलदार थे, मगर फिर सोचा हो सकता है एस0डी0एम0 हो गये होंगे। कहें क्या मार्गदर्शन चाहिए। (एक गिलास पानी माँगते हुए)

सर आप का कार्यक्रम टीवी पर देखा था उससे एक मुकदमें में सहयोग मिल जायेगा।

मुशायरा और मुकदमा का क्या सम्बन्ध है।

यही कि उस मुशायरा में चाँदनी थी। वह चाँदनी जो पति के मृत्यु के बाद घर से निकाल दी गयी उसके नाम लाखों की सम्पत्ति है और वह उस सम्पत्ति की वारिसान है कोई और वारिसान बन लेना चाहता है।

अविनाश चुप रहे फिर बोले क्या उस सम्पत्ति के लिए चाँदनी कोर्ट में जायेगी, क्या उसे धन की लालच है हमें तो नहीं लगता।

सर लालच की बात यहाँ नहीं रही सम्पत्ति की वह कोई जरूरी है। कोई

अपने फायदा के लिए ले हो सकता है। वह समाज के किसी काम में लगा दे उसकी सम्पत्ति उसको मिले गैर क्यों ले। अगर अगली तारीख पर चाँदनी उपस्थित नहीं हुई तो वह सम्पत्ति नारायण दास को मिलेगी और मेरी मेहनत का फल शून्य रहेगा।

देखो एस0डी0एम0 साहब यह सच है कि हमारी मुलाकात मुशायरा में हुई थी, मगर फिर उसका पता नहीं चला। क्या कहते कि मैं भी तो उससे मिलने के लिए परेशान हूँ।

सर कोई जानकारी आपको है कोई पता नही है।

क्या आपने समाचार-पत्र में विज्ञापन निकाला है।

हाँ सर यह तो मैंने कर दिया।

तो आप जायें हमे विश्वास है कि वह तारीख पर जरूर पहुँचेगी अगर समाचार-पत्र पढ़ लेगी तो।

ठीक है सर नमस्कार।

कोर्ट की तारीख लगी थी एस0डी0एम0 परेशान थे क्यों चाँदनी का पता जो नहीं चला था।

नारायण दास के पास उसका वकील कह रहा था आज तुम्हे फैसला मिलेगा बिना कमाये लाखों की सम्पत्ति तेरी होगी। कौन तुमने कमाया था न कोई वारिश बस फर्जी दस्तावेजों और फर्जी वारिस ये एसडीएम पता नहीं क्यों परेशान है, जब चाँदनी जिन्दा होगी तब न आयेगी।

हाँ तो बचाव पक्ष के वकील साहब आपके पास कोई साक्ष्य है? माननीय जज की आवाज आयी।

सर है चाँदनी के जिन्दा होने का सबूत दो माह पहले टीवी पर प्रसारित हुआ था।

क्या वकील साहब यह कोर्ट है, कोई सिनेमा घर नहीं आप सीडी किसी सिनेमा घर में चलाये।

माननीय जज की बात पर सब हँस पड़े।

सर एक बार इसे देख ले यह सीडी इसी मुकदमें से तालुकात रखती है।

ठीक है भाई, बार-बार वादी के वकील के विरोध के बाद सीडी चलायी गयी।

टीवी पर चाँदनी का चित्र देखकर जज साहब ने एसडीएम साहब को एक तारिख और देते हुए कहा बस अगली तारीख है अब नहीं मिलेगी।

हाँ ध्यान रखना इस बार सही चाँदनी को लाना देखना टीवी मत उठा के आना हँसते हुए।

ठीक है सर सबूत लाऊँगा, फिर क्या तीन माह का समय जो मिल गया था। कोर्ट से।

वकील साहब अब मैं अगली तारीख को क्या पेश करूँ।

अरे एसडीएम साहब तीन माह का समय बहुत होता हे, इतने में चाँदनी आपको मिल ही जायेगी।

* * *

देखो जी एक नयी पड़ोसन आयी है, उम्र में तो 55 से ऊपर की है, मगर नाक नक्शा और सुन्दरता में तो अच्छे घराने की लगती है। अपने पति से बोली।

तो तुम्हें क्या परेशानी है।

अरे क्यों न उसके न पति न बच्चा हमे क्यों परेशानी नहीं कही एसी वैसी औरत तो नहीं है।

अपना काम करो तुम औरतें को बस ऐसी-वैसी औरतें ही नजर आ रही हैं। कमरा का किराया उसको देना है, मकान मालिकिन को परेशानी नहीं बस तुम्हें परेशानी है।

अरे हमको तो नाचले वाली लगती है कहीं तुम लोग न उसके जाल में फँस जाना।

अच्छा अब हम लोग भी इस उम्र में बिगड़ जायेंगे।

क्या पता कब पुरुषों पर डोरा डालने लगे।

सच कहा है, पचास वर्ष की मेरी उम्र होने वाली है, अब वह छप्पन साल की हो गयी होगी, मुझ पर डोरा डालने लगी।

अरे जी उम्र का क्या इसका सम्बन्ध सुन्दरता की उम्र से कोई सम्बन्ध नहीं

है, तुम मर्दों का क्या पता कहा फिसल जाओ।

अरे तुम औरतों को इसके अलावा कुछ सुझता है रोटी, कपड़ा, मकान में दौड़ते-दौड़ते आदमी इतना खुद की थक जाता है फिर और ध्यान कहॉ रहता।

अरे जी सब थोड़े ही ऐसे होते हैं, कुछ मर्द तो ऐसे ही होते हैं देखी नहीं मुँह में लार टपक पड़ती है।

देखो जी पत्नी पति के बीच विश्वास का रिश्ता होता है, हर औरतों पर शक के निगाह से नहीं देखते और हर पति को एक जैसे न समझो।

चलो खैर अब वक्त की बातें है अपना काम करो।

धीरे-धीरे एक हफ्ते से ऊपर हो गया। चाँदनी नये बसेरा में रहते तमाम लोगों की उलटी-सीधी सुनती जैसे उस पर फर्क नहीं पड़ता आखिर फर्क कैसे पड़ता पुरी दुनिया में हर घाव तो सह ली और थोड़ी कटी-फटी अब शब्दों के वार से क्या असर पड़ता है।

अचानक एक बूढ़ी औरत जो मोहल्ले में अकेली रहती थी, उसका देहान्त हो जाता है। उसका आगे पीछे कोई नहीं है। भीड़ देखने वालों की लम्बी लाइन लग गयी।

एक सज्जन उठा कहा देखो यह बूढ़ी माँ हमेशा किसी न किसी की मदद करती रही है, अब इस दुनिया से चली गयी इनका अपना कोई नहीं है। न पति न बच्चा न रिश्तेदार चलो हम लोग चन्दा लगाकर इसका अन्तिम क्रियाकर्म कर दें।

एक ने पूछा कितना रुपया का चन्दा लगेगा हर घर पर

दूसरे ने कहा करीब कुल पाँच हजार रुपया खर्च आयेगा। यानी प्रति घर कम से कम 100-100 रुपया का चन्दा लगेगा।

क्यां जी मेरा नाम चन्दा की सूची में नहीं है अचानक चाँदनी के मुँह से निकला।

हाँ जी आप का नाम नहीं था मगर आप भी इसी मोहल्ले में रहती हैं।

आपका जो भी आये दे देना।

क्यों हम पर सौ रुपया का हक नहीं बनता।

क्या कभी आप हमारे काम आये थे न जाने अकेली रहती है, अभी कुछ दिन पहले आयी है।

देखते-देखते ही एक व्यक्ति मोहल्ला में अगुवा बनकर निकल आया चन्दा वसूलने की बात चलने लगी। वह व्यक्ति पूरा मोहल्ला में घूम आया कहने को तो बड़े-बड़े दावा करते रहे भीड़ लगाने के लिए काफी संख्या नजर आयी, मगर जब रुपया देने की बात आयी तो कोई व्यक्ति नहीं सामने आया।

चाँदनी मैडम

क्या है जी

हमारे मोहल्ले में आप नयी-नयी आयी हैं, मगर क्या करूँ इतना पैसा मेरे पास नहीं है नहीं ंतो किसी के सामने किसी के लिए हाथ फैलाने की आवश्यकता नहीं पड़ती। 100-100 रूपया चन्दा लगा है आप भी दे दो।

क्या सौ रुपया में अन्तिम संस्कार हो जायेगा।

नहीं पैसे तो पाँच हजार रूपया लगेगा, मगर क्या कोई तैयार ही नहीं हो रहा है।

अरे तो लो हमसे छः हजार उस बूढ़ी औरत का अन्तिम संस्कार कर देना मृत्यु में जो प्रक्रिया हो उसे कर देना अनाथ लावारिस की तरह उसका अन्तिम क्रियाकर्म नहीं होगा।

अचानक चाँदनी के द्वारा छः हजार रुपया देते ही सबकी बोली-भाषा बदल गयी देखा यह औरत नहीं देवी है, कितनी सज्जन महिला है, एक अनजान के लिए जो अपना न होते हुए भी इतना रुपया बिना माँगे दे दी।

अचानक मोहल्ले की महिलाओं का विचार बदला धन्यवाद बेटी तुमने तो नारी जाति के नाम ऊँचा कर दी देवी हो सहयोगी हो जाओ बेटी तेरा जीवन खुशियों से भरा रहे।

दादी माँ

हाँ बताओ बेटी।

क्या जीवन में हमें कुछ मिलेगा।

बेटी इस बूढ़ी माँ से पूछ रही हो जाओ जीवन के अन्तिम समय में तुम्हें

सब सुख मिल जायेगा।

अचानक चाँदनी को ऐसा आशीर्वाद मिला जो दूर-दूर तक इस सुख का अन्देशा नहीं है। पति है नहीं, बेटा है नहीं घर है नहीं अपना कोई रिश्तेदार है नहीं, एक अविनाश है जिसे प्यार करती हूँ जिसे चाहती हूँ वह भी छोड़ आयी उसका बेटा आशीष जो मुझे माँ कहता था उससे मुख मोड़ आयी। एक सुशीला है जो कभी-कभी फोन से बात करती है। पता नहीं कब वह सम्पर्क तोड़ ले फिर क्या खुशियाँ मिलेंगी। कहीं ऐसा न हो मैं भी मरने पर लावारिस की तरह चन्दा से अन्तिम क्रियाकर्म में दफनायी जाऊँ।

बेटी क्या सोचने लगी।

यही कि मैं क्या आपके आशीर्वाद को पा सकती हूँ।

बेटी उम्र क्या है।

यही 55 साल की।

बेटी 58 साल के उम्र में वह सब पाओगी जो चाहती हो।

क्या पाओगी... अब तो मेरी एक ही इच्छा है कि अविनाश जहाँ रहे खुश रहे सुखी रहे तथा उसे हँसते-खेलते देखते-देखते इस संसार से विदा होऊँ। अचानक देखती है एक लड़का समोसा लिया है। उस समोसा के नीचे एक कागज दबा है। समोसा वाले ने पेपर में समोसा रखकर दे दिया। लड़का समोसा खाया पेपर फेंक दिया। पेपर उड़कर चाँदनी के पैरों में पड़ा। चाँदनी शब्द पढ़ने में आया चाँदनी उसे गन्दा कागज समझ उठाया था... दूर फेंकने वाली थी उसे अपना नाम देख चौंक पड़ी।

लिखा था जगजीत के मौत के बाद लाखों की सम्पत्ति का उसके वारिश नरायन दास का दावा कोर्ट में अगली तारीख उसकी पत्नी चाँदनी की तलाश अन्तिम मौका। एसडीएम पैरवी में समाचार के रूप में विज्ञापन छाया था।

अचानक चाँदनी पेपर पढ़कर सन्न रह गयी। मेरे पति का कोई वारिस नहीं यानी लाखों की सम्पत्ति कोई उड़ा ले जायेगा आखिर यह सम्पत्ति मिल जाय तो उसी गाँव में धर्मशाला बनवा दूँगी।

क्यों बेटी क्या बड़बड़ा रही हो।

कुछ नहीं तेरे आशीर्वाद के बाबत सोच रहीं थी।

*** * ***

कचहरी में खूब भीड़ लगी थी... एक आ रहा था दूसरा जा रहा था। एक ऐसा मुकदमा था जिसका वारिस उस समय नहीं था जब जगजीत जिन्दा था जब उसे सहारे की जरूरत थी तब उसको दवा और पानी देने वाला नहीं था और आज उसकी सम्पत्ति के लिए दावा किया जा रहा है। भला हो उस एसडीएम साहब का जो अपने अथक प्रयास से मुकदमा लम्बित रखा और आज अन्तिम दिन अन्तिम अवसर फिर न अवसर मिलेगा न तारीख, मुकदमा का फैसला हो जायेगा।

चाँदनी अपने पति की अकूत सम्पत्ति छोड़कर इधर-उधर भटकी, तरह-तरह की पीड़ाएँ उठायीं अनजान बनी थी गरीबी में आर्थिक तंगी में नाचने तक की नौबत आ गयी। खैर पति की सम्पत्ति है तो जो वारिश होगा सम्पत्ति उसे ही मिलेगी। सोचते-सोचते कचहरी में प्रवेश कर सबसे पीछे बैठ गयी। वारिश की तलाश थी और सम्पत्ति हथियाने के लिए नरायण सिंह आ गये। क्यों न आते ना कोई मेहनत न कोई पैतृक सम्पत्ति बस थोड़ी-सी धोखाधड़ी करके जमीन मकान कब्जा करना चाहते थे क्यों न दरवाजा खुला हो आखिर कोई घुस जाय घर का दरवाजा खुला देखेगा।

कोर्ट की कार्यवाही शुरू हुई।

हाँ तो वकील साहब आपका विपक्षी कोई आया है?

हजूर मैं नरायण दास की ओर से उनका वकील हू, मेरी मंशा यह हजूर है कि अब कोई इस सम्पत्ति का वारिस मेरे अलावा मुवक्किल के नहीं है, कोई होता तो अब तक आ गया होता और आज यह भी अवसर खत्म हो गया... अगर एसडीएम चतुर्भुज गुप्ता जी हैं अगर उनके पास कोई साक्ष्य होता तो पेश किये होते।

हाँ तो सरकार की तरह से एसडीएम चतुर्भुज गुप्ता को बुलाया जाय।

क्यों एसडीएम साहब कोई वारिस मिला।

सर मैंने टीवी समाचार पत्र, रेडियो के माध्यम से एड दे चुका हूँ

सरकार इनका कोई वारिस जिन्दा नहीं है खामखाह कोर्ट का समय बरबाद कर रहे हैं। बचाव वकील ने कहा। मुकदमा लम्बित कराकर मात्र तारीख पर तारीख हमारे एसडीएम साहब ले रहे हैं। बस सरकार अब फैसला सुना दे।

सर एक तारीख और दे दे एसडीएम चतुर्भुज गुप्ता ने पुनः अनुरोध किया।

नहीं एसडीएम साहब अब आपको मौका नहीं मिलेगा कई बार आप के अनुरोध पर मैं समय दे चुका हूँ। माननीय जज साहब की ओर से अवाज आयी।

सर एसडीएम साहब चतुर्भुज गुप्ता जी बोल पड़े सर यही सच है कि जगजीत का वारिस अभी जिन्दा है, मगर उसका पता नहीं चल पाया, अभी वक्त चाहिए।

तत्काल विपक्ष का वकील नरायण दास का वकील उछल पड़ा। हजूर अब और विलम्ब न किया जाय फैसला दे दिया जाय। एसडीएम साहब वारिस का नाम लेकर कई तारीखे ले चुके हैं। नरायण दास ही असली वारिस है जगजीत के सम्पत्ति का।

ठीक है वकील साहब अब अन्तिम तारीख नहीं दी जायेगी, सभी साक्ष्यों का एवं दोनों पक्षों की बात सुनने के बाद न्यायालय इस निष्कर्ष पर पहुँची है कि

ठहरिए हुजूर अचानक पीछे बैठे किसी की आवाज जोर से आयी।

अचानक ठहरिए हुजूर शब्द की आवाज कान में पड़ी और जज साहब सकते में कहाँ कौन बोला।

हुजूर मैं बोली हूँ

आप कौन कहाँ से इस मुकदमे से क्या सम्बन्ध है।

तब तक एक वकील साहब अपना हलफनामा/वकालतनामा प्रस्तुत करते हुए बोले हुजूर यह जगजीत की पत्नी चाँदनी है और सम्पत्ति की वारिस।

अचानक चाँदनी के प्रकट होते ही नारायण दास चौंक गया वह जानता था चाँदनी जगजीत की पत्नी थी कब कैसे इसे पता चला। अपने सिर माथे पर ठोका और धीरे से भीड़ से खिसक लिया सोचा कहीं पर्दा खुल गया तो जेल और जाना पड़ सकता है।

हाँ तो चाँदनी जी आप हैं, जगजीत की पत्नी क्या सुबूत है।

आखिर माननीय न्यायालय मुकदमा का फैसला यह मानते हुए कि चाँदनी ही जगजीत की असली वारिश है पक्ष में सुन लिया।

धन्यवाद चाँदनी जी एसडीएम चतुर्भुज गुप्ता जी बोले मेरा बोझ हट गया।

* * *

चाँदनी अपने पति के नाम से पाये पैसे में से एक भी रुपया अपने ऊपर खर्च नहीं करना चाहती थी, बस उसकी सोच यही रही कि जब पति को पति नहीं माना जब पति का सुख पत्नी को नहीं मिला तो फिर उस रुपया को उसके नाम को क्या साथ ढोयें आखिर मुकदमा जीती। रुपया उसी पति जगजीत के गाँव में लगाना चाही सोच थी क्या बनाये क्या करें अचानक इसके जेहन में बात कौंध गयी क्यों न जगजीत के नाम का एवं विधवा आश्रम बनवा दिया जाय। फिर क्या काम शुरू कर दिया और अपने मुकदमे में पायी सम्पत्ति को बेचकर उसको गाँव में लगा दिया आखिर उद्घाटन भी करना है। फीता काटना क्यों न एक ऐसा आश्रम सुलभ शौचालय, विश्रामालाय से युक्त कभी इस तरह एक गाँव में एसा भवन जो गर्मियों की सुख सुविधा से सर्वसुज्जित रूप से प्रदान किया जाय नहीं देखा था।

भवन बनते-बनते अचानक लोगों को एक प्रश्न कौंधने लगा इस आश्रम को बनाने वाला कौन क्या सरकार करा रही है। था कोई धर्मात्मा या कोई परोपकारी संस्था आखिर क्यों कहाँ से किसने इतना मेहरबानी की जगजीत के गाँव में धीरे धीरे नाम पट्टिका आ गयी। अखबारों से ढकी सबकी यह सोच थी चलो किसी ने तो इस गाँव पर मेहरबानी की खुले में महिलाओं को शौच में जाना पड़ता था एक सामूहिक शौचालय, विश्रामालय, विधवा आश्रम, काई लाखा की गृहस्थी कहाँ से किसने कौन इतना पैसा लगाया तमाम कौतूहल प्रश्न था गाँव वालों के मन में।

आज इस सार्वजनिक सुख-सुविधायुक्त ग्रामीणों के लिए सुपुर्द होने वाला भवन का उद्घाटन बस ठेकेदार द्वारा अनावरण हेतु सजाया गया था। कौन अनावरण करेगा क्या कोई मंत्री आयेगा क्या कोई अधिकारी आखिर कौन है। इस भवन को बनाने वाला। मन में तमाम प्रश्न गाँववालों के लिए चल रहा था मंच के साथ युवाओं और महिलाओं बच्चों के लिए बैठने की व्यवस्था थी तथा साथ में खाने एवं जलपान की व्यवस्था थी।

आज वही महिलाए जो कुछ साल पहले अपनी भाषण में समाज के हर रिश्तों को समझाने का प्रयास किया था। सरला देवी, सुशीला देवी, प्रोफेसर सरला मौजूद थी अपने एक दशक पहलेएकट्ठा हुई थी आज पुनः इकट्ठा हुई।

क्यां सखी यानी बेटी सरला देवी तुम तो पढ़ी लिखी हो सुना है। बड़ी

मास्टरनी हो गयी हो, बड़े स्कूल में पढ़ाती हो इस आश्रम का पैसा कौन देता है। कौन सज्जन इसे बनवा रहा है। क्या सरकार नहीं नहीं सरकार तो बिना स्वार्थ के अपना कदम भी नहीं रखती कोई न कोई आ रहा है। इसके देखने आज क्यों है। तमाम प्रश्न सुन बोल पड़ी।

क्या बताऊँ चाची ठेकेदार ने कहा अब काम पुरा हो गया है। यह बिल्डिंग गाव वालो को दी जानी है। मालिकाना हक ही चाभी बिल्डिंग बनाने वाले के द्वारा दी जायेगी।

चाभी किसको मिलेगी।

यहाँ सरला देवी कोई है वही पढ़ी लिखी है। उसे ही चाभी मिलेगी। ठेकेदार ने कहा।

हाँ मैं हूँ सरला देवी मैं पी०एच०डी० प्राफेसर राजकीय कालेज में हूँ।

हाँ तो आप तैयार रहे कुछ देर में मालकिन आने वाली है।

क्या वह मंत्री है। या कलटक्टर या बड़ी पैसा वाली।

हमें नहीं पता मुझें ठेकेदारी का काम पैसा मिला काम पुरा किया और आज उनका काम पूरा कर दिया उनको चाभी दे दूँ वह किसको चाभी देंगी मुझें नहीं पता।

मंच पर सबकी उत्सुकता कौतुहल जिज्ञासा बस यही थी कि एक झलक उस महापुरूष को देख ले समय धीरे धीरे नजदीक आ रहा था लोगों की उत्सुकता बढ़ती जा रही थी मंच पर बैठी महिलायें बहुत खुश थी क्यों न उनको एक ऐसा उपहार ऐसे अज्ञात सज्जन द्वारा मिलने वाला था जिसके विषय में जानती नहीं थी।

एक सफेद गाड़ी/कार आकर पडाल के पास रूकी कार का गेट खुला धीरे धीरे उसमें से एक महिला उतरती हुई नजर आयी जब गाड़ी से पूरी तरह महिला निकल कर गाड़ी के पास खड़ी हुई। गाड़ी के सामने एक व्यक्ति ठेकेदार जाकर नमस्ते किया ठेकेदार आगे आगे महिला पीछे पीछे गोल्डेन चश्मा वेशकीमती कपड़ा नीचे से उपर तक पहनावा यह साबित कर रहा था अच्छे घर की है।

अचानक मंच के पास पहुँचती है सरला बोल पड़ी अरे यह तो चाँदनी दीदी है। मारे खुशी के उछल पड़ी दौड़कर चाँदनी के पैरा को छुआ और सम्मान करती

हुई चाँदनी को मंच पर ला कर बैठा दिया।

हैलो सरला कैसी हो मंच की सीढ़िया चढते हुये चाँदनी ने पूछा था

ठीक हूँ दीदी आप ने मुझें पहचान लिया था।

अरे क्यों न पहचान लूं यह गाँव यहाँ के लोग यहाँ की सम्पत्ति यहाँ द्वारा दिया गया गम एवं जख्म।

मैं समझी नहीं दीदी।

चलो बाद में समझ जाओगी।

मंच पर उपस्थित सुशीला अन्य महिला चाँदनी को देखकर अरे यह तो वही औरत है। जो जगजीत के मरने क बाद चली गयीथी आपस में खुसुर फुसुर करने लगी। सभी वक्ताओं को बोलने का अवसर नहीं बस चाभी देने का मंच था।

ठेकेदार ने अपने सम्बोधन में बोला ग्राम वासी माताओ बहनों आपको इस बात को जानने की बेहद उत्सुकता होगी यह भवन यह सुविधा आखिर कौन बनाया है। इतना पैसा कहाँ से आया है। इस सम्बन्ध में मुख्य अतिथि चाँदनी जी बोलेगीं उन्हीं के हाथ भवन का आनवरण फीताकटेगा और चाभी सुपुर्द किया जायेगा। ठेकेदार के अनुरोध करके भवन का फीता काटने के लिये आमांत्रित किया। चाँदनी पीछे पीछे ठेकेदार आगे आगे भवन के पास लगी मुख्य पटिका पर लगा पर्दा को उठाते हुये।

अरे यह क्या यह तो जगजीत का नाम लिखा है। यह चाँदनी कौन क्या उसकी पत्नी तमाम प्रश्न गाँव वाले आपसे में करने लगे इतना पैसा कहाँ से आया।

फिर मंच पर पहुँच कर चाँदनी अपने शब्दों में लोगों को सम्बोधित करतीहुयी। हाँ मैं वही चाँदनी जगजीत की विधवा जिसको इस गाँव वालो ने धक्का मारकर वैश्या शब्द से गाली से नवाज कर मुझें भगा दिया गया था। उसकी सम्पत्ति जब मुकदमें में जीत गयी तो जब पति का सुख नहीं पति नही ंतो उनकी सम्पत्ति उनके गाँव में लगा दिया मैंने कोई एहसान नहीं किया यह उन्ही की सम्पत्ति को उनके ही गाँव में देकर यहीं कहना चाहती हूँ आप ने मुझें गाली दी अपमान दिया मैं आपको सम्मान आपको सुविधा दी, कहते कहते आँखों में आँसू आ गया। वह चाभी इस गाँव की सबसे पढ़ी लिखी महिला बेटी सरला को सौंपती हूँ तो समयसमय पर इस की देख रेख करे या कराये। महिलायें खुले में

शौच करती थी अबवह शौचालय बनने से उनको राहत मिलेगी।

अचानक चाँदनी के हाथों में चाभी पाते ही सरला बोल पड़ी मैं बहुत सुक्रगुजार हूँ चाँदनी जी मुझें इस काबिल पायी जो इतनी बड़ी जिम्मेदारी दी मैं इस समय विश्वविद्यालय में पढ़ा रही हूँ। कई साल पहले इस देवी रूपी चाँदनी को देखी थी जिनका सौभाग्य से पुनः दर्शन हुये। उनके आँसुओं की कीमत हमे खुशियां के रूप में मिली चाहती तो इस प्राप्त रूपये से अपने लिये शान शौकत की जीवन व्यतीत करती मगर उसने ऐसा नहीं किया इस गाँव को शौचालय, विधवा आश्रम, वृद्धा आश्रम देकर महान काम किया। आज जिस सम्पत्ति के लालच में भाई भाई की हत्या करता है। बेटा बाप की हत्या कर देता है। आपसी सम्बन्ध खत्म हो जाते है। गाँव में दुश्मनी बढ़ जाती है। मगर यह हम गर्व से कहती हूँ, बदनामी अपमान पाकर भी अपनी सोच नहीं बदली और गाँव का पैसा गाँव में ही लगा दिया इस गाँव की महिलाओं उनको एक ऐसी पीड़ा दी जिसका घाव दिखाई नहीं देता सच कहा है। जुबान में दाँत नहीं होते मगर वह जब काटता है। तो मृत्यु पर्यन्त तक घाव नहीं भरते। आखिर यही घाव जो दिखाई तो नहीं देते मगर उसका दर्द एक ऐसा दर्द जो सिर्फ आँसू बनकर निकलते है। उसकी पीड़ा न तो किसी हकीम के पास न मेडिकल स्टोर के पास दूर करने की दवा के रूप में मिलती है। लोग कहते हैं औरत पर अत्याचार होता है, मगर मैं कहती हूँ कौन करता है अत्याचार क्या पुरूष नहीं अगर औरत पर अत्याचार होता है तो उसकी जिम्मेदार केवल औरत ही होती है... चाहे माँ बनकर चाहे सास बनकर चाहे जेठानी बनकर चाहे ननद बनकर। जहाँ तक लोग जगजीत को भूल गये होगे उसके मरे कई दशक हो गये क्या किसी को पता था जगजीत की सम्पत्ति होगी मगर मुझे जिस देवी की पूजा करनी चाहिए उसको पत्थरों एवं जुबानां से वार करते हैं उसे बेइज्जत करते हैं। सरला भावना में बहती हुई न जाने क्या-क्या बोलती गयी उसको खुद ही पता न था।

सरला का भाषण सुन जिस गाँव में चाँदनी के लिए अपमान एवं गाली शब्द से नवाजा गया, अचानक अपनापन प्रेम, सम्मान का भाव पैदा हो गया। गाँव की बुजुर्ग महिला को अपनी गलती का एहसास हुआ। सभी एक स्वर में बोल पड़ी नहीं चाँदनी हमें माफ कर दो तुम इतनी बड़ी बन जाओगी तेरे सामने हम अपना कद बौना-सा महसूस करने लगी बस माफ कर दो माफ कर दो।

अचानक औरतों के मुँह से चाँदनी माफ कर दो माफ कर दो शब्द सुन

चाँदनी फूली नहीं समायी... आँखों में आँसू छलिक आये। अरे नहीं दादी वक्त है जब जो चाहे कहलवा लेता है इसमें आपका दोष नहीं है, जब गाली देने का वक्त था गाली दिया जब समझ आ गयी माफी माँग ली, मगर कमजोर औरत को शायद माफ करने का अवसर भी तो नहीं मिलता।

सभी बोल पड़े चाँदनी इसी घर में रहे इसे तुम सँभालों मगर चाँदनी अपने आँशुओं को समेटते हुए उतरी अपनी गाड़ी में बैठी और धीरे-धीरे आँखों से ओझल हो गयी।

* * *

पापा!

हाँ बेटा

मम्मी का पता नहीं चल रहा है, न उसका कोई मोबाइल नम्बर का पता आखिर अचानक कहाँ कैसे गुम हो गयी।

मम्मी-मम्मी तो घर पर है वह कहाँ गयी।

नहीं पापा मैं उस मम्मी की बात करता हूँ जो बचपन में मुझे मिली, अब 25 वर्ष हो गये तब से एक बार बीमारी में मैंने उसे देखा था तब से फिर न मुझे मिली न मैं जान पाया... पता नहीं कहाँ चली गयी जिन्दा है या उसकी कोई खोज-खबर है आपको।

अच्छा बेटा तुम शायद चाँदनी की बात कर रहे हो।

हाँ पापा आप अब समझे

बेटा कुछ लोग ऐसे ही होते हैं जो करते तो बहुत मगर एहसास तक होने नहीं देते कुछ लोग ऐसे हैं जो करते कुछ नहीं, मगर सबको जता देते हैं।

मैं समझा नहीं पापा।

बेटा तुम्हारी मम्मी कहाँ गयी कैसी रहती है हमें भी पता नहीं चला, मगर तुम्हें अचानक उस मम्मी की इतने लम्बे समय बाद कैसे याद आ गयी।

ऐसी ही एक औरत को देखा जो मेरी ऑफिस में आयी थी... कह रही थी परेशान हूँ मेरी मदद करो।

अचानक मैंने पूछ लिया आप अकेली इतनी उम्र में भटक रही हैं क्या

आपके पति एवं बच्चे नहीं है तो उसने कहा मेरा कोई सहारा नहीं है। मैंने उसका पेंशन बनवा दिया, वही चित्र मेरे जेहन में घूमने लगा और मुझे उसी बात को सोचकर कि चाँदनी मम्मी की बात याद आ गयी उसका हमारे सिवाय कौन था।

हाँ बेटा मगर तुम्हारी मम्मी को किसी पेन्शन की आवश्यकता नहीं पड़ेगी।

मगर बुजुर्गी में सहारे की आवश्यकता तो पड़ेगी।

क्या सहारा दोगे वह खुद दूसरों का सहारा बनती है।

मगर पापा बुजुर्गी एक ऐसी अवस्था होती है जिसमें सहारे की जरूरत तो पड़ती है। उस उम्र में आदमी का शरीर काम करना बन्द कर देता है, किसी चीज की जरूरत जैसे भोजन, दवा, कपड़ा आदि

हँसते हुए चलो अच्छा है बेटा इस उम्र में तुम्हें खयाल तो आया, यहाँ तो बड़ी मेहनत, मजदूरी करके पीड़ा सहकर जो लोग बेटा पालते हैं पढ़ाते हैं... और जब बेटा शादी करके अपनी पत्नी-बच्चों के साथ नौकरी/व्यवसाय में होता है तो माता-पिता को भूल ही जाता है, उसे यह खयाल ही नहीं रहता कि आखिर इस उम्र में उसके माता-पिता का कौन साथ देगा। कितने तो इतने नालायक होते हैं कि यह भी कह देते है कि माता-पिता का फर्ज था। हाँ मैं मानता हूँ फर्ज था... क्या तुम्हारा कर्त्तव्य नहीं होता। खैर में उन लोग से पूछना चाहता हूँ जो पढ़-लिखकर अच्छे पदों पर पहुँच जाते हैं काश उनको उनके पिता उनको पढ़ाने के बजाय मजदूरी करा देता तब वह कहते उनका फर्ज था। जो माता पिता आज के जिन्दा देवता है अगर कहीं हैं तो वह है माता-पिता मगर उसको भी खून के आँसू रुलाते हैं। जब उसका लड़का उसके साथ दुर्व्यवहार करता है, तब अपनी करनी की याद आती है तथा तब उन्हें अपने माता-पिता की याद आती है तब तक बहुत देर हो जाती है और फिर न पश्चात्ताप करने का समय होता है न माफी मांगने वाला व्यक्ति।

यह सच है पापा मात-पिता का कर्ज पुत्र पर होता है, नहीं बल्कि माता-पिता पुत्र के रूप में एक जमा-पूँजी जमा करते है, फिक्स डिपाजिट होता है, जो भविष्य को सुन्दर बनाने के लिए भुगतान करता है, सहारा बनता है... सेवा के रूप में सहारा के रूप में मदद के रूप में।

शाबास बेटे शाबास तुमने अपने मन में ऐसी भावना जगा रखी है, तेरे इस विचार ने मुझे तथा इस बदलते परिवार में एक उम्मीद को हवा दी नयी पीढ़ी को

सन्देश दिया जो संस्कारहीन औलादें अपने माता-पिता को बिलखते अनाथ आश्रम में सूनी आँखों से अपने पुत्र एवं बहू के इन्तजार में छोड़ देते हैं उनके मुँह पर एक तमाचा है।

मैंने तमाचा नहीं पापा सद्बुद्धि दिया, अगर वहीं माता-पिता यह जानकर कि आगे मेरा पुत्र मेरा साथ नहीं देगा असहाय समझकर अनाथालय में छोड़ देता तो क्या अपने पुत्र को पाल-पोस कर बड़ा करता, कलम कॉपी की जगह फावड़ा थमाता, मजदूरी में लगा देता जानवर जैसे जीते, फिर शायद रोटी कमाते कमाते पूरी जिन्दगी बीत जाती। कार बँगला बैंक बैलेन्स की सोच ही नहीं रहती... खैर छोड़िए एक बात कहना चाहता हूँ।

बोलो बेटा।

मैं नहीं जानता कि चाँदनी माँ किसको क्या दिया किसके लिए क्या किया मगर मै उसको एक माँ के रूप में अचानक पाया। मेरे मन में अपनापन है मैं जानता हूँ कि अब उसकी उम्र 58 वर्ष से ऊपर हो गयी होगी... न उसके कोई लड़का है न उसका पति न कोई रिश्तेदार वह अगर जिन्दा होगी तो अकेली होगी, उसको अकेले में सहारा की जरूरत होगी।

बेटे की बात सुन क्या कहता अविनाश सच कहा है। एक तरफ उसने अपनी किडनी देकर इस घर को बचाया। उसके पापा की जिन्दगी थी उसकी खुशियाँ थीं वह सही है कि चाँदनी उसकी अदृश्य माँ है, मगर हमेशा दूसरों के नाम करने वाली महिला उसका स्थान किसी देवी से कम नहीं है। मगरवह कहाँ है। बिना बताये चली गयी चाहकर भी ढूँढ़ नहीं पाया।

पापा कहाँ खो गये।

कुछ नहीं बेटे कहीं नहीं अपनी मन की बात छिपाते हुए। बस बेटा यही सोच रहा हूँ कि पता नहीं कहाँ होगी।

क्यों जी बाप बेटा आपस में क्या गुफ़तगू कर रहे हो।

कुछ नहीं आशीष की माँ बस ऐसे ही हम लोग बात कर रहे थे।

नहीं नहीं कुछ तो गम्भीर प्रकरण है।

हाँ माँ पापा से चाँदनी मम्मी की जानकारी ले रहा था।

हाँ बेटा शायद तुम सही कहे चाँदनी से मिलने मैं भी तुम्हारे पापा के साथ

स्वयं गयी थी, मगर उसका पता नहीं चला हमारे घर को क्या क्या नहीं दिया पति की जिन्दगी बेटा को पिता मुझे मेरा पति एवं खुशियाँ एक औरत के जिन्दगी में इससे ज्यादा क्या चाहिए देखो आज उसको हम लोग तलाश कर रहे है तो उसका पता नहीं है पता नहीं किस दुनिया में खो गयी। उसको धरती निगल गयी या आसमान खा गया पता ही नहीं चल रहा है।

चलो आशीष की माँ देखते हैं कहाँ गयी ढूँढ़ते हैं।

सुनो जी एक बात कहूँ।

हाँ कहो देखता हूँ तुम्हारा मन क्या है।

जब उसने आपको जिन्दगी दी हमारा उजड़ता घर बचाया, आप भी याद करते हैं। बेटा भी याद करता है। मैं बेटे की खुशी से मैं भी याद करती हूँ, उसके इतने एहसान हैं तो क्यों न उसके नाम से एक स्कूल खोल दिया जाय।

यानी उसकी याद में स्कूल।

हाँ उसके नाम की एक चिन्हाटी बनवा दिया जाय। अगर जिन्दा होगी तो शायद उसे पता चलेगा तो अवश्य उस स्थान पर पहुँचेगी और अगर नहीं रहीं तो कम से कम इसी बहाने लोग को याद आयेगी।

हाँ पापा-मम्मी ठीक कहती हैं।

अविनाश तो चाहता था उसके मन की मुराद मिल गयी। बेटा और पत्नी की स्वीकृति दिखावटी मन से अगर आप लोग चाहते हैं तो मैं कौन हूँ मना करने वाला।

फिर क्या चाँदनी महाविद्यालय की नींव पड़ गयी। सड़क के किनारे आम लोगों को नजरों में आने वाला स्थान।

सुनो आशीष की अम्मा इससे तीन फायदा होगा उसमें से एक तो चाँदनी के नाम याद रहेंगे दूसरा बच्चों/बच्चियों को एक महाविद्यालय मिल जायेगा तीसरे कुछ लोगों के नौकरी मिल जायेगी, मान्यता मैं अपने सेवानिवृत्ति काल से पहले दिला दूँगा।

धीरे-धीरे ठीकेदार ने नींव खोद दी। महाविद्यालय नक्शा के अनुरूप बनने लगा।

सर, इस महाविद्यालय में क्या-क्या रहेगा!

क्यों ठेकेदार पहली बार स्कूल की बिल्डिंग बना रहे हो।

नहीं सर बनाया तो बहुत मगर जान लेना जरूरी है, जितना पैसा उतना काम, उसी तरह नक्शा उसी तरह भवन।

सुना ठीकेदार पूरे महाविद्यालय की 8 फिट ऊँची बाडण्ड्री तथा सामने से एक बड़ा गेट उसी के साथ एक छोटा गेट। मुख्य प्रशासनिक भवन तक गेट से जाने तक एक पक्की रोड। मुख्य भवन के बगल में लाइब्रेरी कम से कम 500 छात्रों के बैठने के लिए पठन-पाठन के लिए विषय वार प्रथम वर्ष, द्वितीय वर्ष, अन्तिम वर्ष का रूम तथा खेल का मैदान। एक गेट से निकली रोड के सामने एक स्टेच्यू जिसमें मूर्ति के चारों ओर घास फूल लगाने के लिए घेराकार बाग़वानी तथा स्टेच्यू पर पहुँचने के लिए सीढ़ी। स्टेच्यू गेट के रास्ते में मिला हुआ साथ में मनोरंजन कक्ष एवं छात्रों के लिए कैन्टीन।

सर! स्टेच्यू किसका लगेगा।

इसको बाद में बताऊँगा... कितना खर्च आयेगा?

मालिक आप समान देते रहना, हमारा मजदूरी का काम रहेगा, खर्च कितना आयेगा हमें क्या पता है।

पठन-पाठन किस स्तर तक होगा।

बी0ए0, बी0एस0सी0, बी0एड0, एल0एल0बी0 तथा अन्य दो अगर कुछ हो तो।

कब तक बनना चाहिए मालिक

आज अगस्त महीना है, यही समझो कि अगले जुलाई में प्रवेश होना चाहिए।

ठीक है मालिक, ठीकेदार अपना काम शुरू कर दिया, उसे आदेश के मुताबिक गिट्टी-बालू मिलने लगा। कुछ माह में एक भव्य महाविद्यालय बनकर तैयार हो गया। भवन में मुख्य भाग का गेट था... लिखा था चाँदनी महाविद्यालय निर्माणकर्ता अविनाश एवं उसका परिवार। गेट में प्रवेश करते ही एक स्टेच्यू बना था जिसमें चाँदनी नाम की एक मूर्ति रखी थी। महिला की मूर्ति बनी थी। भवन बनने के बाद नये साल का प्रवेश प्रारम्भ हो गया।

* * *

चाँदनी के सामने एक लावारिस महिला के अन्तिम संस्कार की मूर्ति रूपी चित्र बार-बार बनकर उभर रहे थे। अचानक अकेले में बैठी चाँदनी का अपने बीते काल में ध्यान चला गया। पूरा जीवन आँसुओं में बीता माता-पिता गरीबी के कारण एक बीमार एवं अधेड़ उम्र के व्यक्ति के साथ शादी हँसती खेलती चाँदनी का जीवन आँसुओं में तब्दील हो गया। माता-पिता जीवन में नहीं रहे... पति की शादी के बाद ही मृत्यु हो गयी... न सुहागरात जान पायी न ब्याहता स्त्री का जीवन कैसा है नहीं समझ पायी... पति-पत्नी के बीच कौन-सा सम्बन्ध होता है, कौन-सा सुख होता है, कैसे इसको स्वर्ग-सा संसार कहते हैं। न पत्नी बनी न माँ बनी... हाँ एक दोस्त बना अविनाश वह क्या करता... पहले मुझसे शादी करना चाहता था। नौकरी नहीं थी और नौकरी मिलते ही परिस्थितियाँ बदलती गयीं। मैं न तो स्त्री ही बन पायी न माँ बल्कि वेश्या के पद से अलग नवाजी गयी। मैं आखिर शादीशुदा आदमी के साथ किस मुँह से रहती। यह सच है कि अविनाश प्यार करता था, करता है... मगर उसकी पत्नी है, उसका बच्चा है। बच्चा अब कितना बड़ा हो गया होगा मुझें माँ कहता था। अनजाने में मैं उसकी अच्छी माँ बन गयी। आशीष से कैसे कहती बेटा सच में मैं तुम्हारे पिता की प्रेम वाली पत्नी हूँ। मगर क्या समाज क्या अपने आप को संतोष दे पाती मैं एक परिवार बनाना चाहती थी, एक आशियाना बनाना चाहती थी। जिस आशियाना में पति-पुत्र खुशी से रहते हों उनके सुख दुःख के साथ मिल-बाँटकर खाते-हँसते-जीते। ऑफिस से आते हुए पति का इन्तजार करना, स्कूल जाने के लिए टिफिन लगाना, कपड़ा धोना। बेटा स्कूल से आते ही अपना बैग फेंकता है। कितना अपनापन होता है। कोई उम्मीद नहीं कोई उल्लास नहीं कोई ख्वाहिश कोई इच्छा नहीं, एक बेजान अकेली औरत बनकर चली जा रही हूँ। क्या थोड़ा-सा अविनाश के साथ हमदर्दी किया। क्यों व उसकी बीमारी में आखिर कौन करता खैर बच्चों के टीचर पैरेन्ट डे में पति-पत्नी को बुलाते। क्या मैं पति से लड़ती? झगड़े इतनी कमाई में कैसे खर्च करूँ। महँगाई का जमाना है, कभी जूता कभी चप्पल कभी कपड़ा कभी समान की कमी के कारण बीवी बच्चे के साथ मेरे पति की आँखों में चश्मा चढ़ गया, बाल सफेद हो गये अन्तिम दिन आने वाला है। क्या मेरी मौत के बाद कोई अन्तिम संस्कार करने वाला नहीं होगा। क्या मोहल्ले वाले लावारिस की तरह मुझे जला देंगे, कोई अपना नहीं होगा आखिर कैसे न पति न पुत्र न रिश्तेदार क्या मेरी मौत सुनकर अविनाश अपने पुत्र के साथ मेरी अन्तिम क्रिया में शामिल होगा? क्या मुझे उसकी पत्नी यह सम्मान देगी...

सोचते सोचते यह एसा दर्द जो पीड़ा बहुत महसूस कराता है कि चाँदनी अपनी खयालों में गुम थी अचानक फोन की घण्टी बजी... सोच निद्रा भंग हुई।

हैलो दीदी!

हाँ सरला कैसी हो, चलो अच्छा हुआ कई दिनों से फोन नहीं आया था।

प्रणाम मैं तो ठीक हूँ आप अपनी बताओ।

खुश रहो, नौकरी कैसे चल रही है? शादी हो गयी? जीवन कैसा है, तुम्हारा पति कैसा है? ढेर सारा प्रश्न। हाँ गाँव का वृद्धा आश्रम कैसा चल रहा है, गाँव वाले क्या कहते हैं।

अरे दीदी ढेर सारा प्रश्न एक साथ। गाँव वाले आपको एक महान मूर्ति देवी की मूर्ति बताते हैं। कहते है जहाँ कुछ धन के लालच में अपनों से अपना रिश्ता तोड़ लेता है, बाप-बेटे को अलग कर देता है, भाई-भाई का दुश्मन हो जाता है। आज इसी जमाने में चाँदनी जैसी भी औरत देवी की मूर्ति है जो पूरा का पूरा धन पायी हुई सामाजिक कार्य में लगा दी। उसी गाँव में लगा दी जिस गाँव से उसे अपमान, गाली और पीड़ा मिली थी।

अच्छा अपनी बताओ पति नौकरी करता है।

हाँ दीदी नौकरी करते हैं, दोनों हम पति-पत्नी नौकरी करते हैं। आप क्या दीदी तुम तो हमेशा दूसरे के लिए जिन्दगी जी हो, कभी अपनी भी जिन्दगी जीती एक बार मेरे जेहन में है एक प्रश्न करती हूँ दीदी

हाँ बताओ।

क्या पति नौकरी करता है तो पुरुष के साथ पत्नी को भी नौकरी करना चाहिए।

तुमने प्रश्न तो अजीब-सा किय, मगर उत्तर में क्या दूँ, सोच लो पति नौकरी करता है तो शायद पत्नी को नौकरी नही करना चाहिए।

क्यों दीदी?

परिवार में कुछ ऐसे काम हैं कि अगर औरत भी घर से बाहर रहे, पति भी तो शायद घर नहीं एक संगठन हो जाता है जहाँ कानून, आवश्यकता तो पति-पत्नी को बाँधे रहता है, मगर प्यार नहीं, सुख नहीं केवल दुःख ही दुःख।

दीदी वह कैसे।

जब औरत अफिस जायेगी तथा पति भी तो वापस घर आने के बाद कपड़ा भोजन बच्चे, मिलने वाले, मार्केटिंग, दुःख-सुख की बातें कहाँ हो पायेगी।

मगर पैसा... पैसा तो खूब रहेगा।

शायद सच कहा तुमने, मेरे पास भी पैसा है... मुझे पैसा मिला था मगर मेरे पास रिश्ते नहीं थे पैसा है चाहिए उसके बिना जीवन अर्थहीन है, मगर दोनों पैसे के पीछे भागें यह उचित नहीं होगा, पति की कमाई में काम चल जायेगा। रिश्ते हैं तो पैसों की आवश्यकता है।

दीदी पढ़-लिखकर क्या करें लड़कियाँ।

हाँ सही प्रश्न किया, पढ़ाई और नौकरी का कोई सम्बन्ध नहीं है। पढ़ती हैं लड़कियाँ अपने परिवार को अच्छी ढंग से चलाने के लिए... समय अचानक खराब हो जाय तो सँभालने के लिए। जिसको जो चाहे करना हो करे मैं क्या टिप्पणी करुँगी। अच्छा बताओ पति कैसे हैं लड़का या लड़की या आगे की ख्वाहिश क्या है।

दो बच्चे।

परिवार का अर्थ क्या है?

(हँसते हुए) देखो मुझे तो इसका अनुभव मिला नहीं, मगर जहाँ तक जानकारी हुई कई बार यानी पति-पत्नी दूसरे के प्रति समर्पण अर्थात जब पति-पत्नी अपने सदस्यों को एक-दूसरे के प्रति समर्पित रहें यही परिवार है। मैं तो अकेली हूँ मेरा क्या किसी से लेना देना।

अरे हाँ मैं तो भूल गयी थी कि दीदी अकेली रहती हैं

है अगर तुम नहीं कहोगी तो कौन कहेगा।

माफ करना दीदी यह परिवार की परिभाषा नयी इजाद किया है तुमने

हाँ कुछ तो कुछ कर ही लेती हूँ, जीवन का इतना लम्बा सफर जो है।

दीदी, परिवार का अच्छा शाब्दिक अर्थ बतायी।

हाँ ठीक है अच्छा बताओ नौकरी कहाँ चल रही है। दीदी नौकरी करते धीरे-धीरे 10 वर्ष बीत गये, शादी के बाद दो बच्चे भी हो गये। स्कूल घर में तो

है नहीं फिर दोनों को 10-10 किमी दूरी पर जाना पड़ता है। घर से स्कूल जाने में कम-से-कम एक घण्टा तो लगता है। जब शादी नहीं हुई थी तो अकेली थी स्कूल जाना आना खाना बनाना फिर सो जाना। अब स्कूल जाने से पहले बच्चों को तैयार करना खाना बनाना फिर पति स्कूटर से मुझे फिर अपने नौकरी पर आना यानी प्रातः 4 बजे उठना और 10 बजे रात्रि तक जागना-दौड़ना यानी अब जीवन नहीं एक मशीन हो गया है और जब देखो रेडियों की तरह बजते रहना पड़ता है। यही प्रक्रिया एक हफ्ते चलती है। अगर रविवार न पड़े तो लाइफ ही खराब हो जायेगी शरीर थक जाती है... न हम स्वयं न हमारी पति की कोई किसी की सेवा करने का समय नहीं मिलता न कोई चाहता है। हम नौकरी करते हैं, बच्चों की सुख-सुविधा के लिये न स्वयं न बच्चां न पति बस एक मशीन हुई स्टार्ट हुई तो जब तक बन्द नहीं तब तक चलती रहती हूँ।

अगर नौकरी नहीं करती तो क्या करती इतनी पढ़ी हूँ पी0एच0डी0 किया किस काम की तरह-तरह की शिकायत अपने पति से समाज से करती अब शिकायत करने का मौका तो नहीं। अरे दीदी देख ली नौकरी करके अगर नहीं करती तो क्या करती पता नहीं बस खाली बैठी रहती।

(हँसते हुए) किसी के इन्तजार में कितना सुख मिलता है तुम्हें क्या मालूम। ऑफिस से पति के आने का इन्तजार स्कूल से बेटे के आने का इन्तेजार बच्चों को कपड़े धोना खाना बनाना टिफीन बनाना ओर कहा समय बचता है। घर में खाली समय नहीं रहता हों कुछ-न-कुछ खोना पड़ता है मगर पाना कितना पड़ता है। पति पत्नी के बीच प्रेम, हमदर्दी, सहानुभूति बच्चों में अपनापन आखिर क्या दोनों के नौकरी में कुछ ऐसा है चिड़चिड़ी और ऊपर से हो गयी होगी।

क्या करें दीदी जमाना बदल गया है।

हाँ सरला तुम सही कह रही हो।

मगर जमाना चाहे कितना बदले, न खाने के तरीके बदले न रिश्ते के तरीके बदले, लड़कियों के प्रति पूरा समाज एक-सा विचार लेकर चलता है। चाहे कितनी बड़ी डिग्री ले लो चाहे जितनी बड़ी नौकरी पा लो, अगर प्रेम-विवाह न करो तो शादी की चर्चा लड़की वाला चलाता है, अगर लड़का का परिवार शादी के लिए जाता है तो लड़की से पूछता है लम्बाई कितनी है कौन सा विषय लिया है। सुन्दर है कि नहीं किस विषय में कितना नम्बर पायी है। इन्जीनियर को इन्जीनियर डॉक्टर को डॉक्टर, मास्टर को मास्टरनी चाहिए। सुन्दरता, नाक-

नक्शा के बाद यह योग्यता होनी चाहिए फिर जब यह सब ठीक होता है तो दिहेज कितना मिल जायेगा। नकद समान, लड़की की नौकरी डिग्री दरकिनारे हो गयी।

दीदी सच कहा तुमने मैं उन बहनों को कहना चाहती हूँ अपने पैर पर खड़ी हों मगर दूसरे के जीवन का भार न बनें।

क्या कहना चाहती हो।

देखो दीदी मैं समाजशास्त्र से पढ़ी हूँ और समाजशास्त्र के अध्ययन के बाद मैं यह जानती हूँ लड़कियाँ अपने पैर पर खड़ी हों मगर इस बात का भी ध्यान रखें कि अपने साथ-साथ अपने परिवार को भी खुशियों से सजाये जैसे कहावत है कि धन से किताब खरीदी जाती है ज्ञान नहीं, धन से आदमी खरीदा जाता है उसका मन नहीं, धन से मन्दिर बनाया जाता है भगवान नहीं, धन से दवा खरीदी जाती है स्वास्थ्य नहीं, धन से बिस्तर खरीदा जाता है नींद नहीं धन से भोजन खरीदा जाता है भूख नहीं।

ओ तो तुम बड़ी ज्ञानी हो, क्या तुम्हारा ट्रान्सफर नहीं होता क्या केवल एक ही स्कूल में पूरा जीवन नौकरी करती हो।

हाँ दीदी अब 10 साल हो गया ट्रान्सफर होने वाला है। जून महीना ट्रान्सफर का चल रहा है नया सेशन चलने से पहले। ट्रान्सफर होगा नये स्थान पर जाओगी तो तुम्हें ज्वाइनिंग से पहले बताऊँगी वैसे मैं प्रधानाचार्य हो गयी हूँ प्रमोशन के साथ ट्रान्सफर होगा देखती हूँ कहाँ जाती हूँ। अच्छी दीदी काफी लम्बी बात हो गयी प्रणाम।

हाँ गाँव के लोग क्या आज भी मुझे वेश्या कहते हैं या कुछ और नाम दे दिया।

नहीं दीदी आइन्दा यह शब्द न बोलें मेरे दिल पर चुभती है, आप देवी हो देवी, वादा करो ऐसे शब्द का दोबारा प्रयोग नहीं करोगी।

ठीक है (लम्बी साँस लेते हुए) हाँ ध्यान रखना जब नयी तैनाती हो तो बताना जरूर।

फोन कट गया। चाँदनी सोचती है क्या देवी हूँ जिसका अपना कोई नहीं है।

* * *

टेलीफोन की घण्टी बजी,

हैलो कौन!

मै सरला हूँ दीदी प्रणाम

खुश रहो सब ठीक है, कैसे याद किया।

दीदी बैठी थी कुछ खयाल आया सोची चलो दीदी से बात कर लें हाल चाल मिल जायेगा मेरे भी मन का बोझ हलका हो जायेगा।

क्या बात है।

यही कि मेरा भी ट्रान्सफर हो गया, सोची आपको बता दूँ... नया स्थान है, कैसा होगा वहाँ का प्रबंधक कैसा होगा स्टाफ कैसा होगा मालिक न जाने कैसा होगा वहाँ जाने पर पता चलेगा।

कहाँ ट्रान्सफर हो गया स्थान कुछ है उसका नाम-पता क्या है।

यहीं चाँदनी महाविद्यालय में प्रधानाचार्य के पद पर प्रमोशन हुआ है

चाँदनी शब्द सुनते ही कुछ पल के लिए चाँदनी सोचने लगी नहीं नहीं मेरा कौन है मैं तो अकेली हूँ कोई चाँदनी होगी... कितनी भाग्यशाली है, उसके पति बच्चे कितने अच्छे हैं अपने माँ के अपने पत्नी के नाम पर महाविद्यालय खोल दिया काश मेरा कोई होता।

दीदी हलो क्या सोचने लगी।

अरे यही जाओ ज्वाइनिंग करो नया पद नये लोग नया विद्यालय अगर अच्छ लगा तो फोन करना न जमे तो मत करना हम क्या तुम्हारे दर्द में क्या भागीदारी कर सकती हूँ, मेरे पास क्या कम दर्द है मन में सोचते हुए।

हाँ दीदी एक बात कहूँ

हाँ कहो क्या कहना चाहती हो।

न जाने क्यों मेरा आज तेरा चरण छूने का मन कर रहा है। तेरे हाथ मेरे सिर पर आशीर्वाद देने के लिए उठना चाहिए यह मेरी मंशा लगती है।

अरे पगली मेरे में क्या है, मेरा क्यों चरण छूना चाहती हो, अगर तुम्हारी

यही इच्छा है तो उस चाँदनी का पैर छूना जिस महाविद्यालय में तेरा दाखिला हुआ है जहाँ से रोटी रोजी चलती है उनका चरण छूना उस महानुभाव को भी प्रणाम करना हो सके तो मेरा भी उस महानुभाव का प्रणाम बोल देना जिसने इतना नेक काम किया है, मेरा क्या वजूद है मुझे तो समाज ने गाली ही दिया बस ऐसे ही जी लेती हूँ लम्बी साँस खींचकर बोली।

दीदी शायद तुमको अपना वजूद का पता नही है। मैं जानती हूँ तुम कितनी बड़ी त्याग की मूर्ति हो। जब से गाँव में वृद्धा आश्रम क्या बनायी गाँव के लोगों के मन में तेरे प्रति विचार ही बदल गया। गाँव में मुझे तुमने जो जिम्मेदारी दी है गाँववाले पूरा श्रेय आपके बदले मुझे देने लगे हैं तब से मेरा मन बार-बार आपके चरणों की सेवा करने का मन करता है। आदर्श मानने लगी। हूँ तुझे मैं।

नहीं रे तुम किसी और को आदर्श मान लेना मैं भला इतनी नेक औरत कहाँ हूँ।

मेरा दिल करता है तुम्हारे जीवन की खुशियों के लिए ऊपर वाले से प्रार्थना करूँ कि तुम्हें वह सब मिले जो एक औरत को मिलता है।

चल हट अब मैं 55 वर्ष की हो गयी, सिर के बाल सफेद हो गये, आँखों पर चश्मा चढ़ गया, शादी तो जानी नहीं कैसा पति होगा बेटा कौन है जो मुझें माँ कहेगा अब तो बस यही सोचती हूँ कि चलते-चलते बाकी जिन्दगी का पड़ाव समाप्त हो तो कोई लावारिस की तरह चन्दा लगाकर मेरा अन्तिम संस्कार न करे हाँ औरत का सपना होता है। उसका अंतिम काल अपने लोगों के सामने हो तथा पति बेटा प्रेमी जो भी प्यार करता है उसकी बाँहों में दम निकले... मगर बिना मतलब की सोच रही हूँ मुझे सब मालूम है, घर तो बसाया नहीं फिर यह सपना यह ख्वाब कैसे पूरा होगा कौन मुझे मुखाग्नि देगा।

दीदी मैं उम्र में बहुत छोटी हूँ मगर मैं यह तो नहीं जानती कौन कहाँ है... पता नहीं क्यों तुम्हारे अविनाश के विषय में सोचकर कुछ एसा लगता है कि तुम्हें वह ढूंढता होगा।

क्या सपने की बात करती हो... मैं मानती हूँ वह मुझे प्यार करते हैं मगर बहुत देर हो गयी है, उनका जवान बेटा और पत्नी है क्या इनके रहते मेरे विषय में सोचते होंगे।

हो सकता है नहीं पद की मर्यादित कर्त्तव्य और नैतिकता के साथ साथ

इन्सानियत है। भला जिसको तुमने जीवनदान दिया वह कैसे भूल सकता है। न प्यार करता हो, मगर एहसान तो तेरा उस पर है।

अरे पगली मैं जानती हूँ, मगर हमें किसी का एहसान नहीं लेना अब क्या करें वह हम दोनों की उम्र तो एक जैसे हैं। बस अन्तर है उनका जीवन खुशियों में बीता और मेरा जीवन अदृश्य चोटों से जख्मी हालत में दर्द में आँसुओं में बीता।

क्या दीदी तेरा भी यह कैसा दर्द है सच है एक दर्द ऐसा भी है जो न दिखायी देता है न उसकी दवा है बस सहना ही सहना है।

अरे अरे तुम यह प्रश्न कहाँ से क्यों उठायी। सोचने लगी जो सच है। आशीष मुझे माँ कहाँ था अविनाश मुझे प्यार करता था, मगर सबके सामने तो नहीं कह सकता कहाँ भटक गयी चाँदनी। जब यादों का गुब्बारा आने लग जाता है तो उसमें भी अपनी शक्ल नहीं दिखायी देती, फिर आशीष को तो कई साल पहले देखा था, लम्बा सफर गुजर गया सरला तुम भटक गयी हो।

नहीं दीदी छोटा-सा सच है, न तुम अपने जीवनकाल में अविनास को भूल पायी न अविनाश तुम्हें बस दूर दूर ही सही जिन्दा देखकर सुनकर ही सुकून पाती थी तुम दोनों।

अचानक सरला की बात मन कान में कहने लगी सखी बन गयी मगर सच है जब अपने उम्र के लम्बाई के पास पहुँचा व्यक्ति तो बच्चा नहीं रह जाता है। अचानक फोन कट गया।

* * *

चाँदनी महाविद्यालय में सरला ने बतौर प्रधानाचार्य के पद पर कार्य सँभाल लिया पदभार सँभालते ही पूरे महाविद्यालय का एकबारगी भ्रमण व निरीक्षण किया कि कौन क्या कहाँ पर कैसे बना है। एक नजर में देखा सब तब सोचती रही किसी ने क्या खूब बनाया है। परिसर में लगी मूर्ति देख अचानक चौंक पड़ी यह मूर्ति दीदी की है। मगर यह कैसे... न उसका कोई पति न बेटा न रिश्तेदार फिर ऐसा कैसे... नहीं नहीं यह किसी और चाँदनी की होगी हो सकता है एक तरह के कई आदमी की शक्ल एक रूप ही नाम हो कोई और चाँदनी होगी ऐसा लगता है कि बनाने वाले अपनी किसी खास रिश्तेदार या पत्नी या किसी के नाम से महाविद्यालय बनाया होगा। खैर समय के अनुसार अपने पाठ्यक्रम स्कूल का सेशन प्रारम्भ हो गया। पहली नियुक्ति पहला स्थान मेहनत तो करनी थी।

उसी समय टेलीफोन की घण्टी बजी हैलो कौन सरला!

अरे दीदी नमस्कार अभी तुम्हारी याद कर रही थी।

ज्वाइंनिग हो गयी नये महाविद्यालय में?

हाँ दीदी ज्वाइनिंग हो गयी।

नया स्थान नया विद्यालय ठीक बना है कि बस नाम रख दिया। ईंट लगा दिया महाविद्यालय का नाम हो गया। रहने की व्यवस्था है? बच्चों को पढ़ने की व्यवस्था है? कैसा लग रहा है। प्रबन्धक का नाम क्या है, कैसा है प्रबन्धक स्त्री है या मर्द।

दीदी, महाविद्यालय तो जैसा आपने सोचा वैसा नहीं है, उसके ठीक विपरीत बहुत बढ़िया सुन्दर साफ स्वच्छ दर्शनीय स्थल की तरह। मैं इस महाविद्यालय में पहली प्रधानाचार्य के रूप में हूँ, सूचना पट्ट पर मेरा नाम लिखा जायेगी एवं पढ़ा जाएगा।

हाँ भाई कोई होंगे महानुभाव किसी अपनी माँ पत्नी के नाम एवं याद के रूप में बनवाया होगा। बड़ा नेक इन्सान होंगे जो किसी के नाम को स्थायी पहचान दे दिया, क्या मुलाकात उस नेक इन्सान से हुई?

नहीं दीदी मुलाकात तो नहीं हुई मगर यह प्रश्न बार बार उठता है मेरे मन में यहाँ जो मूर्ति लगी है वह आपकी मूर्ति की तरह है, आपकी फोटो से मिलती है, जो स्टेच्यू लगा है आपकी शक्ल का है।

अरे पगली मेरी शक्ल मेरे नाम के इस दुनिया में बहुत से लोग होंगे, एसा है न अब मैं समझी जब कोई किसी को मानता है तो उसे हर जगह वही चेहरा नजर आता है... ऐसा कभी हो ही नहीं सकता इतनी भाग्यशाली मैं कहाँ अब तक तो तुम्हारे अलावा मुझसें किसी से बात भी नहीं होती, कोई महाविद्यालय बनवाना तो बहुत दूर की बात है। मेरे नाम से मिलता नाम फोटो तुम्हें मिला मुझे ही समझ लिया। मैंने जब से गाँव में अपने नामित पति की सम्पत्ति से उसकी पहचान क्या बना दिया तुमने मुझे आदर्श बना दिया ऐसा कहाँ मेरे भाग्य में है।

ठीक है दीदी मुझे भी लग रहा था मगर एसा कहाँ पता करती हूँ जब प्रबन्धक महोदय से मिलूँगी परिचय होगा तब उनसे उस प्रिय प्रतिमा धारक के रिश्ते के विषय में जानना चाहूँगी।

ठीक है अपने सेहत का ध्यान रखना, हवा पानी बदलते हैं चेहरा खराब हो जाता है।

ठीक है दीदी जब वह महानुभाव मिलेंगे आपसे मिलवा दूँगी... हाँ एक बार तुम्हें यहँ विद्यालय देखने के लिए निमंत्रण अवश्यक देती हूँ, नमस्कार।

फोन कट गया।

सरला की बात सुनकर अचानक चाँदनी सोचने लगी मेरे नाम का महाविद्यालय मेरी जैसे फोटो कौन हो सकता है। कैसे बना होगा आखिर मेरा कोई है नहीं मैं किसी की पत्नी नहीं माँ नहीं मगर ऐसा कैसे हो सकता है। मेरी फोटो मिलती जुलती फिर नहीं नहीं यह किसी और चाँदनी की होगी एक गरीब परिवार में पैदा, एक दोस्त था उससे भी दूर हो गयी। ऐसा नहीं है उसके मिलना चाहा। पति बीमार मिला बुजुर्ग मिला। जिन्दगी मिली नहीं उससे पहले ही खत्म हो गयी। सोची जीवन ऐसे ही गाँव में गुजार लूँगी, मगर क्या मालूम था मैं गाँव से गाली देकर भगा दी जाऊँगी आरोप के साथ वेश्या नाम की गाली और मिली। समाज में गन्दी औरत के नाम पर नर्तकी के नाम पर पहचान बन गयी। यह तो अच्छा था एक उपकार के रूप में सहयोग के रूप में अविनाश को किडनी दे दी कुछ जीने की मुझे ताकत मिल गयी शादी का क्या मतलब वैवाहिक जीवन का क्या अर्थ सुहागरात तक जानती नहीं क्या मुझे माँ कहने वाला आशीष मिला बड़ा हो गया होगा अब तो उसकी भी शादी हो गयी होगी। क्या मुझे देखकर पहचान लेगा। मेरी उम्र 58 वर्ष के पार हो चुकी है। चेहरे पर झुरियां पड़ गयी हैं, जीवन का सफर अब खत्म होने के कगार पर है। अब यादें केवल कुछ पल की जो अविनाश के साथ गुजरे थे कुछ अपनों के साथ समय कहाँ मिला सब बीता हुआ कल पीड़ादायक काँटों जैसा घूमता नजर आता है। मरने के बाद मेरा अन्तिम क्रिया कर्म कौन करेगा। बनायी सम्पत्ति कोई खास नहीं है। अपने अन्तिम क्रिया के लिए कुछ बैंक बैलेन्स है। कहीं एसा न हो कि कोई कहे चन्दा लगाना पड़ेगा अन्तिम क्रियाकर्म के लिए। चलो एक सरला है। मरते समय उसी को मोबाइल फोन से कहा जायेगा डायरी में नाम रहेगा लोग नम्बर देखकर बुला लेगे उसी को वसीयत कर देती हूँ, मौके पर मृत्यु के समय न सही जब पता चलेगा तो आयेगी जरूर। क्या मुझे क्या सम्मान मिलेगा पूरा प्यार मिलेगा। अचानक यह क्या हो गया सोचने लगी। अचानक मेज पर रखा शीशे का गिलास जमीन पर गिरा तड़ाक से आवाज हुई चाँदनी का ध्यान टूटा... अरे मैं

क्या सोच रही थी।

* * *

आज सूचना मिली कि स्कूल-प्रबन्धक जी आने वाले है। सरला बड़ी खुश हुई चलो कई दिन से सोच रही थी आज वह आयेंगे कुछ बात होगी दर्शन भी हो जायेंगे। क्यों न... एक स्कूल बनाने के साथ-साथ संस्था कई लोगां को रोटी-रोजी की व्यवस्था की फिर शिक्षा का स्थान। अचानक सफेद गाड़ी आकर रुकते।

करीब 57-58 वर्ष के एक अधेड़ साफ सुथरा कपड़े में हल्के गेहूँ रंग के कोट पैण्ट एवं साफ-सुथरे पहनावे के साथ गोल्डेन चश्मा लगा हुआ। हाथ में डायरी के साथ गाड़ी से बाहर कदम रखकर खड़े हुए गाड़ी रूकते ही गाड़ी के ड्राइवर ने दरवाजा खोला और आगे-आगे साहब पीछे-पीछे ड्राइवर सरला को समझते देर नहीं लगी यही प्रबन्धक हैं।

नमस्कार जी!

नमस्कार, आप प्रधानाचार्य हैं?

जी मैं हूँ ही प्रधानाचार्य सरला हूँ।

सब ठीक है... कैसा लगा यह आप का महाविद्यालय और स्टाफ और आपकी पहली पोस्टिंग।

सर बहुत अच्छा लगा, वैसे प्रधानाचार्य के रूप में मेरी पहली पोस्टिंग भी है।

कोई दिक्कत या किसी प्रकार की कोई समस्या हो तो बताइए।

सर कोई समस्या नहीं है, आपसे मिलना था मिल लिया मन की उत्सुकता खत्म हुई। कॉलेज के लिए बोर्ड गठित होगा, पहले चलें अपने कक्ष में बैठें फिर बात होगी।

हाँ मैं चलता हूँ जरा देख लूँ एक नजर यह मूर्ति देख लूँ यह विद्यालय फिर चलता हूँ। प्रबन्धक ने एक बार मूर्ति को भरपूर नजर से देखा, फिर कॉलेज के चारों ओर नजरे दौड़ाकर प्रबन्धक कक्ष में बैठ गये। प्रधानाचार्य बगल वाली सीट पर बैठी हैं।

सर प्रबन्धक का नाम खाली है।

हाँ अभी मैं हूँ, जब प्रबन्धक मिल जायेगी उनका नाम लिख दिया जायेगा।

क्या साहब स्कूल चल दिया, स्टाफ नियुक्त हो गया प्रबन्धक का नाम का पता नहीं! आश्चर्य से सरला बोल पड़ी।

हाँ सही सोच रही है। मैं अभी सेवा में हूँ आप नहीं जानती तो बता दूँ मैं सीनियर आइएएस अफसर हूँ, इसका फायदा यह मिला कि आसानी से कालेज को मान्यता बिना विलम्ब मिल गया रहा प्रबन्धक का काम देखने का वह तो मैं मेरा बेटा या मेरी पत्नी देख ही लेते हैं।

महाविद्यालय खुला प्रबन्धक नहीं मिला मूर्ति लगी है, कौन रिश्तेदार है क्या है।

नहीं

पत्नी है?

नहीं।

नहीं, फिर कौन है। अचानक सरला सोचती रही।

क्या सोच रही है प्रधानाचार्य!

सर कुछ नहीं, सेवाकाल कितना है।

करीब दो वर्ष होगा।

यानी एक वर्ष या दो वर्ष बाद मैनेजर यानी प्रबन्धक बनेंगे।

यह वक्त की बात है।

मैं समझी नहीं

आप न समझें तो बेहतर है, क्या परेशानी है आप को

यों ही कोई परेशानी नहीं है।

हाँ इस बात का ध्यान रखना

क्या सर

संस्कार और अनुशासन पर विशेष ध्यान देते हुए पढ़ाई पर बल देना।

सर ध्यान रखूँगी।

जिसके नाम पर यह महाविद्यालय बना है वह नेक महिला थी संस्कार के साथ-साथ चरित्र एवं त्याग की मूर्ति थी उसके माता-पिता धन्य होंगे जिन्होंने ऐसी पुत्री को जन्म दिया।

अब सरला समझ गयी कि यह चाँदनी पुत्री तो है नहीं... या तो माँ होगी या पत्नी मगर पत्नी नहीं वह जिन्दा ही हो सकती है। मगर नेक महिला शब्द भी कोचती है। कोई माँ के लिए महिला शब्द का प्रयोग नहीं करता। यानी कोई नारी पूजनीय स्त्री होगी।

एक दूसरी कार रुकी उसमें से 25 साल का एक लड़का निकला लगता है यह साहब का बेटा है। धीरे-धीरे आकर स्टेच्यू को प्रणाम करता है। एक नजर महाविद्यालय को देखता है फिर पिता के बगल में बैठ जाता है। यह कोई और नहीं कमेटी के सदस्य मालिक का लड़का है। पिता का चरण स्पर्श किया और उनके दूसरे किनारे पर बैठ गया।

सरला ने सोचा यह लड़का मूर्ति को प्रणाम किया, लगता है। इसी की कोई सम्मानित माँ होगी सच है... दीदी की शादी तो हुई मगर कोई बच्चा नहीं फिर क्या सच क्या है किसी और की मूर्ति होगी।

कुछ देर बाद तीसरी गाड़ी पहुँची उसमें एक औरत गाड़ी से निकली और गाड़ी से उतरकर मूर्ति को प्रणाम किया फिर एक नजर महाविद्यालय की ओर देखा। प्रबन्धक कक्ष में आकर पहले वाले साहब के बगल के पास में बैठ गयी।

प्रणाम मैडम!

नमस्कार

आप ही नयी प्रधानाचार्य हैं?

हाँ मैडम

क्या नाम है?

सरला

पहले मैं आपको बता दूँ मैं एवं ये मेरे पति एवं यह मेरा लड़का आशीष है। इस कालेज का प्रथम स्थापना दिवस के रूप में एक वर्ष होने जा रहा है, वार्षिकोत्सव मनाया जायेगा इसमें कई कार्यक्रम होंगे।

क्या-क्या होगा कब होगा?

इस कार्यक्रम का स्थापना-दिवस के रूप में कार्यक्रम का उद्घाटन जिसमें काफी सम्मानित गण आयेंगे। मेरे साहब के बड़े अधिकारी होंगे पहली प्रधानाचार्य आप बनी हैं तथा इसमें प्रथम द्वितीय तृतीय स्थान पाने वाले छात्रों को इनाम की घोषणा के रूप में दिया जायेगा।

और क्या कार्यक्रम है ?

थोड़ा बहुत जलपान थोड़ा बहुत स्थापित मूर्ति के विषय में चर्चा, फिर पुरस्कार राशि नियत की जायेगी जो हर साल स्कूल में नम्बर 1, 2, 3 आने वाले छात्रों के लिए होगी।

क्या जिसकी मूर्ति लगी है वह भी इस कार्यक्रम में आयेगी।

कैसे कह सकता हूँ, अभी तक उनका पता नहीं है, आ भी सकती हैं नहीं भी।

मैं समझी नहीं।

आप समझ जयेंगी। उठी बाहर निकल गयी और गाड़ी में बैठी गाड़ी स्टार्ट हुई और निकल गयी। बड़ी अजीब बात है। कार्यक्रम निर्धारित पुरस्कार निर्धारित धनराशि निर्धारित, करना शेष यानी एक साल बाद पुरस्कार का वितरण होगा, जिसके नाम का महाविद्यालय बना उसका अता-पता नहीं है जिस रिश्ते में कैसे क्या कैसा प्रश्न बार-बार सरला के मन में बिजली की तरह कौंधती रही। क्या चाँदनी ही है इस परिवार की मुखिया है। क्या चाँदनी इस घर की जीवन दाता है। क्या है आखिर तारीख भी 20 अगस्त निर्धारित है।

अचानक सरला की फोन की घण्टी बजी

हैलो दीदी प्रणाम

हाँ तो बताओ तुम्हारे मालिक से बात हुई, खुश हैं ?

पहले हालचाल फिर आशीर्वाद पहले आशीर्वाद फिर बातचीत।

अच्छा तुम मुझे पढ़ाना सिखा रही हो।

क्यों नहीं जब पढ़ना आप से सीखी प्रेक्टिकल तो आप पर ही करना होगा।

दोनों हँस पड़ी।

क्या बताऊँ दीदी सब ठीक नहीं है, अब अच्छा नहीं लगता। अकेले खाना

बनाना सोना अब सप्ताह में एक बार तो अपने परिवार में जाना पड़ता है। रोज रोज कहाँ जाना पड़ता है। दूरी जो बढ़ गयी तुम हो कि पूरी जिन्दगी अकेले काट ली, हम हैं कि कुछ माह में ऊब गयी क्या शादी होने पर इतनी जिम्मेदारी बढ़ जाती है कि अकेले रहने का मन नहीं करता।

शायद तुम सच कहती हो। जब अकेले रह ली तो साथ रहने का मन नहीं करता, जब साथ थी तो अकेले रहने का मन नहीं करता था... खैर छोड़ो, स्कूल के प्रबन्धक सदस्य किसी से मुलाकात हुई?

हां मालिक उनका लड़का उनकी पत्नी आयी थी।

उनका व्यवहार कैसा था?

व्यवहार... उनके व्यवहार का बयान करूँ तो शब्द कम पड़ जायेंगे नहीं लगते कि इतने बड़े अफसर होगे उनका बेटा एेसा व्यवहार कुशल होगा उनकी पत्नी एेसी शालिन होगी लड़का आकर स्टेचू को प्रणाम किया। साहब जी नमस्ते किये मैडम ने भी नमस्ते किया।

हाँ भाई आखिर कोई उनका आदर्श रहा होगा उनका क्या उनके पूरी परिवार का नहीं तो परिवार के सब के सब इतना सम्मान क्यों देते।

अरे दीदी आज के जमाने में एेसा कहाँ कोई करता है।जो माँ-बाप लड़के को कितनी मेहनत और लगन से पढ़ाते हैं उनका सम्मान तो करते नहीं यह तो रिश्तों की बात है।

तुमने पता नहीं किया यह नाम वाली मूर्ति उनके किस रिश्ते में तथा उसके लड़के की क्या लगती है।

यह तो पता नहीं किया क्या लगती है, हाँ उन साहब की बीवी भी कुछ नहीं बतायी बस इतना कही 20 अगस्त को एक समारोह है।

क्या कहा 20 अगस्त को समारोह!

आप क्यों चौंक गयीं?

क... क कुछ नहीं बस यूँ ही पूछ रही थी कोई खास बात होगी 20 अगस्त को उनके जीवन का... फोन रखो।

अचानक 20 अगस्त का नाम सुन चाँदनी चौंक गयी। अरे यह तो भूल गयी थी 20 अगस्त को उसका अपना खुद का जन्मदिन था। क्या याद करती

आखिर अपनी खुद की जिन्दगी तो रही नहीं फिर यह जन्म दिन यही सोचती रही क्या जिनमें मिली है क्या परेशानी है। रिश्ते कौन पता ही नहीं चला 58 की हो गयी फिर कौन याद करता इस पीड़ा की बेला में कि उसका जन्म दिन था 20 अगस्त। हाँ हाँ इसी दिन पैदा हुई थी पिता रहा नहीं, माँ रही नहीं पति को पता नहीं आखिर कैसे किसी को मालूम 20 अगस्त को चाँदनी पैदा हुई थी उसका बर्थ डे है। हाँ एक बार अविनाश से वार्त्ता के दौरान जानकारी दी थी मगर उनको इतना क्या खयाल रहा फिर वे कहाँ होंगे कैसे होंगे। क्यों इतनी छोटी सी बात को याद करेंगे। मगर मैं क्या यह सोचने लगी कोई और चाँदनी रही होंगी किसी घर की आदर्श पत्नी उसका 20 अगस्त से सम्बन्ध रहा होगा। इस संसार में क्या चाँदनी की कमी है या 20 अगस्त को पैदा होने वालों की... न जाने क्या-क्या सोच चलने लगती है। धत् तेरे की... आखिर क्या करती सोचने के सिवा चलो अपना कुछ और काम करती है। बड़बड़ाती चाँदनी। जीवन की उलझनों में उलझ गयी।

* * *

चाँदनी जी! चाँदनी जी!

हाँ क्या रे क्यों चिल्ला रही हो,

अरे पड़ोस की श्यामा मौसी थी न उसकी रात्रि में अचानक मृत्यु हो गयी है।

अरे कैसे क्या हो गया अभी तक तो ठीक थी रात्रि में क्या हो गया।

पता नहीं सुबह नहीं उठी तो कोई जगाने गया तो साँसे बन्द पड़ी थी।

चलो भली औरत थी अचानक मौत तो अच्छी हुई न दर्द न पीड़ा न बीमारी देखते-देखते आस-पड़ोस के काफी लोग आ गये। सभी की जुबान पर बस यही चर्चा बड़ी नेक औरत थी। सबके दुःख में भाग लेती थी सब किसी के काम में एक पैर पर खड़ी रहती थी। कई साल पहले उसका पति उसको अपने रिश्तेदार के यहाँ छोड़ गया था तब से यहीं रहकर जीवनयापन करती थी। गुमसुम रहती थी मगर किसी का काम सुनकर तैयार तुरन्त होती थी। न जाने जीवन में कैसे लोग हैं, जब सहारे की जरूरत है उसे अकेला छोड़ जाते हैं... कौन है इसका अन्तिम क्रिया कर्म करने वाला।

हाँ सुख के सभी साथी अब मृत्यु के समय क्रियाकर्म के लिए रिश्तेदार

ढूढ़ना पड़ता है... मगर कोई नहीं दिखायी दीया कैसे होगा अन्तिम क्रियाकर्म।

एक ने कहा कोई तो भाई, भतीजा, पति देवर लड़का कोई तो नहीं मगर मृतक का अन्तिक क्रियाकर्म होना है। शमशानघाट तक तो जाना है आखिर क्यों नहीं मृत शरीर को कहा छोड़े जीवन के अन्तिम गति को अन्तिम रूप तो देना पड़ता है।

क्या कोई नहीं है इसका अचानक चाँदनी बोल पड़ी

कैसे कोई मिलता यह अन्तिम क्रिया कर्म है। सगे नहीं हैं दूर के नहीं है। न सही अपने नहीं है। क्या कोई नही मिला बार-बार चाँदनी का एक ही प्रश्न।

अचानक एक आदमी दौड़ता हुआ आया और मृतक श्यामा के तन से लिपट गया। रोता हुआ कहने लगा मेरी दूर की माँ लगती थी मेरे बुरे वक्त में काम आयी, मैं इसका बेटा मैं हूँ इसका सब रिश्तेदार मैं हूँ।

भीड़ ने उसी के सहारे श्यामा का अन्तिम क्रियाकर्म खूब धूमधाम से कर डाला।

यह दृश्य देख चाँदनी अपनी अन्तिम क्रिया की सोच में डूब गयी और खयाल में आखिर मेरा भी अन्तिम दिन होगा, मेरा भी कोई रिश्तेदार होगा आखिर मेरा अन्तिम क्रिया कर्म कौन करेगा। क्या मेरे मरने पर ऐसे ही यह पहली बार नहीं एक बार पहले एक पड़ोसन मौसी थी कुछ साल पहले अनजान महिला पुत्र एक एसी महिला के जो अकेले जीवन के काल के समय अपना न होने का गम है क्या सरला मेरी अन्तिम क्रिया कर्म करेगी। क्यों न मगरवह कहा रहेगी। डायरी में फोन रखा है उसी को लोग बुला लेंगे तुरन्त। सोचते सोचते डायरी निकाली और सरला के नाम पत्र लिखने वाली थी कि उसके मन में आया फोन से बात करना ही अच्छा है। उसके नाम एक खत लिख दूँ अपने डायरी में रख लूंगी ताकि मरने के बाद जब डायरी पढ़ेंगे लोग तो सरला को बुला लेंगे।

प्रिय सरला!

ढेर सारा आशीर्वाद

आज न जाने क्यों बैचेनी-सी महसूस कर रही थी। क्यों नहीं एक लम्बा सफर अकेले पीड़ाओं से मुक्त एक ऐसी चोट से तड़पती हुई जिसका घाव किसी को दिखायी नहीं देता एक एसा दर्द जो स्वयं महसूस करती हुई अब संसार से जाने का अचानक निमंत्रण पत्र मिल जाय अनजाने में बिन बुलाये मेहमान की

तरह चली जाऊँ। मैं एक आपको पत्र लिख रही हूँ। मेरा तो कोई अपना दिखायी नहीं दे रहा है सिवाय तेरे। अगर मेरा अन्तिम दिन तुम्हारी अनुपस्थिति में हो जाय तो तुम मेरी प्रिय सखी दोस्त शिष्य मान लेना हर मृतक की आत्मा को शान्ति के लिए बेटा पति-भाई माँ बाप कोई न कोई होता है, क्रियाकर्म करता है, मगर मेरे इस रिश्ते में केवल तुम ही हो जो इस रिश्ते का फर्ज निभा सकती हो। मैं अनाथ लावारिस की तरह अन्तिम-यात्रा नही करना चाहती। वैसे हर औरत की एक इच्छा होती है कि उसकी मृत्यु उसके पति की गोद में हो उसके लड़के के पास हो उसके अपनों के पास हो, मगर मेरी ख्वाहिश शायद ख्वाहिश ही बनकर रह जाय। हाँ मृत्यु के बाद अन्तिम क्रियाकर्म के लिए किसी से चंदा लगाने की जरूरत नहीं पड़ेगी, इतना पैसा रहेगा कि उसमें अन्तिम क्रियाकार्य हो सकता है। ढेर सारा प्यार। चिट्टी लिखकर चाँदनी अपनी डायरी में रखकर अपने पास रखने के इरादे से साथ में सजाकर सीने पर रखकर सो गयी।

* * *

हां तो प्रधानाचार्य आपको स्कूल में पदभार ग्रहण किये कितना दिन हो गया?

जी सर एक साल होने को है, पहली जुलाई में आयी थी ,जुलाई आ गयी।

अब तो आप महाविद्यालय को अच्छी तरह जान गयी होगी और महाविद्यालय के बोर्ड के सदस्यों को भी।

सर आपको और आपके परिवार को तथा महाविद्यालय के जहाँ मेरी रोजी रोटी है जिससे जिन्दगी चलती है। सबको जान गयी, नहीं जानी तो यह मूर्ति जो लगी है। उसके विषय में बार बार प्रश्न मेरा मन मुझसे पूछता है क्यों न इसके विषय में जान लूँ आपसे।

हाँ सरला जी क्या जानना चाहती हैं।

सर अब आप के पेन्शन के 6 महीने बाकी हैं, यह मूर्ति तो आपके किस रिश्ते में लगने वाली औरत देवी की है चाँदनी कौन थी आपका रिश्ता क्या था क्या दुनिया में है या नहीं, इतना जानने की धृष्टता कर सकती हूँ।

ओ तो आपको इस चाँदनी की मूर्ति के विषय में जानकारी चाहिए, क्या आप जानती हैं आप जिस स्कूल में पढ़ाती हैं उसके मालिक से बात कर रही हैं। तेवर बदलते हुए रूखे स्वर में।

हाँ सर यह मैं जानती हूँ आप सीनियर आइएएस अफसर हैं तथा इस समय शासन में बड़े अफसर हैं। मगर आप की जगह कोई और होता तो स्कूल की मान्यता लेने के लिए न जाने कितने चक्कर ऑफिसों के लगाना पड़ता, एक ही साल में महाविद्यालय बना और मान्यता मिली।

ओ तो आप सब कुछ जान गयी हैं।

थोड़ा-सा और जानना चाहती हूँ कौन है यह चाँदनी... जो ही आता है उसके मूर्ति के सामने झुक जाता है, थोड़ी अपनापन मिला तो पूछने के धृष्टता कर बैठी।

सच है... यह मूर्ति जिसकी लगी है, उसका नाम चाँदनी है, यह रिश्ते में मेरी कुछ नहीं है। कुछ नहीं लगती एसा भी नही है। यह कहना सरासर गलत होगा तथा चाँदनी के साथ ना इन्साफी होगी। चाँदनी मेरी जिन्दगी है, मेरी पत्नी एवं बच्चों की खुशियाँ है, पता नहीं है या नहीं उसको निगाहें ढूँढ़रही है।

मैं समझी नहीं।

चाँदनी क्या है मैं जानता हूँ कहते हए अचानक सरला के सामने अविनाश यह भूल ही गया कहाँ बैठा है। अपने कुछ पल बीते अतीत की ओर चला गया। कहने लगे एक बार मेरी तबीयत खराब हो गयीं। मेरी दोनों किडनी फेल हो गयी डाँक्टर ने मेरी जीवन किडनी के उपलब्ध न होने के कारण समाप्त की बात कह दी, कोई रिश्तेदार और दोस्त अपना कोई ऐसा न मिला जो मुझें किडनी देता। थक-हारकर एक विज्ञापन निकाला गया। फिर एक अनजान देवी बनकर चाँदनी आयी और अपनी एक किडनी मुझे दे दी। फिर बाद में पता चला चाँदनी मुझें मिली और उसको यह बात मालूम हो गया कि मुझे जानकारी हो गयी किडनी पाने की मगर क्या करती। अपनी प्यार की बात छिपाते हुए। और अचानक पुनः गुम हो गयी फिर ये मेरे बच्चे एवं पत्नी चाँदनी को बहुत ढूँढ़े मगर वह नहीं मिली। मेरा पूरा परिवार चाँदनी को देवी के रूप में मानता है। 20 अगस्त को उसका जन्मदिन है उसी दिन यह कार्यक्रम रखा है तथा एक साल पूरा होने वाला है। उसके नाम का विद्यालय बना जिसकी उसकी एक निशानी रहे और हमेशा वह जिन्दा रहे।

क्या उसको पता है?

हमें तो नहीं मालूम मगर इतना जरूर है कि शायद उसको पता चलता तो

वह जरूर आती, उसको मेरा पूरा परिवार चाहता है, हमारी तो ख्वाहिश यही है। वह मेरे इस कार्यक्रम के माध्यम से मुझे मिले उसके भी जीवन का अन्तिम काल चल रहा होगा, विद्यालय की जिम्मेदारी सँभाले, मगर पता नहीं कहाँ होगी कैसी होगी। अचानक अविनाश की आँखों में आँसू। फिर बात आगे बढ़ते हुये एक बार उसके पति की मृत्यु के बाद उसकी सम्पत्ति के बाबत विवाद के मामले में एसडीएम चर्तुभुज गुप्ता आये थे। वे मुझे जानते थे फिर हमने पूछा तो कहे मुकदमा जीत गयी चाँदनी मगर फिर ढूँढ़ने का प्रयास करता रहा वह नहीं मिली। पता नहीं कहाँ होगी लम्बी सास लेकर

अविनाश जो स्कूल में मालिक है उसका चाँदनी से इतना गहरा लगाव उनके बच्चे एवं पत्नी का इतना चाँदनी के प्रति सम्मान देखकर सरला सोचने लगी। क्या यही वह दीदी जो चाँदनी बनी, कितनो के घरो को रौशन करके अपने को अँधेरी कोठरी में रहती हैं। अब सरला सोचने लगी बस यही है दीदी कोई और चाँदनी नहीं है जिसकी लोग पूजा करते हैं मूर्ति सजाकर प्रार्थना करते हैं।

क्यों सरला जी कहाँ खो गयी, क्या तुम ऐसी किसी चाँदनी को जानती हो।

हाँ नहीं हाँ नहीं कुछ नहीं

क्या कहती है कभी हाँ कभी न कभी कुछ नहीं एक साथ कैसा प्रश्न

क्या करती कैसे कहती कहीं कोई और चाँदनी निकल गयी तो मगर जो घटनाक्रम है। वह दीदी चाँदनी से मिलती-जुलती हैं जमीन पति की मृत्यु आदि

क्या सोचने लगीं प्रधानाचार्य!

सर कुछ नहीं बस ऐसे ही

हाँ वह मिले या न ना मिले मैं चाहता हूँ उनके जन्मदिवस पर कार्यक्रम वार्षिकउत्सव के रूप में मनाया जाये, हो सकता है उनका आगमन इसी रूप में हो जाय।

हो सकता है सर।

क्या तुम जानती हो लगता है कुछ छिपा रही हो।

नहीं नहीं सर मैं वैसे ही कह दिया आप का प्यार आप का विश्वास इतना बड़ा देखकर मैं भूल गयी कि आप कौन हैं। (क्या कहती चाँदनी को जानती है)

वह तो कहती है दीदी की मेरा कोई नहीं है। मेरा इस संसार में कोई रिश्ता नहीं है, अगर है तो इतना सौभाग्यशाली जीवन किस स्त्री का जिसको प्यार करने वाले सम्मान करने वाले पूजा करने वाले भरा-पूरा परिवार है इसी उधेडबुन में मालिक कब चले गये सरला को पता नहीं चला।

* * *

फोन की घण्टी बजी

हाँ सरला कैसे याद किया सब ठीक है

हाँ दीदी प्रणाम करती हूँ

खुश रहो कहो कैसी नौकरी चल रही है, अब तो तुम्हें एक वर्ष होने को है।

हाँ दीदी सही कहा एक प्रश्न बार बार मेरे मन में उठ रहा है।

हाँ हाँ पूछो प्रश्न क्या... कोई समस्या होगी समझ में नहीं आ रहा है। क्या मालिक ठीक नहीं है मन नहीं लग रहा है या स्टाफ ठीक नहीं है। क्या है, पूछो।

दीदी, 20 अगस्त से आपका कोई सम्बन्ध है?

अचानक सरला के मुख से 20 अगस्त सुनकर चाँदनी अवाक रह गयी यह कैसा प्रश्न इसका क्या अर्थ निकालना है। सरला क्यों इस तरह का प्रश्न पूछ बैठी सोचते हुए।

दीदी आपका जवाब नहीं मिला। अचानक मेरी बात सुन चुप हो गयी।

हाँ-हाँ 20 अगस्त... 20 अगस्त है। जैसे 20 जुलाई वैसे ही 20 अगस्त यानी हर महीने में 20 तारीख आती है। झुँझलाकर चाँदनी बोल पड़ी। आखिर क्या बताती सरला को।

नहीं दीदी ऐसी बात नहीं है, मैं जिस स्कूल में प्रधानाचार्य हूँ उस स्कूल के मालिक 20 अगस्त को ही स्कूल की नींव डलवायी 20 अगस्त को स्थापना दिवस के रूप में उत्सव के रूप में मनाते हैं। यहां तक मालिक का लड़का एवं उसकी पत्नी भी इस दिन को अपने पति के साथ सब मिलकर एक त्योहार के रूप में एक उत्सव के रूप में मनाते हैं।

होगा उनके जीवन में, तुमने क्यों मुझसे यह प्रश्न पूछा!

यही कि चाँदनी 20 अगस्त को पैदा हुई जो मूर्ति की स्थापना हुई है,

उनका जन्मदिन भी 20 अगस्त ही है। उसी दिन एक उत्सव का कार्यक्रम रखा गया है कार्ड बाँटे गये हैं।

क्या अचानक चाँदनी का जन्मदिवस 20 अगस्त, नहीं ऐसा कैसे हो सकता है, मगर क्यों नहीं केवल वहीं अकेली चाँदनी है जो 20 अगस्त को पैदा हुई। बहुत ढेर सारी चाँदनी होंगी

दीदी क्यों चुप हो क्या सोच रही हो!

नहीं-नहीं मैं भला क्या सोचती बस ऐसे ही 20 अगस्त तुम्हारे साहब के जीवन में महत्त्वपूर्ण दिन रहा होगा।

खैर दीदी एक बात बताऊँ, मैं तो अब त्योहार की तैयारी कर रही है, मैं जानती हूँ 20 अगस्त को चाँदनी का जन्मदिवस है और साहब बड़े धूमधाम से मनाते हैं।

तो तुमने अपने साहब का नाम बता उनके लड़के का नाम पता जान लिया।

हाँ दीदी एक दिन साहब बैठे थे उनसे पूछ लिया था वरिष्ठ आइएएस अफसर हैं, मात्र दो साल से कम नौकरी रह गयी है, अविनाश नाम है, उनके लड़के का नाम आशीष है। बस फोन काट दिया।

अचानक अविनाश आइएएस अफसर आशीष सुनकर लड़का 20 अगस्त चाँदनी क्या वह मेरा अपना अविनाश है। क्या मेरा लाडला प्रिय बेटा आशीष है। क्या वह मुझे ढूँढ रहे हैं, क्या इतना बड़ा कॉलेज मेरे नाम का बनाया है।

यह कब कैसे क्या चाँदनी को इतना प्यार करते हैं इतना सम्मान मिलता है मैं अनजान अकेली तनहा रहकर जीवन जी रही थी, जब पैदा हुई थी तो गरीब घर में शादी हुई तो बुजुर्ग बीमार पति के मरने के बाद धक्के खा-खाकर नाच गाकर जीवन का शुरूआत करने वाली बदनामी की जिन्दगी जीने वाली का इतना बड़ा अपना सम्मान देने वाला। क्या यह सच है या सपना है। यानी मेरा अन्तिम क्रियाकर्म करने वाला लावारिश की मौत से बचाने वाला। नहीं नहीं ऐसा तो नहीं कि कहीं इस नाम का कोई व्यक्ति और हो कदाचित यह संयोग है नहीं एसा कहा भाग्यशाली अगर ऐसा है तो मैं जाकर कहूँगी कि मैं ही वह चाँदनी हूँ मगर कहीं मैं गलत निकली कोई और चाँदनी निकली फिर क्या इतना पीड़ा मैं सह पाऊँगी। क्या कम पीड़ा मिली थी जिन्दगी में, नहीं मैं जाऊँगी जरूर मगर छिपाकर शायद

वह अपना न निकला तो चुपके से चली आऊँगी। सोचते-सोचते न जाने कैसे झपकी आ गयी।

* * *

आज 20 अगस्त है। सुबह के 10 बजने वाले थे। चाँदनी महाविद्यालय फूलों से सजाया गया था। मुख्य गेट के पास पण्डाल लगा था। रंग बिरंगी चादरे थीं। दरी बिछी उस पर कुर्सी पड़ी थी पूरा विद्यालय दुलहन की तरह सजा-सँवरा था। महाविद्यालय में लगी मूर्ति को भी रंग बिरंगे फूलों के गमलों से सजाया गया था। मुख्य गेट पर चाँदनी के जन्म उत्सव एवं महाविद्यालय के स्थापना दिवस के एक वर्ष पूरे हए का बैनर लगा था। आगंतुकों के लिए वी0आइ0पी0 के लिए अलग, सामान्य लोगा के लिए अलग-अलग भाग बने थे क्यों न खाने-पीने का भी कार्यक्रम था। फिर एक वरिष्ठ सम्मानित व्यक्ति के द्वारा आमांत्रित अतिथि भी थे। लोग अब धीरे-धीरे आने लगे थे माइक की आवाज़ गूँजने लगी। आगुन्तक साथियों माताओं एवं बहनों केक काटने का समय दोपहर के 3 बजे है, जो आये हैं। केक काटने के बाद खाना खाकर जायेंगे। माइक से बार-बार बोला जा रहा था। महाविद्यालय के स्टाफ आगन्तुकों का ध्यान रखें तथा उनके सम्मान में छात्र छात्रायें एवं टीचर किसी प्रकार की लापरवाही नहीं होनी चाहिए। समय करीब 2 बज चुके थे।

पंडाल पूरा भरा था

प्रधानाचार्य महोदया!

जी सर!

कृपया आप आयी हुई महिलाओं का ध्यान रखना, समय नज्दीक आ गया है, किसी प्रकार की किसी को कोई परेशानी न हो।

अब सरला सभी महिलाओं को कुर्सी पर बैठाना चाह रही थी महिलाओं में हिन्दू और मुस्लिम महिला थीं।

अचानक अविनाश के पास कुछ महिला खड़ी थीं। जिन्हें अविनाश ने कहा आप अपनी अपनी जगह ले लें काश आज चाँदनी होती अपना जन्मदिवस देखकर कितना खुश होती। मन में अविनाश गुनगुना रहा था।

उसी समय एक बुर्का में एक महिला आकर बैठने के लिए प्रयास कर रही थी, मगर उसे कोई महिला बैठने नहीं दे रही थी तब तक सरला ने उस महिला से

प्रणाम करते हुए कहा आइए माता जी आपको कुर्सी देती हूँ।

बुर्का में महिला चाँदनी थी जो उसे कोई देख नहीं सकता, मगर उसने सरला को पहचान लिया मगर क्या कहती। आशीर्वाद देना चाहा मगर कैसे अपना वजूद छिपायी थी। अचानक माइक से अनाउंस हुआ कि अब केक काटने का समय हो गया है। केक काटकर भोजन की प्रक्रिया प्रारम्भ किया जाये।

बुर्का में चाँदनी, अविनाश एवं आशीष को देखकर उसे अपने आँखों पर विश्वास नहीं हो रहा था अरे इतना सम्मान मेरा, मैं हूँ चाँदनी मगर क्या करती कैसे सामने जाती।

हाँ तो सभी बुजुर्ग माताएँ बहनें आप भी मूर्ति के पास कुछ देर के लिए पहुँच जायें।

कुछ देर में चाँदनी मूर्ति के नजदीक अन्य औरतों के भीड़ में पहुँच गयी फूले नहीं समा रही थी। कैसे कहती मैं ही चाँदनी। अचानक आशीष मूर्ति की ओर बढ़ा और केक के साथ फीता काटना चाहा। पैर फिसल गया और गिर पड़ा। अचानक पण्ड़ाल में भगदड़ मच गयी सभी इधर-उधर भागने लगे। चाँदनी अपने को रोक न सकी और दौड़कर आशीष चोट तो नहीं लगी और संभालते संभालते गिर पड़ी, बुर्का अस्त-व्यस्त हो गया।

अविनाश की निगाहे चाँदनी पर पड़ीं सँभल के चोट तो नहीं लगी दौड़कर सँभालते हुए।

बेटा चोट तो नहीं लगी सुन आशीष को झटका सा लगा और यह तो मेरी माँ की अवाज क्या सच मेरी माँ आ गयी। देखा तो चाँदनी

जोर से चिल्लाया पापा! पापा! मम्मी।

अचानक मम्मी मम्मी की अवाज सुन सरला दौड़ पड़ी। वह तो चाँदनी दीदी यानी यहीं चाँदनी जिसकी मूर्ति है जिनके नाम का विद्यालय। साथ में अविनाश की पत्नी दौड़ पड़ी। अरे चाँदनी आप। अविनाश, चाँदनी को देख ठहर गया जैसे जम गया हो।

समय के तीन बज चुके थे

हाँ साथियों अब माहौल शान्त हो गया, अब केक काटने का समय हो गया है। जिस देवी की मूर्ति है जिसके नाम का विद्यालय है, उस देवी को आप सामने

देख रहे है ये वही है चाँदनी जो पूरी जिन्दगी देना जाना है, पाने के लिए सोची ही नहीं

चाँदनी को अपने आप पर विश्वास नहीं था कि जहाँ मैं अकेली रहकर मरने की सोच रही थी, आज मेरी सखी मेरा दोस्त मेरा बेटा उसकी माँ और रूठी जिन्दगी यकायक खुशियों की बौछार कर दी इतना बड़ा जनसमूह खुशी बर्दाश्त नहीं हो रही है केक को काटा और अपने आप को सँभाल नहीं पायी हे भगवान आपने एक साथ इतनी खुशी ढेर सारा प्यार देने वाले ढेर सारा सम्मान देने वाले चाँदनी को अपने लोग है मैं अकेली कहां हूँ। अपने आपको रोक नहीं पायी। खुशी बर्दाश्त नहीं हुयी धड़कनें बढ़ती गयीं घबराहट होने लगी, दिल का दौरा पड़ा, धड़कनें तेजी से धड़कने लगीं आँखों के सामने अँधेरा छाने लगा, सिर चकराने लगा। चाँदनी मूर्छित हो गयी।

पापा पापा, देखिए मम्मी को क्या हो गया। क्यों वह बेहोश होने लगी देखते देखते चाँदनी अपने अविनाश के बाहों में झूल गयीं। मौत उसे गले लगा चुकी थी।

खुशी का माहौल गम में तब्दील हो गया। तत्काल उसे एम्बुलेंस में लादा गया। उसके हाथ में रखी डायरी सरला ने उठा लिया।

डॉक्टर ने चाँदनी को मृत घोषित कर दिया।

क्या अजीब बात है, जब खुशी नहीं मिलती तो आदमी तलाश कर रहा होता है जब मिलती है तो उसे बर्दाश्त नहीं कर पाता। वहाँ हाल चाँदनी का हुआ।

चाँदनी पूरी जिन्दगी दर्द सहकर बितायी। जब खुशी मिली तो फिर उसे सह नहीं पायी।

अचानक चाँदनी की मौत अपने सामने देख अविनाश एवं आशीष उसकी माँ भौचक्का रह गयीं आखिर कह उठे एक दर्द ऐसा भी था चाँदनी के पास जिसको कोई जान न सका।

क्या करते... आखिर चाँदनी, आशीष अविनाश एवं उसकी पत्नी के जीवन का हिस्सा बनकर रह गयी। सरला जब डायरी देखी तो दीदी चाँदनी की चिट्ठी जिसे पढ़कर आँखं में आँसू को रोका नहीं सकी बोल पड़ी वाह दीदी वास्तव में आदर्श थी देवी थी तुम्हें शत्-शत् प्रणाम करती हूँ... आखिर तेरे जीवन में एक दर्द ऐसा भी था न कोई जान सका न समझ सका आँखों से आँसू बह रहे

थे बस खुशी से खुली आँखों से चाँदनी का विद्यालय प्रांगण में लगी मूर्ति देखती रह गयी।

एक दर्द ऐसा भी

www.ingramcontent.com/pod-product-compliance
Lightning Source LLC
LaVergne TN
LVHW042121190726
843493LV00006B/1546